1
嘆きの亡霊は冒険したい
NAGEKI NO BOUREI HA BOUKEN SHITAI
～嘆きの亡霊は引退したい短編集～

CONTENTS

第1章
《嘆きの亡霊》は冒険したい

Chapter 1 "PREQUEL"

本章ではノベルズ紙書籍に初回特典として封入された前日譚SS『嘆きの亡霊は冒険したい』シリーズを中心に、本編開始前の時間軸を描いた短編を収録。クライの「今より少しだけやる気があった」姿（?）は必見。

最弱ハンターは英雄の夢を見る

世界各地に自然発生する宝物殿。そこから産出される富により社会が回っているこの時代、実力至上主義で、大成できれば貴族になるのも夢ではないトレジャーハンターは子どもの憧れの職業第一位（そして親が子になってほしくない職業第一位）だ。

その中でも男子が夢見る職業第一位、剣士《ソードマン》。かつてトレジャーハンターとしても活躍したという剣士《ソードマン》のおじさんは、その日、教えを授けている沢山の男児の中で僕だけを呼び出して言った。

「クライ・アンドリヒ、その……こんな事を言うのも何なんだが、お前には――どうやら、剣の才能がないようだ」

「え……？」

その言葉は青天の霹靂《へきれき》だった。何しろ、おじさんのところには付近の町から老若男女様々な人が剣を学びに来ていて、誰一人として才能がないなどと言われた人はいなかったからだ。

「でも、僕いつもルークと模擬戦してるんだけど……」

弟子の中でも随一の才能があると褒められたと大喜びしていた幼馴染の悪友の名前をあげる。もちろん、子供心にも自分がルークに劣っている事はわかっていたが、いつも同じような訓練をしているのに、才能がないと言われてはいそうですかと言葉を聞き入れられるわけがない。

僕はルークと共に先頭に立ちパーティを導くのだ！

「だから……その……ルーク・サイコルには天稟《てんぴん》がある。そんな、奴と、長い時間模擬戦をしていたのに、だなぁ……」

目を丸くする僕に、おじさんはとても言いづらそうに言った。

「大体、クライ。君は別に剣が好きじゃないだろう？」

「えー、そんな事ないけど──格好いいし」

「いやー、剣士《ソードマン》は格好良くないぞ。それよりも、盗賊《シーフ》なんて向いているんじゃないか？　力や戦闘センスがなくてもパーティの役に立てるし、宝物殿を探索するには必要不可欠な、いぶし銀な職だよ」

「えー、剣士《ソードマン》の方がずっと格好いいし、盗賊《シーフ》はリィズがやりたいって言ってたし、それに…………その、盗賊《シーフ》の人にはもう、お前は見込みがないって追い出された」

「!?」

というか、幼馴染グループの中で、いつも最初に僕の手を引っ張っていくのは大体リィズかルークである。今回はリィズが勝ったのだが、僕の盗賊《シーフ》体験は半日もせずに終わってしまった。

「なんかねぇ、体力も根性も、それに注意力も足りていないんだって。僕あの人、嫌いだな」

リィズと一緒に師事を受けにいった盗賊《シーフ》の人は剣士《ソードマン》のおじさんより数倍柄が悪かったし言葉遣いも乱暴だった。所詮は剣士《ソードマン》になれなかったなれの果てなのだろう。

そんな失礼極まりない事をぼんやり考える僕に、おじさんが焦ったように言う。

「前に出るよりも後ろからばんばん魔法で攻撃できる魔導師《マギ》なんていいんじゃないか？」

「えー、でも魔導師《マギ》は妹のルシアがなるって――」

「二人！　二人くらいいても全然いいぞ、魔導師《マギ》は！　むしろ兄妹で魔導師《マギ》なんていいじゃないか！　剣士《ソードマン》と違って先頭に立たないから負傷もあまりしないし、魔導師《マギ》は攻撃の要だ！　親友と職を変えるのもいいぞ！　それに、筋肉がないぶん魔力《マナ》の巡りに適性があるかもしれん！」

「えー、でも魔導師《マギ》って大体女の人がなるって聞いたよ？　男は筋肉が多いから前衛だって――」

　これでも僕だって色々考えているのだ。つい先日知ったばかりの知識を自信満々に披露する僕に、剣士《ソードマン》のおじさんはなんとも言えない表情で言った。

「いいから、君は魔導師《マギ》になりなさい。こんな事を言うのは悔しいのだが、前衛はパーティの柱だ、それを担当するには君にはセンスや根性が足りない。まだ魔導師《マギ》の方が目があるだろう」


　魔導師《マギ》として、町でそれなりに有名だったお婆ちゃんは、僕が触れた水晶玉を見て目を見開いた。

「驚いた……この魔力《マナ》数値、まさかこのような才能があろうとは、この婆、もう魔導師《マギ》をやって五十年も経つが――想像した事すら、なかった」

「えー、まさか本当に僕に魔導師《マギ》の才能が？」

　魔導師《マギ》で大成するのは女性というのが定説だが、才能があるなら魔導師《マギ》になるのも悪くはないかもしれない。そう言われてみると、前衛で重い剣を振るうよりも魔法を使う方が楽しい気もする。

ルシアはすでにお婆ちゃんから天才だと言われたと喜んでいた。

ルシアは可愛らしいしまだ八歳だから、ルシアが悲しまないようにそう言ってくれたのかもしれないが、これは天才魔導師《マギ》兄妹誕生だろうか？　これは、兄の威厳ある？

目を輝かせる僕を、お婆ちゃんは可哀想なものでも見るかのような目で見て言った。

「いや……驚くほど才能がない」

「!?　がーん！」

「他のテスト結果も鑑みるに、おぬしには集中力も少しばかり足りんし、魔術に対する熱量も、想像力も足りんようじゃな。最低限の才能さえあれば誰でも魔導師《マギ》になれると思っていたが、まさかこの世にここまで才能のない者がいるとは……あの子はあそこまで才に溢《あふ》れていたというに、残酷な話もあるもんじゃ」

「えー、でもでも、いっぱい魔導書作ったよ？」

魔導師《マギ》になったら覚えたいと思っていた魔術を羅列したノートを差し出す。お婆ちゃんはそのノートに指一本触れることなく、諭すように言った。

「悪いことは言わん、魔導師《マギ》はやめておけ。おぬしにハンターとしての才能があるようには思えぬが――ハンターをやるなら別の職にしておけ。これはこの婆ができる唯一の助言じゃ」

それならば僕は一体何をすればいいのか。仲間は一回目でやるべき職を決めたというのに。

「ふーん。じゃあアンセムが頑張ってる重戦士《ヘビーウォーリア》を一緒にやろっと……」

重戦士《ヘビーウォーリア》というか……信仰系の術も学ぶらしいから守護騎士《パラディン》？　あの僕よりも小柄で心優しい幼馴染が才覚を見込まれたと言うのだから僕も才能があるかもしれない。

僕の作った魔導書は今度ルシアにあげよう。

お婆ちゃんはじろじろと僕を見下ろすと、その骨張った手で僕の頭を撫でて言った。

「……やめておけ」

「えー、じゃー何をやればいいの？　盗賊《シーフ》もだめだって言ってたし――」

お婆ちゃんは僕の言葉に、無理難題を言われたかのような難しい表情をして言った。

「そうじゃな……錬金術師《アルケミスト》など、どうじゃ？　あれは魔力《マナ》がなくても体力がなくても知識と経験、ひらめきと運でどうにかなる」

「錬金術師《アルケミスト》はシトリーがやるから……それに、ハンターには余り向いていないんでしょ？」

シトリーは心優しい女の子だ。僕のように何になるか決めきれず、おずおずと質問してきたのでいくつか考えていた案のうちの一つをあげた。図書館とかで独学で勉強しているようだし、彼女の邪魔をするのは気が引ける。それに、錬金術師《アルケミスト》は剣士《ソードマン》や魔導師《マギ》と違って一人いれば十分だ。

「しょうがない。それじゃあ、僕、あれやろっと」

夢であるハンターになるために僕は何もしていなかったわけではない。

剣士《ソードマン》や魔導師《マギ》、盗賊《シーフ》や守護騎士《パラディン》、錬金術師《アルケミスト》と、めぼしいものから珍しいものまで一通り先を越されたが、他にも考えているものはある。

僕は可哀想な子をみるような眼差しを向けてくる魔導師《マギ》のお婆ちゃんに自信満々に言った。

「踊り子《ダンサー》か吟遊詩人《バード》」

「何じゃと!?」

「どっちもやる！　決めた、僕、踊る吟遊詩人《ダンシング・バード》やる！」

お婆ちゃんが感極まったように僕を抱きしめ、しわがれた声で言う。

「おおお……踊って歌うハンターなどあるものか。そもそもそんな職、存在せぬ。可哀想に、可哀想に……」

「んー、自信はあるけど、問題は師匠だよね。誰も教えてくれないし……」

乗り気になっている僕に、お婆ちゃんは腕を離し極めて真面目な表情で言った。

「悪いことは言わないから、やめておけ」

こうして僕は何者にもなれず、邪険にされながらも五年もの間、それぞれの師の間をローテーションで回る事になる。踊る吟遊詩人《ダンシング・バード》になるのを止めてくれたのは今思い返せば、感謝しかない。

そして、運命の日、才能もやる気も職もなく消去法的にリーダーになった僕を中心とした最強の幼馴染パーティができあがり、恐ろしい事に大手を振ってトレジャーハンター黄金時代に殴り込みをかける事になるのだが、その事を当時の僕は知る由もなかった。

始まりの軌跡

とうとう来てしまった。

金属で補強された大きな木の扉はそれだけで萎縮してしまいそうな雰囲気を持っていた。

隣にはためく小さな赤の旗に描かれているのは、長い間風雨にさらされ色あせてはいたが、確かに『宝箱《トレジャーボックス》』だった。

生まれて十年も経っていない子供だって知っている。

宝箱《トレジャーボックス》はトレジャーハンター——時に数多《あまた》の幻影《ファントム》・魔物と遭遇しそれを打ち破り、時に悪意に満ちた罠を乗り越え、時に大自然の猛威にすら立ち向かい、宝物殿を探索する英雄の象徴だ。

そして、その旗を掲げるこの建物こそトレジャーハンターの総本山、探索者協会に他ならない。

道路を挟んで遠目に観察している間にも、何人ものハンター達が扉を潜っていく。

僕の身長よりも巨大な斧を担いだ強面《こわもて》の巨漢。見惚れるような靭《しな》やかな動きで扉を開ける妙齢の女性。はたまた全身をローブで隠した如何《いか》にも怪しげな魔導師《マギ》。

街を歩いていて見かけたら高確率で注視してしまう、そんな者たちが探索者協会に集まっていく。

もしかしたら色物を集めているのかもしれない。僕の脳裏にふとそんな他愛もない言葉が浮かぶ。

巨大な扉がまるで地獄の扉に見えた。

やはりというかなんというか、僕達のような若造はほとんどいない。この間成人したばかりの僕達と今見かけた恐ろしいハンター達ではそれこそ天と地程の差があるのだろう。

そして、しかし僕達はこれからその如何にも色物が集まっている建物に入らなくてはならない。

ゆっくりと深呼吸をして早鐘のように鳴る心臓を抑える。

夢だった。

僕のではなく、僕達の。

もう入る前から僕の心は折れているのだが、そのような事で脚を止めるわけにはいかない。

僕は後ろで待機している仲間を振り返った。

「やっぱりやめない？」

「えぇ!?　まだ入ってもないんだよお？　それに帝都目指すって言ったのはクライちゃんじゃん？」

後ろでうずうずしたように足踏みしていたピンクブロンドの髪をした女の子――リィズが目を見開く。他の仲間たちも各々呆れたようにリィズの声に同意する。

その通りだ。

僕達がトレジャーハンターを目指したのは五年前、まだ十歳の頃。

それ以来僕達は今日この日を目指して訓練してきた。今更及び腰になるなんて、なんと情けないことだろうか。僕も彼女達の立場だったとしたら同じ事を思っただろう。

だが、僕だけ才能がないのであった。

どうして過去の僕は、薄々自分の才能のなさに気づいていながら、トレジャーハンターの聖地、『帝都ゼブルディア』を目指すなんて言ってしまったのでしょうか。

そしてなんでリーダーみたいになっているんでしょうか。

訓練後に最終確認のような形で行った宝物殿の探索。そこでの僕の醜態を見ておきながら平然と僕にリーダーやれなんて言える仲間たちの心臓には畏れすら感じてしまう。

憮然としたような表情をした少年――僕の幼馴染の一人、恐らくハンターに対して一番熱い想いを抱いているであろうルーク・サイコルに言い聞かせる。

ルークは勇猛果敢だが少しだけ考えが足りないところがあった。

「……ルーク達だけならともかく、僕では絶対に通用しないと思う。やっぱり僕はここで帰るから君たちだけでハンターをやりなよ。遠くから応援してるから」

逃げるなら今しかない。

ルークは逃げ腰の僕に鼻を鳴らして言う。侮蔑ではない、呆れたような声。

「チッ。お前はいろいろ考えすぎなんだよ。しゃーねえなあ。俺が開けてやるよ」

「あ、ルークちゃんずるい。リーダーが開ける約束だったから我慢したのにッ！」

リィズが甲高い声で抗議する。ルークはその声を完全に無視して探索者協会の建物の前に駆けると――あろうことか、その扉を蹴り開けた。

頑丈な両開きの扉が大きな音を立てて開く。そのあまりにも乱暴な行動に、心臓がきゅっと締め付けられる。

他人の事なのに、何ていうか……そう。

今の心情を端的に述べるとするのならば――嘔吐しそうだ。

まるで襲撃するかのような勢いで扉を開けたルークに、無数の視線が突き刺さる。

そして、ルークは明らかに歓迎していない空気と視線を完全に無視し、強く一歩踏み出し叫んだ。

その手が腰の木刀を抜き、ピタリと前方を指す。

「おい、ここで一番強え剣士《ソードマン》は誰だ？　俺は――ルーク・サイコル。世界最強の剣士《ソードマン》、ルーク・サイコルだ。ゼブルディアはハンターの聖地と聞いた！　誰でもいい、手合わせ願いてえッ！」

沈黙が広がる。あまりの傍若無人《ぼうじゃくぶじん》さにさすがの歴戦のハンター達も何も言えないようだった。

いくら田舎からやってきたハンターでもルークほど身の程知らずな者はそうそういないだろう。

小柄なルークよりも頭三つ分でかい巨漢が、まるで山賊のような出で立ちをした痩身の男が、目を丸くしている。

趣旨変わっとるやんけ。誰が宣戦布告しろって言ったんだよ？

混乱しながらも慌ててルークを連れ戻すべく近寄ろうとして――その隣をリィズが駆けていく。

仁王立ちするルークを突き飛ばし、きんきん声で叫んだ。

「ずるい。ずるいってッ、一人だけ目立ってッ！　私は――リィズ・スマート。世界最強の盗賊《シーフ》。今日はねぇ、トレジャーハンターの登録しにきたのッ！」

もうダメだ。僕は取り残された残りの幼馴染――シトリー、ルシア、アンセムを連れ、身を縮めるようにして探索者協会に足を踏み入れた。

「きっきっき、おいおい、随分威勢のいい新人《ルーキー》が来たみたいだな。帝都の賑わいにやられたかぁ？　その木刀で、何をするって？　『おままごと』でもしに来たのかぁ？」

まるで爬虫類のような油断ならない目付きをした男だった。その装備は使い込まれ色あせ、血のシミがついている。テーブルには直剣とは異なる、大きく弧を描く刃の剣が無造作に置かれていた。

そこには歴戦の風格があった。

早速絡んできた先輩に、ルークが全く萎縮することなく叫ぶ。

その手に握られているのは使い込まれた木刀だ。

当然刃はついていないが、その剣身は僅かに黒ずんでいる。

「真の強者は、武器を、選ばない。いい言葉だろ？　うちのリーダーの意見だッ！　つまり、逆説的に、木刀を持っている俺が、世界最強」

「お、おう。……そうだな」

自信に満ちた顔で出される頭の悪い意見に、先輩ハンターがなんとも言えない表情をしている。

初めは真剣を持っていたのだが、ルークは血の気が多いし腕っぷしも戦闘訓練を受けていない人と比べたら圧倒的に強い。喧嘩で人を斬り殺したらどうしようもないので口八丁で丸め込んだのである。

適当に考えた言葉をよほど気に入ったのか、それ以来ルークは真剣を持ち歩くのをやめた。つまり、人を斬るのではなく殴るようになったのであった。凄い。

「……ルーキー、お前がナンバーワンだよ。こんな頭の悪いハンター、初めて見た」

掛けられた皮肉に、ルークが眉を顰め、しかし構わず答える。

「ルーキー……？　俺はルークだ。ルーク・サイコル。よく聞けッ！　今日、今、この時から！　俺たちの伝説が始まるッ！　そうだろ、クライッ!?　二つ名は《絶対神剣《テスタメント・ブレード》》で頼むッ!!」

声が大きいせいでカウンター付近全体に響き渡っていた。あまりにも馬鹿すぎて挑発にもなっていないようだ。

今ちょっと吐きそうなので僕の名前を呼ばないでください。

我が道を突っ走るルークに、緊張も吹き飛んでしまった。穴があったら入りたい。

笑いをこらえながらハンター登録処理をしてくれているカウンターの美人職員さんに声を小さくして尋ねる。

「……僕達みたいに馬鹿な新人って他にいるんですか？」

「……まぁ、極稀《まれ》には」

優しさが心に染みる。前途多難すぎる。

ルークの傍若無人な宣言に、リィズの嬉々とした声と、それを止めんとするルシアの声が遠い。僕は意識が遠のきそうな緊張感に、胸を押さえつけた。

伝説の始まり？　こんなので本当にうまくいくのか？

いや、よしんば何か奇跡があってうまくいったとして――きっと僕は足手まといのままだ。

耳から下がった宝具がやけに重かった。故郷を出る際、僕達の訓練を請け負ってくれた人に餞別として貰った宝具だ。

他のメンバーと比べて体力の少ない僕を慮《おもんぱか》り、預けてくれた少し体力を上昇させてくれるピアスである。宝具としては最下級らしいが、まだハンターになってもいない僕達にとってはとても貴重で

そして何より——その心遣いがありがたかった。

だが、それを加味しても僕は僕の幼馴染達に追いつけていない。

その時ふと、カウンターの奥にいる人を何人も殺してそうな強面の男がこちらを見ている事に気づく。凄まじい巨漢の男だ。禿頭《とくとう》に奔《はし》る入れ墨に古傷。膨張と呼べる程に発達した胸板に上腕筋、絶望的に制服が似合っていない。

射殺すような視線を受け、身を縮める。もしかしてアレも探索者協会の職員なのだろうか……帝都は本当に恐ろしい所だ。獄中につないでおくべきじゃないだろうか。

帝都ゼブルディアの洗礼に戦々恐々とする僕に、職員さんが言う。

「最後に——パーティ名とシンボルの登録をお願いします」

パーティ名と、シンボル——か。全く考えていなかったなぁ……どうしよう。

寡黙なアンセムが、シトリーが、ルシアが静かに僕の言葉を待っている。いつの間にか大騒ぎをやめたルークとリィズが期待に満ちた目で僕を見ていた。

パーティ名とはパーティの顔であり旗印であり、あり方をも意味する。適当につけるものではない。

流行りのパーティ名は聖なる系の名前だ。他にも竜や雷など、強さの象徴を入れる事も多い。

そうだな……僕をリーダーなんかにするとどうなるのか、教えてあげよう。

……強さなんて微塵も感じない名前にして、シンボルも人目には見せられない感じで——。

「そうだな。パーティ名は『嘆きの亡霊《ストレンジ・グリーフ》』にしよう。シンボルはこう髑髏《どくろ》っぽい感じで……」

「兄さん……センス悪いです……」

「おいおい、クライ。俺達は英雄のパーティになるんだぜ!? もっと格好いい名前をつけろよ」

「私、もっと可愛いのがいい！」

「クライさん……その名前だと……あの……その……危険《レッド》なパーティに見られる可能性が……」

「……うむ」

非難轟々《ごうごう》である。どうやら無事ルーク達の美的センスからも離れていたようだ。

しかし我ながら酷い名前だな。見れば見るほどセンスのなさが実感できる、いい名前だ。

これならばルーク達も幻滅しただろう。僕はあえて深々とため息をついて言った。

「僕、なんというか……この名前じゃなきゃ、やる気出ないんだよね。これはリーダー失格だな。間を取って、僕はパーティから抜けて応援役になるとかどうだろう？」

「兄さん、センスいいです！」

「嘆きの亡霊《ストレンジ・グリーフ》、嘆きの亡霊《ストレンジ・グリーフ》、か。最高の名前じゃねーか！　おい、よく聞け、てめーら！　俺達は《嘆きの亡霊《ストレンジ・グリーフ》》だ！　覚えとけよ！　未来の英雄様のパーティだぜッ！」

「きゃー！　クライちゃんサイコーッ！」

「まぁ……悪い事しなければ、問題ないですよね。いいと思います。むしろこれしかないって言うか……」

「うむ」

マジっすか。
探索者協会の職員さんも正気を疑うような目で僕を見ている。まるで先《さっき》の意見がなかったかのように大騒ぎを始める仲間たちに、僕は顔を引きつらせることしかできなかった。

——それは長きに渡るハンター人生の始まり。
《嘆きの亡霊《ストレンジ・グリーフ》》と名付けられた、一つのパーティの物語。

《嘆きの亡霊》は冒険したい①

一週間前まではピカピカでつや消しされていたルークの革鎧には、大きく十字形の傷が穿《うが》たれそこかしこに赤黒いシミがこびりついていた。

いや、鎧だけではない。上から羽織るハンター必須の外套から、一年は使えると太鼓判を押され販売されていた頑丈なブーツまで、これ以上使い続けられないくらいボロボロだ。

それは前衛たるルークだけではない。前衛兼回復役《ヒーラー》を務めるアンセムの大枚を叩《はた》いて買った鋼鉄製の特注全身鎧も、その軽やかな身のこなしでこれまでほとんどの攻撃を回避していたリィズの格好も、今や敗残兵さながらだ。後衛であるルシアやシトリーについてはまだましだが、それでも買ったばかりの魔術を増幅する杖は連続で行使した魔法の負荷で半壊し、前衛を抜けて飛んできた攻撃によりローブに複数のスリットができあがり血の染みが滲《にじ》んでいる。

無傷なのは、どうしていいやら右往左往し、結局ずっと応援をしていた僕だけだった。

帝都ゼブルディアを訪れて一週間。ハンターという職に少なからぬ期待を抱いていた僕達、《嘆きの亡霊》《ストレンジ・グリーフ》はハンターの聖地のあまりのレベルの高さに打ちのめされていた。

そりゃ僕達は帝都に来てハンター登録したばかりの新人だ。だが、これでも地元で五年近く訓練を受けていたし、僕以外の皆は故郷にいるそれぞれの師から才能があるというお墨付きを貰っていた。実際に、帝都に来る前に力試しで挑戦した地元の宝物殿は歴代最速で攻略できたし、唯一才能のない僕から見てもルーク達は大したものだと思う。

だが、所詮、僕達は田舎者だったという事だろう。

帝都での初宝物殿探索をなんとか終え、満身創痍で帰ってきた僕達は、探索者協会の隣の酒場、『挑戦者の学び場』で反省会兼なんとか生きて帰れてよかったね会をやっていた。

いつも自信満々のルークもムードメーカーのリィズも、よほど疲れたのか表情に疲労が滲んでいる。

ルークは椅子に身を預けながら、参ったようにがりがりと頭を掻《か》いた。

「ハンターの聖地――知ってはいたが、想像以上のレベルだな。驚いたぜ、まさか俺の絶対神剣《テスタメント・ブレード》が折れるとは……」

「さすがに木刀じゃねえ……てかそれ、二つ名じゃなかったの？」

「リィズ、達人は武器を選ばねーんだ。つまり、絶対神剣《テスタメント・ブレード》とは俺の未来の二つ名でもありそして同時に――俺の愛剣の名でもあるッ!!」

ルークが振るっているうちに真っ二つに折れてしまった木刀の手元半分を掲げ鋭い目で検分する。

喧嘩には過剰すぎる武器でも、化物相手では威力・耐久力共に不足していたらしい。シトリーが、子供っぽい宣言をするルークに、微笑を浮かべた。

「ルークさんはせめて刃のついた武器を持って行くべきでしたね」

それは僕も思った。あれ？　なんでルーク、幻影《ファントム》相手に木刀振るってるの？　って。

確かに僕はルークに木刀を持つように言ったが、それは真剣を携えていると喧嘩の時に抜いてしまうからであって、決して命のやり取りで木刀を振れと言ったわけではない。

宝物殿に出発する際、帯剣していない事に気づかなかった僕のミスであった。ずっと木刀を持っていたので違和感がなかったのだ。

事前に装備のためのお金は渡していたのだが、何を考えたのかそれを全て新たな木刀に使ってしまったらしい。それを知ったのは宝物殿での戦闘中だったのだから、あの時は心臓が止まると思った。

「これはッ！　俺の未熟の証だッ！　強者は武器を選ばない。腕が上がれば、鉄だろうがオリハルコンだろうが、木刀で斬り裂ける。そうだろ、クライ!?」

「…………まー、そういう人もいるよね……」

主に小説の中とか、漫画の中とかに。

「しかし、レベル1の【小鬼の遊び場《ゴブリン・ケイブ》】で大鬼《オーガ》や一つ目鬼《サイクロプス》が出てくるとは。最初はレベル1なんて飛ばすべきだと思いましたが、兄さんの言う通り順番に行く事にして正解でした」

ぎらぎらとした目で叫ぶルークに、攻撃魔法から補助魔法までまんべんなく行使し、魔法の連続行使の自己最高記録を打ち立てたルシアが蒼白の表情で言う。戻ってから少し休憩を入れたのだが、まだ魔力《マナ》欠乏が治っていないのだろう。

「あいつ強かったよねえ」

「一つ目鬼《サイクロプス》は低位でもレベル4はある、と、書物には記されていたはずなんですが……」

「……うむ」

シトリーの言葉に、ヘルムだけ外したアンセムが頷く。鎧に出来上がった凹みや罅《ひび》は大鬼《オーガ》や一つ目鬼《サイクロプス》相手に身一つで挑んだ証だ。まさか背の低いアンセム用にオーダーメイドした鎧がすぐにダメになるとは思わなかった。

「シトは本ばっかり読んでて、実戦経験がないから……レベル1の宝物殿に出たんだからあれも結局レベル1って事でしょ？　最低位であれだと、ほんのちょっとだけ厳しいよねえ。まぁ、クライちゃんだけでも無傷で良かったけど」

リィズの言葉に、ルークがまったくだと笑みを浮かべる。僕は一人だけノーダメージで申し訳ない気分だったのだが、彼らはそんな事微塵《みじん》も気にしていないらしい。

しかし、帝都のレベル1の難易度はこれまで僕達が攻略した宝物殿とは比較にならないものだった。大鬼《オーガ》や一つ目鬼《サイクロプス》はもちろん、本命の小鬼《ゴブリン》でも魔法を使う者から罠を張ってくる者、王冠を被った者まで、バラエティに富んだ幻影《ファントム》が徒党を組んで襲撃を仕掛けてきて、一筋縄ではいかなかった。

最低位の宝物殿でこれではレベル2やレベル3になるとどうなってしまうのか、想像もつかない。今回はなんとか生きて帰れたが、やはりハンターというのはルーク達のように才気に溢れる者達にのみ許された職業なのだろう。

改めて深い感慨に耽《ふけ》っていると、ふと隣の卓から酔っぱらったハンターの男が絡んできた。

「おいおい、一つ目鬼《サイクロプス》？　ルーキーが何くだらねえ冗談言ってんだよ。【小鬼の遊び場《ゴブリン・ケイブ》】に一つ目鬼《サイクロプス》なんて出るわけねえだろーが！　大体何か？　こうしてここにいるって事は、一つ目鬼《サイクロプス》相手に逃げ切れたってか？」

大声を上げる目の据わった男に、ルーク達が顔を見合わせ、シトリーが足元に置いていた大きな革袋を苦労してテーブルの上に持ち上げ、袋の口を開けた。

僕がとっさに顔を背けると同時に、周囲に鼻の曲がりそうな血の臭いが広がる。

そして、酒場に悲鳴が響き渡った。

だから、首を持っていくなんて趣味が悪いからやめなよと言ったのに。


結局、その後、一つ目鬼《サイクロプス》が宝物殿由来の幻影《ファントム》ではなく、外部からの迷い一つ目鬼《サイクロプス》だと判明、探索者協会で《嘆きの亡霊《ストレンジ・グリーフ》》の名が知られる契機となった。

宝物殿の恐ろしさがトラウマになった僕はルーク達の反対を押し切り次の仕事を護衛任務に決め、しかしそこでも散々な目に遭うのだが、それはまた別の話である。

「うおおおおおおおおお、ついに、シンボルが、出来上がったのかッ！」

ルークの咆哮《ほうこう》が部屋の中に響き渡る。

帝都でハンター生活が始まって三ヶ月。事前の訓練で予想していた以上に過酷な日々に、皆ぼろぼろだった。ルークは手足に包帯を強く巻き付けているし、リィズもシトリーも、傷が残っていない者の方が少ない。

まだ全員が五体満足なのが不思議なくらいだ。無傷なのは僕だけである。ここに至ってまだ死人が出ていないのはシトリーのポーションとアンセムの回復魔法の成長が著しいためだ。

僕達、《嘆きの亡霊《ストレンジ・グリーフ》》はこの三ヶ月で五体の幻影《ファントム》のボスを討伐し三体のユニークモンスターと戦い、盗賊団を一つ壊滅させ、認定レベルも僕が４に、他のメンバーが３になっていた。

ハントの事だけを考え続けた三ヶ月だった。皆疲労が溜まっていたが、今日だけは皆の表情は明るい。

そう、今日は――注文していた、パーティのシンボルが出来上がる日なのだ。

パーティにはシンボルが不可欠だ。そして、大体のパーティではそのシンボルを模した物を持つ。

それがパーティメンバーの心を一つにまとめる事に繋がるのだ。まぁ全員がそれを見える場所に持つ必要はないのだが、例えばあの有名な《黒金十字《くろがねじゅうじ》》は黒金の十字架をシンボルとして持ち、全員が同じ黒色の装備で統一している。

《嘆きの亡霊《ストレンジ・グリーフ》》のシンボルは笑う骸骨だ。最初にパーティ登録する際の僕の意見が通ってしまっていた。もはやここまで来るとやけくそである。僕はシンボルアイテムとして仮面を選択し、デザインも全部自分で決めて帝都一の鍛冶屋に発注した。

そして、その注文していた仮面が今、手元に届いていた。

テーブルの上に置かれた立派な木の箱に視線が集まっている。いつも澄ましているルシアも緊張しているようだ。

僕は大きく深呼吸をすると、仰々しい手付きで箱の蓋を開けた。

「ッ……う、うおおおおおおッ！」

「いい鍛冶師を使っただけあって、立派な拵《こしら》えですね！」

「ふーん、悪くないじゃん。さすが、クライちゃん」

「……うむ」

ルークが咆哮し、シトリーが両手を合わせる。リィズが目を輝かせ、最近身長が伸びているアンセムが大きく頷く。ルシアは沈黙していたが、その目は輝いていた。そして、僕は気づいた。

しまった…………目が開いてない。

ルークが自分の分の仮面を取り、大きくひっくり返す。やっぱり目の部分が開いてない。

「格好いいぞ、クライッ！　骸骨って聞いた時はどうなるかと思ったけど、俺達のシンボルとしては悪くねえッ！」

「材料に黒剛金《こくごうきん》を使用しているだけあって、かなり頑丈ですね」

「……しかし……いくらなんでも、シンボルにこのパーティで使っている装備よりも高価な金属を使わなくても……兄さん、ちゃんと考えてますか？」

「……じ、実用性を考えたんだよ。被れば顔も守れるだろ？」

「………………」

ルシアが沈黙したまま目を見開く。シトリーが何か言いたげにこちらを見ている。そうだね……目が開いてなかったね。

リィズはかぽっと自分の顔にそれを被せる。一般的なマスクのように支えがあるわけではないが、仮面の裏に仕掛けが施してあるのでちゃんと落下せずに被れるのである。その仕組みを作るためにも、めちゃくちゃお金がかかったのだ。

そして、リィズはその場でくるりと回り、椅子に激しく体当たりして床を転がった。鍛冶師が何か前が見えるような仕組みを施してくれたのではないかと一縷《いちる》の望みを抱いていたのだが、そんな事はなかったらしい。

室内に微妙な沈黙が立ち込める。今僕達の心は多分一つになっていた。

目の部分が……開いてないッ！

デザインの格好良さだけを追求した僕のとんでもないミスである。大金をかけてゴミを作ってしまった。頑丈な金属を使っているし、今から追加で目を開けるとかなり格好悪いデザインになってしまう。被って使えるからと、経理担当のシトリーを言いくるめて、パーティのプール金の大部分を使ったのに、前提が崩れてしまった。

ハンターになってから三ヶ月。僕の選択でパーティは散々な目に遭っているのに、これはない。戦々恐々としながら謝罪しようと口を開きかけたその時、シトリーが慌てたように言った。

「わ、わぁ！　さすが、ばっちりですね。これなら目眩ましも効きません」

シトリーが仮面を被り、恐る恐る数歩歩き、椅子にぶつかる。

……その優しさが、今だけは心に痛い。

「……確かに、これなら顔の防御は万全だな……なんかわからないけど、呼吸はできるみたいだし」

ルークが仮面を被り、不思議そうに言う。何故《なぜ》呼吸はできるようにしてくれたのに、目は見えるようにしてくれなかったのだろうか。

ああ、そうだね。呼吸の方は僕が頼んだんだね。わかってる。わかってるよ。

「気配察知の訓練にバッチリかも。これでいつも通り動けるようになったら、凄くない？」

「私は別にいいですが……確かに唇を隠せるのは……いいかもしれません。詠唱が読まれにくくなりますし」

「うむ」

皆が、慌てたように口々にフォローして、無理やりテンションを上げてくれる。

痛い。優しさが心に痛い。いいよ。別にフォローしなくていいよ。思う存分、罵っておくれよ。目の所、開けるの忘れてますよってはっきり言っておくれよ！

僕は大きくため息をつくと、半端な笑みを浮かべて言った。

「顔も完全に隠せるし、相手を威圧する力もあると思うんだ。こんなシンボル持ってるパーティ、他にないよ？」


その後、僕達はシンボルを変える事なく盲目の笑う骸骨の仮面を抱き活動する事になった。冗談だと思っていたのだが、僕以外のメンバーはしっかりハント時もその仮面を被り、いつしかハントに影響ないレベルで行動できるようになっていた。

ちなみに、如何《いか》にもな仮面が齎《もたら》したのは盲目状態での戦闘行為だけでなく、犯罪者《レッド》パーティと間違われて正義のハンターに追い回されたり、盗賊団からスカウトを受けたり散々な目に遭う事になるのだがそれはまた別の話である。

《嘆きの亡霊》は冒険したい③

トレジャーハンターは本当にハイリスク・ハイリターンな仕事だ。帝都に来てから半年、僕はそれを強く実感していた。

探索者協会のロビー。ルークが拳を握り、人目も憚《はばか》らず大声をあげる。

「よっしゃー、これで全員レベル４以上になったなッ！」

その声に呼応するように、近くのハンター達がざわついた。皆がこちらに注目しているのを感じる。

帝都に来てからたった半年で、僕達《嘆きの亡霊《ストレンジ・グリーフ》》は幾度となく死にそうになった。もう何度も起こりすぎて数えるのを諦めたくらいである。ルークもアンセムも生傷が絶えず（アンセムが回復魔法で治すので命に別状はないのだが、回復魔法でも傷を完治させるのは難しい）、毎日見ているのでなかなか気づきにくいが、顔つきも歴戦のそれになっているように見える。

それらを代償として得たものが——認定レベル４である。ハンターの認定レベルは３までは上げ易く、それ以上は階乗的に上がりにくくなっていく。これは、３というレベルが最低限トレジャーハンターの能力を持っている事を意味しているからだ。

故に、三ヶ月でレベルを３に上げた才あるトレジャーハンターでも、次の三ヶ月で４に上げる事は難しい。僕達のように後ろ盾がほとんど何もない状態ならば尚更だ。３と４の間には限りなく高い才能という壁が存在する。ルーク達はまさしく、英雄の一歩を踏み出しつつあった。

最近は一度のハントで入る収入が馬鹿にならない額になってきていた。メンバーで割っても、一般人の平均的な年収くらいは入っているだろう。金銭感覚が麻痺してしまいそうだ。訓練漬けのルーク達と違って、僕は時間的な制約が緩いので尚更だ。

後ろを見ると、僕以外のメンバーはまだやる気満々だった。ハントと訓練で疲労は僕よりも大きいはずなのに、その目には生命の輝きがある。ルーク達に追い付こうなんて大それた想いはとっくに消え去っていたが、それが僕には蝋燭の炎の最後の輝きを見ているかのようで、少しだけ怖かった。

ルーク達はあらゆる意味で凄い。ハンターになるべくして生まれた逸材だ。最初は僕達にちょっかいを出してきていた帝都のハンター達も、ルークやリィズがすぐに噛みつくので今は手を出さなくなっている。ある意味これも認められたという事だろう。

この優秀なハンターの多い帝都でも、《嘆きの亡霊《ストレンジ・グリーフ》》の名は徐々に広まってきている。これは、外からやってきた新人パーティの中では突出していると探協の職員の人から聞いていた。

今はまだ有名パーティとまではいっていないが、いずれこの帝都でも知られたパーティになれるだろうか。そして、そう考える度に僕はパーティ名を《嘆きの亡霊《ストレンジ・グリーフ》》なんてけったいな名前にしてしまった事を後悔するのである。

「おう、ルーク。お前ら、全員レベル４を超えたんだってな。実は、お前らに丁度いい仕事がある」

そこで、強面《こわもて》の探索者協会の支部長、ガークさんが声をかけてきた。後ろには今の僕達よりもずっと平均レベルの高い、俗に言う上級パーティが立ち並んでいる。

磨かれた武器に鍛え上げられた肉体。威圧感に余裕。

ものものしい雰囲気だった。僕達はそれなりに依頼をこなしてきたが、この帝都の中ではまだ中堅に過ぎない。あの有名な元《戦鬼《せんき》》が声をかけてくるのだから、相当な仕事だろう。

ルークが自分よりもずっと経験豊富な先輩ハンター達を目を細め値踏みし、リィズが獰猛《どうもう》な笑みを浮かべる。シトリーが目を丸くしている。もはや一時の猶予もない。僕は申し訳なさそうな表情を作ると、きっぱりと言った。

「申し訳ない。これから僕達はどうしても抜けられない仕事があって——また呼んでください」


ガークさん達は余り強く求める事なく、残念そうに去っていった。

その影が消えるのを待って、ルシアが言う。

「良かったんですか？　兄さん。探協の支部長から声がかかるなんて滅多にないそうですが」

「……いいんだよ」

危なかった。ガークさんは強面だ、昔の僕ならば流されるままに話を聞いてしまっていただろう。

僕も成長したという事だろうか。

探協から声がかかるのが将来有望の証である事は知っている。だが、そういう依頼はリスクも高いものだし、リスクの低いものを選んでも死にそうになっているのだから、まだ時期尚早というものだろう。

「まぁ、いいけどね。クライちゃんがリーダーだし」

リィズが唇を尖らせ、不満を隠そうともせずに言う。僕は苦笑いでその背をぽんぽんと叩いた。

元々、僕がリーダーになったのは強制だったが、彼らは実力差がはっきりとわかった今でも、まだ僕をお飾りではなく、本物のリーダーとして扱ってくれるのだ。

「で、クライ。抜けられない仕事ってなんだ？　相当な事なんだろうな？」

ルークが真剣な目で聞いてくる。彼は僕が適当な事を言って仕事を受けなかったなどとは夢にも思っていないのだろう。

ルークが好むのは宝物殿の探索を除けば魔物討伐系の依頼だ。彼は剣を振るうのが好きで好きで、しょうがないのである。

だが、最近は働きすぎだ。体力の有り余っているルーク達だが、限界がないわけでもないだろう。たまにはこれまでやった事のない――そう、街の外に出ずにできる依頼をするべきだ。

シトリーにそう伝えようとしたその時、不意に後ろから声を掛けられた。

「《嘆きの亡霊《ストレンジ・グリーフ》》だな？　是非君たちに頼みたい仕事がある」

声の主は怪しげな黒いフードの男だった。目つきはハンターと遜色ないくらいに鋭く、明らかに堅《かた》気《ぎ》ではない。

直接依頼を持ちかけられるのは珍しい。それは、名が少しは広まった証でもある。

「…………今は街の中でできる仕事を探しているんですが」

「ああ、ならば丁度いい。私が依頼したいのは街の中でできる『護衛』の仕事だ。報酬は弾む、場合によっては追加報酬も払おう」

……少し怪しいが、たまにはこういう依頼もいいか。護衛依頼だが、街中でできるというのならば、戦闘になる可能性は高くないだろう。僕は瞬時に打算を張り巡らせると、著名パーティのリーダーらしくハードボイルドな笑みを浮かべ、小さく頷いた。

結局、受けることになったその依頼の護衛対象が帝都でも悪名高い犯罪組織のボスである事に気づいたのは、それらを掃討にやってきたガークさん達と対峙した後だった。そこからひと悶着あり、それをきっかけに僕達は賞金首《バウンティ》ハンターとして知られるようになったのだがそれはまた別の話である。

「なんか暇だな……」

宿の中。リィズ達の姿はない。たった一人ごろごろしながら欠伸《あくび》をする。

ここしばらくは連続で宝物殿を探索していたので、しばらくはハントもお休みだ。

《嘆きの亡霊《ストレンジ・グリーフ》》は全員が幼馴染だ。物心ついた頃からずっと一緒に遊んでいたし、トレジャーハンターになりパーティを組んだ後も欠員が出る事もなく、仲良くやってきた。時間もずっと共有してきたのだが、トレジャーハンターになって二年余り、僕達の関係に変化が表れていた。

きっかけは僕の慟哭《どうこく》だった。

際限なく上がり続ける宝物殿の難易度と敵の強さにもうトレジャーハンターで居続ける事が耐え難くなり、引退を訴えた僕に、ルークは真剣な表情で言った。

「こんなんじゃダメだよな……はは……こんなところで足止めを食っているようじゃ最強のハンターなんて夢のまた夢だ。ありがとよ、おかげで目が覚めたぜ。俺、ちょっと基礎から鍛え直すために《剣聖》とか呼ばれてるやつの弟子になってくるわ……」

完全に勘違いである。僕は彼らが弱いから失望してトレジャーハンターをやめたいと言ったのではなく、僕自身が弱いからやめたいと言ったのだ。

だが、ルーク達は一度こうと決めたら撤回などしない。

それ以来、ルークに限らず他のメンバー達も休暇中に外に修行に行くようになり、その度に唯一修行するつもりも必要もゼロな僕は宿に引き篭もる羽目になっていた。

自業自得なのだが、最悪である。既に帝都で《嘆きの亡霊》《ストレンジ・グリーフ》の名はそこそこ売れており、一人だけ時間ができたからと言って無防備に外を出歩く事もできない。

となると、やれる事は寝たりルームサービスを取ったりくらいなのだが、それだって限度がある。

そもそも、皆が修行している間にだらだらするとなると、いくら僕でも罪悪感が凄い。


認定試験に受かり晴れてレベル6になったのはつい先日の事。しかし、僕の力は帝都に来たばかりの頃とほとんど変わっていなかった。装備はアップデートされているが、重い物が持てない僕からすればそれだって微々たるもので、僕とルーク達の差は開き続けるばかりだ。

いくら親友だからって、どうしてルーク達はそんな僕と冒険しようというのか、理解に苦しむ。

既にパーティの指揮についてもシトリーが代わりに執ってくれている。

できる事があればしてあげたいが、今の僕にできる事はなにもない。むしろ僕がいる事は彼らのためにならない。ぼんやりと考えながら、予《かね》てから考えていた案を呟いてみる。

「…………やっぱり、クランでも作るか」

レベル5以上のハンターはクランという複数パーティから成る団体を作る権利を得る。普通は引退したハンターが後進の育成のために作る事が多いが、若手である僕も権利を持つ事に変わりはない。クランには運営が必要だ。そうなれば僕には合法的にハントについていかない理由ができる。と言っても僕にまともなクラン運営ができるとは思えないが――クラン運営と命懸けの探索、どっちが大変だろうか？

一瞬考えるが、答えが出るわけもなく。そもそもクランの設立は宿にいながらできる事でもない。ルーク達にも付き添ってもらわねばならないだろうし、機嫌を取る手段を考えておくべきだ。

僕は小さくため息をつくと、起き上がり机の上にノートを広げた。

一冊一万ギール。革製の立派なノートである。かさばるが立派な装丁《そうてい》にはロマンが溢れており、何かと物事を忘れがちな僕に必須のアイテムだ。

何もかもが苦手な僕だが、実は僕にも一つだけ取り柄がある。

それは――字が綺麗な事。まぁ綺麗と言っても凄く綺麗なわけではないのだが、多分字の綺麗さはシトリーにも負けない。昔はよくノートに考えた魔法を書いてルシアに押し付けていたものだ。

と、そこで僕は目を見開いた。

待てよ……？　もしやクランなど立てるまでもない？

命懸けの探索をするくらいならクランを運営したいが、別に凄くクランを作りたいわけでもない。特に理念があるわけでもない。作らずに引退できればそれに越した事はない。

ルーク達は僕の引退要請を自分達の弱さのせいにした。それを本当の事にしてしまえばいいのだ。ルーク達は頭のネジが少しだけ緩んでいるが、強さについてはストイックだ。そこを突く。

僕は久方ぶりに不敵な笑みを浮かべた。

「どうやらこれまで培ってきた魔導書作成スキルが役に立つ時が来たようだな」

オリジナル剣術書を作成し、ルークに押し付ける。剣技を身に付けない限り一緒に行けないと駄々をこねる。通じるか微妙だが、ダメでもともと、暇つぶしもできて一石二鳥だ。

そもそも僕はオリジナル魔法を考えるのが大好きである。自分で使えないからこそ妄想が捗《はかど》るのだ。剣技を考えた事はないが、これまで英雄譚や漫画は沢山読んでいるし、魔導書と大体一緒だろう。

「待てよ……？　修行…………修行と言ったら、滝だ!!」

考えるべき事は剣技だけではない。大切なのは心身ともに鍛える事である。ルーク達はいつも実戦さながらの訓練を行っているようだが、滝に打たれているところは見た事がない。

スイッチが入ってきたのか、様々なオリジナル修行やオリジナル魔法、オリジナル剣技がこんこんと湧き続ける泉のように脳裏に浮かんでくる。一部フィクションで見聞きしたものもあったが、気にしない。物語の中で強力な幻獣をばっさばっさと倒せたのだから、きっと多分強いに決まっている。習得できなかったらそれを理由に一時脱退するとでも言えばいい。一度僕がいない状態で冒険をすれば、どれだけ僕が足手まといだったか実感できるはずだ。

自分で言っていて悲しくなってくるが――今日の僕は、冴えてる？

僕はにやにやと笑みを浮かべると、ようやく思いついた、ルーク達のためにできる事を決行するのであった。

その後、ルークは僕のオリジナル剣術書を恨み言一つ漏らさず読み込み、あろう事か僕の考えた格好いい剣技を完全習得する事となった。リィズ達その他のメンバーについても、僕の理想と妄想の詰まった書を読んで文句の一つも言わなかった。

完全に退路を塞がれた僕は仕方なくクランを作るため奔走する事になるのだが、それはまた別の話である。

トレジャーハンターにとって宝具とは宝物殿に潜る目的であり、武器であり、切り札であり、相性のいい宝具の発見はトレジャーハンターとしての進退をも決定づける重要な要素である。

唐突だが、僕の趣味は宝具集めだ。興味を持つきっかけになったのは、宝具が練習すれば誰にでも起動できる点だろう。魔導師《マギ》の才能も剣士《ソードマン》の才能もなくハンターに必要なものを持たない僕にとって、誰でも練習すれば発動できる魔法の道具は魅力的なものだった。

《嘆きの亡霊《ストレンジ・グリーフ》》がハントで得た利益は貢献度にかかわらず等分だ。

トレジャーハンターになってから早三年。才気溢れるメンバーの冒険のレベルはとどまるところを知らなかったから、僕にも大金が入ってくる。そして、僕はそれらの大金のほとんどを使い宝具を買い漁っていた。仲間がハントで手に入れた宝具を分けてもらう事もあったから、僕のコレクションは僅かな期間で宝具コレクターの中でもそれなりのものになった。

人間運の良さは多分、何もかもを持っていなかった僕の数少ない長所だ。クランを作ったばかりの頃は僕にもやる事が多かったが、副マスターのエヴァは優秀で、すぐにやる事もなくなる。

幼馴染達が修行している間、暇だった僕は大体宝具を磨いたり宝具で遊んだりして過ごしていた。

今日も今日とて、できたてのクランマスター室でまったりと宝具を磨いていると、ソファに転がりつまらなそうにこちらを眺めていたリィズが唐突に言った。

「ねぇ、クライちゃん。なんかぁ、私に良い宝具とかないの？」

「え？」

「いやぁ……私はクライちゃんみたいに宝具になんて興味ないけど、ハンターとしては持っていた方がいいでしょ？」

リィズがあまり興味なさそうな表情で言う。

「確かに……一理あるな」

宝具は強力な道具だ。だが、所詮はただの道具であり、トレジャーハンターの本質ではない。

宝具なしで活動している一流ハンターだっている。僕が宝具にここまで魅了されたのは僕があらゆる才能を持たない男だったからだ。

リィズやルーク達は自らを鍛える事に執心しており、宝具に執心するのは僕だけだった。

いや、逆にもしかしたら……彼らが興味を持たなかったから、僕が興味を持ったのかもしれない。

「…………いくつか試してみる？」

「!! やるやる！」

僕の提案に、リィズが目を輝かせ、身を起こす。これまで全く興味を持っていなかったのに凄い食いつきだ。

思わず目を見開くが、冷静に考えると、最近休みの時も宝具を磨いてばかりで付き合いが少し疎《おろそ》かになっていたのかもしれない。

反省しながら、リィズを連れてクランハウスの訓練場に向かう。

途中で偶然にもルーク達も合流し、大所帯だ。

「リィズばっかりずりーだろ！　俺にも選んでくれ！」

「ようやくリーダーの収集癖が役に立つ時が来たんですね。これまでさんざんチャージしてきたのがようやく報われます」

何も考えていないルークが楽しそうな声をあげ、ルシアが腰に手を当て小さくため息をつく。

しかし、これからが大変だ。

僕がコレクションしてきた宝具は膨大で、そして必ずしも有効なものばかりじゃない。

僕は宝具を集めたくて集めていたのだ。別に強いから集めたわけでも、希少だから集めていたわけでもない。むしろゴミの方が安いから集めやすくていいまである。

シトリーのゴーレムが僕の私室や倉庫から宝具を運んでくる。武器型やアクセサリー型といったよくあるものから、箒《ほうき》やテーブルといったあまり一般的ではない宝具まで、あまりに多種多様な宝具に、リィズが目を丸くする。

「よく集めたねえ……何？　この椅子みたいなのも宝具なの？」

「あ………」

リィズがちょうど近くにあった金色の椅子にひょいと腰を下ろす。

と、お尻が椅子についた瞬間、その身体が大きく跳ねた。

目が大きく見開かれ、小さな悲鳴を上げて床に転がる。

「電気椅子だよ。座ると電気が流れる」

「!? なんで、そんなの持ってるんですか」

「…………安かったから」

俗に『カースド』と呼ばれる、デメリットのみを与える宝具は基本的に安価なのだ。

「ッ……クライちゃん、酷い……びりっとしたぁ」

リィズが腕を伸ばし、涙目で足元に縋《すが》り付く。まだ身体がうまく動かないようだ。

いや、だって……ねぇ？

「そ、そこそこ強力なハンターでも意識が飛ぶレベルの電流だったはずなのに平気なんて、リィズは凄いなあ」

「…………」

沈黙に耐えきれず、周囲を見ると、ちょうど青い腕輪に目が留まる。

「そ、そうだ。見てよ、これなんて、リィズに似合いそうじゃない？」

「！　つける、貸して！」

「あ…………」

リィズが腕輪をぱっと取り上げ、躊躇《ためら》う事なく手首につける。

そして、つけた瞬間、その場で派手に転倒した。

頭を強く打ち付け、混乱するリィズ。とっさに起き上がろうとして再び派手に転倒する。手足からぐきりと音が鳴る。

それ以上抵抗する事なく、リィズがべたりと横たわったまま、無表情で僕を見上げる。

「……惑いの腕輪《ラビリンス・リング》だ。つけると上下左右、平衡感覚がめちゃくちゃになる」

「クライちゃあん、私の事、嫌いなのお？」

「……いや、似合いそうだけど危ないからつけられないなって言おうと思ったんだ……だけど普通のハンターなら反射と混乱で肉体が壊れるまで身体を動かすはずなのに……リィズは凄いなぁ」

「危険な宝具ばかりですね」

「……うむ」

シトリーの呆れたような言葉に、アンセムが重々しく頷く。

「いや、その二つが特別危険で……危険な宝具ばかりじゃないよ。そもそも触れたりつけたりしただけで発動する宝具ってのは珍しくて――」

誤解を解こうとする僕を他所《よそ》に、今まで何をみていたのか、ルークが傍らに立て掛けてあった深紅の剣を持ち上げた。

「お、この剣、すっげえ格好いいじゃねえか！　クライ、なんて剣なんだ!?」

「あ…………」

止める間もなく、ルークが鞘から剣を抜く。その目が大きく見開かれ、瞳孔が剣呑な光を帯びる。

その剣は刃まで血のような色でできていた。

呪われているような外見だが…………実際に呪われている。

「ふ、ふおおおおおおお！　あああああああああ！　人を――人を、斬りてえ！　ひとひとひとひと！」

……なんかいつもどおりだな。

叫び飛びかかるルークに、ルシアが悲鳴を上げる。その前にアンセムが立ちはだかる。

シトリーと、床に転がったリィズがジト目で僕を見ている。僕は慌ててフォローするのだった。

「……抜くと正気を失うはずなんだけど、正気を保っているなんて、ルークは凄いなぁ」

その後、危険度の高い宝具はリィズ達にトラウマを刻みつけ……る事も特になく、何故かめでたくルーク達の修行道具になった。

本来忌み嫌われる宝具を克服する事でリィズ達はさらなる力を手にする事になったのだが、それはまた別の話である。

《嘆きの亡霊》は冒険したい⑥

地獄のような、夢を見ていた。

魔物は恐ろしい。人よりも遥かに強靭な肉体の動植物が殺意を持って襲いかかってくるのだ。有する力は下級の魔物であっても、何故かいくら冒険しても身体能力が全然上がらない僕と比較すると隔絶していた。

幻影《ファントム》は恐ろしい。過去の記憶の顕現であるそれら襲撃者には生命の持つ本能が存在しない。自らの命を一切顧みる事なく、時に太古の武器を自在に操る幻影《ファントム》は僕にとって恐怖の対象だ。

そして何より――人間の犯罪者は恐ろしい。ゼブルディアの犯罪者はハンター崩れが多く、マナ・マテリアルを大量に吸っている。

時には一般ハンターの中に交じっている事もある。それら狡猾《こうかつ》で用心深い連中は人の形をした魔物も同然だ。

矢が、銃弾が、砲弾が、魔法が、真っ赤に焼けた空を飛び交っている。

剣戟《けんげき》の音が、悲鳴が、湿った何かが潰される音が聞こえる。

死体の山。異形の怪物。そして、英雄然とした幼馴染。地獄のような戦場で、一人その場に似つかわしくない僕は頭を抱えて逃げ惑っていた。

トレジャーハンターとしてそれなりに順調に滑り出しておよそ二年。

《嘆きの亡霊《ストレンジ・グリーフ》》は有望株として知られ、僕もそのパーティリーダーとして普段は精一杯の虚勢を張っているが小心が直ったわけではないのだ。

帰りたい。地元に戻ってのんびり余生を過ごしたい。嫌だ。もう戦いは嫌だ。血も見たくない。そしてもちろん、仲間が傷つくのも見たくない。

必死にハードボイルドに叫ぶ。叫ぼうとする。

土下座か？　土下座すれば解放してくれるのか？　ならばこのクライ・アンドリヒ、喜んで土下座しようじゃないか！

だが、声は出ない。

代わりに頬に熱いものが押し付けられ――僕は目を覚ました。

押し付けられていた足をどけ、目をこすりながら半身を起こす。

「む……う……」

寝間着が汗でぐっしょり濡れている。

まだ窓の外は薄暗い。ぐるりと周りを確認する。

そこは見覚えのある宿の一室だった。ハンターのパーティ向けの宿の寝室である。

そして、僕の頬を蹴っていたのは――ルークの足だった。

ルークが寝る前の姿から百八十度回転した酷い寝相でいびきをかいているのが、暗闇の中、ぼんやりと見える。

広々とした寝室に置かれていた頑丈そうな六つのベッド（ハンターは六人パーティが一番多いので、そういうタイプの宿が多い）は動かされ、一箇所にくっつけられていた。

最初はもちろん間が離れているのだが、リィズがくっつけ始めたのを皮切りに全部くっつき、やりたい放題になったのである。

他のトレジャーハンターが見たらきっと子どもだと笑われる事だろう。

すぐ右隣ではルシアが布団を抱きしめ静かに眠っている。その更に隣では、きゃーきゃー言いながら僕の隣を取ろうと騒いだ結果、ルシアに負けたリィズとシトリーが顔をあわせて眠っていた。

あんなに酷くて暑苦しい夢を見ていたのは皆固まって眠っていたからだろう。

だがそれは、最近成長期で身体が大きくなり一つのベッドには入らなくなってしまったアンセムをベッドに詰めるためでもある（だが、ありえないとは思うが、このまま大きくなり続けたら早晩、アンセムは床で寝る事になるだろう）。

眠い。頭がくらくらする。だが、最近の寝付きの悪さは異常だ。

前までの僕ならば多少の暑さやルークの寝相くらいで目覚めるような事はなかった。

僕の唯一の取り柄は寝付きがいい事だったのに、それもこれも犯罪者共が悪いのだ。

《嘆きの亡霊《ストレンジ・グリーフ》》の知名度に比例するように犯罪者に狙われる頻度も上がっていた。

新鋭は狙われやすいとは聞いていたが、恐らく、僕達をパーティ名の字面から仲間だと思いこんで来た奴らを何度か叩きのめしたのが恨みを買ったのだろう。

魔物や幻影《ファントム》との戦いは街に帰れば回避できるが、犯罪者共は昼夜問わず、街の内外問わず襲ってくるものだから堪《たま》ったものではない。

最近は拠点を頻繁に変え身を潜める事で対策は取っているが、どこで聞きつけるのか数日もすると正確に狙ってくる。たまに連日になる。完全にいたちごっこである。

ルーク達はそんな状態でもぐっすりのようだが、一般人の僕としては本当に勘弁して欲しい。精神も肉体も全く休まる暇がない。

情けない話だが、このままでは単純な疲労で倒れてしまうだろう。別に僕が戦っているわけでもないのに。

喉がカラカラだった。

「水…………」

「…………」

呟くと、ぐっすり寝入っていたルシアが寝ぼけ眼で起き上がり、枕元のコップに魔法で水を入れてくれる。

優秀なハンターというのは眠っている間も頭の一部が目覚めており、どんなアクシデントにも対応できるようになっているという。すっごい。

まるで起きているかのような反応だが、翌朝、記憶に残っていない事はすでにわかっている。僕も是非あやかりたい。

ルシアは僕が水を受け取ると、そのままぽふんとベッドに倒れた。そのパジャマに包まれた足がダイナミックに動き、そろそろとこちらににじり寄ろうとしていたリィズの足を撥《は》ね除《の》ける。

魔導師《マギ》は魔術行使のために並列思考を鍛えるというが、彼女のガードは鉄壁だ。できれば寝相が悪く時折寝ぼけて素振りを始めるルークの方をガードして欲しいのだが、左隣はノーガードのようである。

やたらと修羅場を乗り越え新鋭などと呼ばれるようになったが、こうして寝顔を見ると帝都にやってきた二年前とほとんど変わらない。

「にいさん、もう、ねないと……」

ルシアがむにゃむにゃと言う。

それに呼応するように左右から小さな声があがる。どうやら皆、脳の片隅は起きているようだ。

「とお、これが新たな百刀流――」

「うむ……うむ……」

「むぅ……クライちゃんが……かぎ」

「ぎ……ぎんいろの、たこ」

どんな夢を見ているのだろうか。

……寝言でしりとりしてるし……銀色のたこって何？

僕はしばらく耳を傾けていたが、小さくため息をつき枕元にコップを置いた。

もう一眠りしよう。さすがに日中に倒れたら情けない。こんな僕でも一応はリーダーなのだ。少しでも頼りになるところを見せなくては……。

周りをもう一度確認し、大きく欠伸をして布団に潜る。潜ろうとしたところで――窓ガラスが音を立てて割れた。

外から黒い何かが投げ込まれる。悲鳴を上げる間もなかった。

息を呑んだ瞬間、黒い物体が光を放ち――小さく爆発する。

否、それは圧縮だった。爆発はぎりぎりで押し込まれていた。

強い閃光は一瞬で消える。床に敷かれた絨毯《じゅうたん》には焦げの一つもついていない。

いつの間にか隣に寝ていたルシアが身を起こし、手の平をそちらに向けていた。目がはっきりと開いている。

続き、ぐっすり眠っていたはずのリィズが割れた窓から外に飛び出し、ルークが悔しげに言う。

「くそっ！　気をつけていたのに、またクライの方が先に気付いたかッ！」

「え!?」

ルークが飛び起き、立て掛けてあった木刀を持って走る。

駆け込んで来たのは黒の衣装に身を包んだ男たちだ。

もうバッチリ目を覚ましたらしいシトリーが叫ぶ。

「お兄ちゃん、扉ッ！　ルークさん、飛び出していったお姉ちゃんのサポートを！」

「うむ……」

アンセムが転がるようにベッドから降り、床が軋《きし》む。

僕は目を瞬かせ、叫んだ。

「襲撃だ！」

「今更!?」

ルシアが目を見開くが、今更だ。

駄目だ、危機感はちゃんとあるのに判断力が死んでいる。

再び黒い物体――爆弾が投げ込まれるが、ルシアが手の平を向けるとそれに圧《お》されるようにして窓の外にはじき出される。

くぐもった爆発音と誰かの悲鳴が上がる。シトリーがポーションを持ってアンセムのサポートに駆ける。

どこからともなく放たれた炎弾をルシアが手を振り、魔法で防ぐ。前までは呪文を唱えて魔法を使っていたはずだが、どうやら我が妹はいつの間にやら無詠唱の極意を身に付けてしまったらしい。

僕は何もできる事がないので、仕方なくベッドに身を横たえ、柔らかく暖かい布団を被った。ルシアがぎょっとしたように僕を見る。

「はぁ!?　寝直すなッ！」

「ルシア…………銀色のたこって何だろう？」

「!?　？？？　知らないですッ！　このッ！　このッ！　このおッ！」

ルシアが甲高い声で魔法を使い、アンセムの防御を抜けてきた攻撃魔法を防御する。

襲撃者は多々いるが、ここまで魔法を使ってくるのは珍しい。魔導師《マギ》というのは基本的にエリートなのだ。

そこで、ベッドの中で現実逃避しながら、鉄壁のガードを誇るルシアにふと湧いた疑問をぶつける。

「なんで拠点を変えてるのにこんなに襲われるんだろう」

「!? 相手をしっかり潰さずッ！ こそこそ逃げ回ってるからッ！ だとッ！ もうッ！ もうッ！ もうッ！」

ルシアは悲鳴のような声で答えると、目の覚めるような青色をしたヤバそうな炎弾を消し飛ばすのだった。


その後、僕はルシアの意見を半信半疑ながらも聞き入れ、逃げ回らずどっしり構えるよう方針を転換した。

それはそれで奇襲ではない襲撃があったり、ルーク達が新たな修行だと喜んだり大騒ぎしたりする事は全く変わらなかったのだが、それはまた別の話。

《嘆きの亡霊》は冒険したい⑦

「んー、困った。困ったなぁ……」

クランマスター室の執務デスク。大きなデスクの上に脚を乗せ、エヴァをちらちら見ながら唸る。

エヴァは一瞬、嫌そうな表情をしたが深々とため息をついて尋ねてくれた。

「…………今度はどうしました？　クライさん」

「いやぁ……僕は困ってるんだよ。最近全く、想定外が続いてさ……」

クラン《始まりの足跡《ファースト・ステップ》》設立から数ヶ月。設立作業やら諸々の厄介事の処理で忙しかった日々も副クランマスターに敏腕なエヴァを雇った事でどうにか落ち着きを見せ、安定した日常が戻っていた。

僕も無事クラン運営に携わる名目で宝物殿に行かなくなり、目論見《もくろみ》は大部分が達成したと言える。

だが、たった一つだけ予想外な事があった。

クランという社会の中に放り込まれたのに、ルークとリィズの協調性が全く改善しなかったのだ。

「うちのパーティに新しいメンバーを入れようと思うんだけど、どう思う？」

「え!?」

僕がクランを立てた理由は二つある。一つ目は、クラン運営に集中する名目で命懸けの冒険に行かなくていいようにするためだが、もう一つは幼馴染達（特にルークとリィズ）の協調性の向上だ。だが、既にリィズ達はクランを立ち上げてから何度もメンバーと対立を起こしていた。どうやら自分達と同じくらい才あるメンバーに囲まれても特に心境に変化が起こったりはしなかったらしい。

これでは目的が半分しか達成できていない。

深々とため息をつき、頼りになる副マスターに言う。

「クランを立ち上げたら、どこからかいい人材が来ると思っていたんだけど——エヴァ、なんかいい人いないの？」

「!? それは……」

何も知らない僕に代わってあらゆる立ち上げ業務を熟《こな》した敏腕なエヴァが困ったように眉を顰《ひそ》める。

元々、新規メンバーについてはずっと考えていた。協調性を養う以外にも、戦力としてもう一人くらい入れた方がいい。ハンターは六人一組が基本なのだ。

だが、エヴァにもいい考えはないようで、困ったように眉をハの字にする。

「うちのメンバーについていけるような優秀なハンターは大体パーティに入っているんだよね」

「……そうでしょうね……」

おまけにパーティの評判が悪すぎるせいか、募集しても加入希望者すら来ない。

「どっかから攫《さら》ってくるしかないのかな……」

「冗談……ですよね？」

「そりゃ……冗談だよ」

エヴァは僕を何だと思っているのだろうか？　トレジャーハンターを攫えるわけがないだろ！

「我《が》の強いうちのメンバーに順応できて、《嘆きの亡霊《ストレンジ・グリーフ》》のハントについていけるだけの実力があって、寛容で、一人で活動していて――」

「いるわけ、ないでしょう……」

指折り条件を挙げる僕に、エヴァがツッコミを入れる。そりゃそうだ。

だが、こちらも出来るだけ譲歩するつもりだ。とりあえず、一人欲しいのだ。そうじゃないと、今は大人しくしているルーク達が、頭数揃える事を名目に僕を冒険に攫いかねない。

というか、既に控えめなお誘いが来ている。次は砂漠に行くんだってさ……行かないよ!?

しばらく悩むが、何もいい案は思いつかなかった。

そもそも、この何かと有能なエヴァにもわからないことを、僕がどうにかできるわけがない。

「…………はぁ……仕方ない、か」

長い目で見よう。お誘いは全力で拒否すれば時間稼ぎくらいはできるはず。

クランが有名になれば条件に合う人もやってくる。やってくると、信じるしかない。

「クライさん、これ以上の面倒事は勘弁してくださいね」

「え？　あ、うん……わかってるよ」

生返事を返すと、僕はお腹の上で手を組み、目を閉じた。

そして、僕は拒否する間もなく、寝ている間に砂漠に拉致された。

「きゃー、凄い日光！　見てみて、クライちゃん！　何にもなーい！」

「うおおおおおおお！　ここが死の砂漠か、腕が鳴るぜッ！」

鳴らないでください。テンションの高いリィズとルークの声が何もない砂漠に響く。

どこまでも続くなだらかな砂丘はどこか幻想的で美しい。周囲には人っ子一人おらず、道なき道を歩いていると頭がおかしくなりそうになる。

馬車も今回はおやすみだ。馬が耐えられないらしいよ？　馬も耐えられない砂漠に眠っている間につれてこられた僕の心境を想像できますでしょうか？

「うむ……」

「しかし、本当に何もないですね……魔物しかいない」

物資を全て背負ったアンセムが重々しく頷く。ルシアが呆れたように額の汗を拭った。

僕の周辺環境はルシアの魔法の力で保たれていたが、僕はもう死にそうだった。

シトリーの用意してくれた砂漠専用の旅装はサラサラとした砂の上でもとても歩きやすい。

だが、そこかしこに半ば埋まる魔物の巨大な骨や、度重なる砂漠の魔物との戦闘は僕の精神に多大なるダメージを与えてきていた。一体何が楽しくて死の砂漠なんて来たんだよ。

シトリーがこの上ないタイミングで補足してくれる。

「この辺に宝物殿があるという伝説があるんです。伝説ですよ、伝説！」

マジかよ……僕達、これから伝説に挑むの？　何も聞いてないよ？

頭がくらくらする。どうして僕は、拒否すればお誘いもなんとかなるとか甘い考えを抱いてしまったのだろうか？

今更もう遅いが、新しい仲間をさっさと見つけなければいけなかったのだ。

「あ、クライちゃん。そこ、流砂あるから気をつけて」

「ああ、わかってるよ」

帝都に帰ったら真っ先に新しいメンバーを募集しよう。一時的な加入でもいい。

そう心に強く誓ったところで――――ふと足元が埋まった。

「ん……？」

目を見開き、後ろを見る。リィズ達が後方一メートルで立ち止まり、ぽかんとしていた。

身体がどんどん埋まっていく。

「クライちゃん、流砂があるって言ったよね？」

「……うんうん、そうだね」

流砂――流砂!?　これが、流砂か。そっかぁ……全然話を聞いてなかった。

脚を動かそうとするが、全く動かなかった。

そういえばこれまで散々な目に遭ってきたが、流砂に呑まれるのは初めてだね。

リィズが不思議そうな顔で目を瞬かせている。ルークは眉を顰め、訝《いぶか》しげな表情だ。

こうしている間にも、既に身体は顎まで埋まっている。

ちょっとまって!?　流砂ってこんなんなの!?　僕は混乱の余り、ルークに言った。

「流砂に埋まるのって結構新感覚だ」

「え……マジで？」

ルークが目を見開く。助けを求めるべきだったと気付いた時にはもう遅い。

僕は無抵抗のまま、地面の下に引きずり込まれていった。


「という事で、新メンバーです」

「はい!?　ちょっと待って、今の話のどこに新メンバーが!?」

エヴァが目を見開き、僕の隣でぼうっと突っ立っている長身の女性を見る。

種族由来の褐色の肌に、豊富な髪。だが、何より目立つのは長く伸びた耳だろう。

エリザ・ベック。

何事にも動じない鉄壁の精神。リィズ達を受け入れるだけの度量を持ち、元ソロの凄腕な上に、いつも眠そうな目をしているので僕が眠そうにしていても目立たないという完璧な新メンバーだ。

こうしてエヴァに紹介しているのに全く何も言葉を発しないあたり、《嘆きの亡霊《ストレンジ・グリーフ》》でもすごくやっていけそう。落ち着いた雰囲気はきっと僕のパーティに足りないものだろう。

「どこに新メンバーがって…………そりゃもちろん、流砂の下に宝物殿があって、彼女はそこに落ちてたんだよ」

「!? 当たり前のように言わないでください！ その耳に、肌と髪の色……もしや、砂漠精霊人《デザートノウブル》ですか!?」

「レアでしょ？」

「レアでしょって……そりゃ、見るのは初めてですけど……」

僕は知らなかったが、砂漠に住む精霊人《ノウブル》は普通の精霊人《ノウブル》よりも更に珍しいようだ。まさか流砂に飲み込まれた結果、仲間が増えるとはついていた。いや、死にそうにはなったけど。

目の前で手を振っても一切反応しないエリザに、エヴァが目を細め僕を見る。

「まさか、本当に攫ってきたんですか!?」

「いやいや、そんな事ないよ!? ほら、エリザ。君、僕の、仲間？ 友達？ ＯＫ？」

エリザの手を握り、ぶんぶん振り訴えかける。

エリザはしばらくぼうっとした後、僕を見てコクリと小さく頷いた。

「ほら見ろ、仲間だ！」

仲間に決まってるだろ！ こう見えて、ちゃんとサインだってしたんだ！

「…………問題起こさないでくださいね？」

鬼の首を取ったように宣言する僕に、エヴァが額を押さえて言うのだった。

こうして、《嘆きの亡霊《ストレンジ・グリーフ》》に初めての新メンバー、エリザが加わる事になった。

結局、新メンバーが増えてもリィズ達の協調性にほとんど変化はなく、逆にエリザは珍しい種故《ゆえ》に狙われる事が多かったようで、パーティに加えたことにより数々の面倒事に巻き込まれる事になるのだが、それはまた別の話である。

《嘆きの亡霊》は冒険したい⑧

「なんかそろそろ、でけえ組織、潰したくね？」

「…………はぁ？」

何を言ってるんだ、いきなり。

腕を組み、いきなりおかしな事を言い出したルークに、思わず卓を囲んでいたリィズ達を見回す。

だが、状況がわかっていないのはどうやら僕だけのようだった。

白い大きなテーブルに洗練された食器。卓に並んだ料理や酒も普段の酒場で出るものとは明らかにグレードが異なり、非常に居心地が悪い。

広々とした部屋にはテーブルがたった一つ。天井からは大きなシャンデリアが下がり、大きな皿に盛られたほんの僅かな料理（料理名はちゃんと説明を受けたのだが覚えていない）を照らしていた。

部屋には窓はなく、僕たちが食器を動かす音や話し声を除いて、四方からは音一つしなかった。

当然である。ここは――地下なのだ。

帝都ゼブルディア。その一画に存在する、知る人ぞ知る帝都で最も『安全』な高級レストラン。

貴族や大商人が密談などでよく使うらしい由緒正しい店は会員制の完全予約制であり、席を取るだけでも莫大な金額がかかるという。

そんな曰《いわ》くのある店で、僕たちはルークの十八歳の誕生日を祝っていた。

フォークで肉の塊を突き刺し、一口で咀嚼《そしゃく》しながらルークが言う。

「最近、幻影《ファントム》ばっかり斬ってるだろ？　そろそろ久々に人間も斬りてえなあって」

「あー、わかるぅ。最近、誰も襲って来なくなっちゃったしねえ」

待て待て待て。確かに人に襲われる回数は減ってはいるけど――それでいいじゃん！

何が不満なのか……全くわからない。

ルークと異なり、どこか洗練された所作でワインを口に含み、シトリーが言う。

「まぁ、けっこう返り討ちにしましたからね。人間は幻影《ファントム》と違って自然発生しませんし」

「……リーダーの名が売れたのもあるかも」

「うむ……」

ちらりとこちらを見て言うルシアに、アンセムがいつも通り大きく頷いた。

帝都でトレジャーハンターになって瞬く間に時が過ぎた。ルークから無茶苦茶な理論でリーダーを押し付けられ、不貞腐《ふてくさ》れたり酷い目に遭ったりハードボイルドを気取ったり状況に流されたりしながら僕なりに頑張ってきたが、《嘆きの亡霊《ストレンジ・グリーフ》》のトレジャーハンターとしての軌跡は驚くべき事に――非常に順調だと言えた。

最初から現在に至るまで引退したい気分でいっぱいの僕としては色々と思うところがあるのだが、恐らく過去に戻ってもう一度同じ事をやれと言われてもきっと不可能だろう。

食器を置くと、今日のお誕生日パーティーの主役であるルークを見て、指を一本立てる。

「帝都近辺の宝物殿をあらかた攻略した。名のある賞金首を何人も捕縛したし、才能ある友とも出会えた。トレジャーハンターとしての認定レベルも平均を遥かに上回る速度で上がっているし、何度も死にそうになったけど結局一人も死人は出ていない」

「おう、そうだな」

「それぞれ、帝都では才能あるハンターとして認められているし、二つ名もついた。可愛い弟子だっている。クランだってこの間作ったし、それも順調に大きくなっている。一回のハントでの稼ぎも、最近じゃ一生遊んで暮らせるくらいの額になってる。それに、待望の新メンバーだってついこの間入った！」

新メンバー。エリザ・ベックの加入は間違いなくルーク達の力になるだろう。

変わったところはあるが悪い精霊人《ノウブル》ではないし、今のところ既存メンバーと喧嘩している様子もない。エリザのスカウトは僕のハンター人生を振り返ってもベストチョイスの一つだ（ちなみにもう一つのベストチョイスはエヴァ）。

「エリザちゃんも来ればよかったのに。いっつもいいタイミングで行方不明なんだよねえ」

「約束しても普通に忘れますからね、エリザさん」

いいんだ。いいんだよ、後でお土産を持っていってあげよう。

今はそういう話をしたいわけではない。僕はテーブルをばんと叩くと、ルークに言った。

「それで？　ルーク、これ以上何を望むって？」

「あぁ。でけえ組織を潰したいんだよ。腕利きの剣士《ソードマン》を抱えているようなところだったら最高だな」

駄目だ。どうやら聞き間違いでもなければ、ルークには僕の圧力も通じないらしい。ハードボイルドに言ってみたのに……。

「大体、パーティーやってくれんのは嬉しいけど、ここは静かすぎるし、皿の上に載ってる肉も小さすぎる。なんて料理だ？　これ！」

ルークのあけすけな言葉に、僕の依頼で店を手配してくれたシトリーが苦笑いをしている。

そりゃ、場違いだとは思った。部屋に案内された瞬間、場違いだとは思ったよ!?　普段好んで利用している、量重視の酒場とはあまりに違いすぎる。

だが、僕はそれでも――大金を払ってでも、安全を取ったのである！　酒場だと喧嘩吹っかけたり吹っかけられたり事故に巻き込まれたり散々な目に遭うから、この場所を選んだのだ！

このレストランは暴力沙汰厳禁である。店側も多数の腕利きの護衛を擁しているし、地下だから街が焼け野原になっても問題ない。防音性も完璧なので、話も部屋の外には聞こえないし、リラックスして食事をするにはピッタリなのである。シトリー曰く、犯罪組織の幹部なんかも密談に利用していたりするらしい。それだけこの店の安全性は信頼されているという事だ。

大体そもそも、『でけえ組織』の撲滅はトレジャーハンターの本分ではない。これまで散々賊を返り討ちにしてきたのだって相手が襲いかかってきたからであって…………いや、こっちから喧嘩ふっかけにいくことも結構あったか。

「……ルーク、組織も幾つか潰してなかった？」

「潰した。だけど俺は、小物じゃなくてもっとでけえ組織を潰してえんだよ！　ああ、アカシャは駄目だぞ。あそこは魔導師《マギ》寄りだ。どっかに斬っていい組織、転がってねえかな……」

「アカシャはまだ駄目ですよ」

シトリーが眉を顰める。そうだよ、駄目だよ。アカシャ？　じゃなくても駄目だ。そもそも犯罪組織というのはその辺に転がっているものではない。大きい組織ならば尚更だ。

そこで僕は、大きく深呼吸をして自分を落ち着かせると、グラスに口をつけ、唇を湿らせる。

ルーク・サイコルは脳筋である。彼は人を斬る事にかけては超一流だが、それ以外の技術はないに等しい。彼は犯罪組織を斬る事はできても、犯罪組織を探す事はできないのだ。

冷静になれ、クライ・アンドリヒ。ルークの言葉に振り回されていたらきりがないのはとっくに知ってるだろ。

ため息をつくと、グラスを置き、ルークを宥《なだ》める。

「そもそも、ルークが求めるのは血みどろの戦いだろ？　でけえ組織は理由でもなければ戦力を一箇所に集中させたりしないいんじゃないかな？」

リィズやシトリーの協力があれば敵を探す事はできるかもしれないが、戦闘狂を満足させるような戦場を探すのは不可能だろう。そんな戦場あったらとっくに潰しているだろうし。

「んー………そうなんだよなあ。くそっ、なんだって最近の帝都は平和なんだッ！　ああ、もうッ！　人が斬りてえッ！　斬ってもいい犯罪者で、一流の剣士《ソードマン》を、沢山斬りてえッ！　腕が疼《うず》くッ！」

悪い剣士《ソードマン》は君が斬ったからいなくなったんだよ……多分、ルークの存在は帝都の平和の一助になってる。

ちなみに、彼はけっこうな頻度で余り悪くない剣士《ソードマン》も斬っているのでクレームの嵐だ。

まぁ、だがいいだろう。今日はルークの誕生日だ、愚痴くらい聞いてやろうではないか。

行儀の悪いことにテーブルに肘をつき、ぐちぐち呟くルークを生暖かい目で見ているとその時、急に対面の席に座っていたリィズが音を立てて立ち上がった。

目を見開き、僕の後ろ――部屋で唯一の扉の方を見つめている。

「どうかしたの？」

目を瞬かせる僕に、リィズが静かな声で答える。

「今、『蛇』の幹部が扉の向こうを歩いてた」

隣の席に座っていたルークが立ち上がり、勢いよく扉の方を振り返る。ぴったりと閉じた分厚い扉からは向こうの様子は窺えない。

だが、盗賊《シーフ》であるリィズの気配察知能力は間違いなく一流だ。

「!!　あの犯罪組織の中では最大の規模を誇る『蛇』か!?」

「間違いない。手配書に載ってた顔だし――」

え……ちょっと待って！　扉に窓ないんだから顔とか見えてないよね？

「え!?　本当に!?」

コネを使って店を用意したシトリーも唖然《あぜん》としている。

「絶対、間違いないって。沢山いるみたい…………三つ隣の部屋」

え……えぇ。何？　その蛇とかいう大きな組織が？　このレストランで、密談してるって事？

にわかに信じがたい話だが、リィズはこういう時に冗談などは言わない。

…………指名手配までされているのにどうどうと帝都のど真ん中のレストランを利用するとは、なかなか肝が据わった奴らだ。

だが、命拾いしたな。あいにく今日は祝いの席だったので特に戦闘の準備などしていない。結界指《セーフ・リング》くらいだ。この店での争いはタブーだし、今日のところはこの辺で勘弁してやろうではないか。

リィズが壁にぴたりと耳をつけ、息を潜める。

シトリーが艶やかな所作で裾をまくり、宝具の水鉄砲を構える。ルークがテーブルに置いてあった銀のナイフを握り、口元を拭いたアンセムが甲《かぶと》を被る。

ルシアが不機嫌そうな表情で言う。

「どうします？　リーダー。この店、戦闘厳禁ですけど」

「やるにきまってんだろ！　これが誕生日プレゼントかッ！　こんな小さい料理しか出さねえ店、もう来ねえよッ！　さぁ、行くぜッ！」

ルークが僕の代わりに叫ぶと、扉を蹴破り駆け出した。


そして、僕たちは密会を開いていた組織の幹部たちを残らず叩きのめし、店を出禁になった。

幹部たちの付けていた護衛は少数だったが高レベルハンターに匹敵する腕利きで命懸けの戦いになったが、ルーク達は終始笑顔であった。

この件をきっかけに《嘆きの亡霊《ストレンジ・グリーフ》》の悪名と手段の選ばなさが広まり、ガークさんに怒られたり、頭を潰された蛇の下部組織から散々付け狙われたりするのだが、それはまた別の話である。

帝都を拠点にして数年。（僕自身の実力はともかく）僕達の作った《嘆きの亡霊《ストレンジ・グリーフ》》は破竹の勢いで活躍を続け、トレジャーハンターとしてお手本のような存在になっていた。

諸々の事情で仕方なく作ったクランについてもエヴァを始めとした多くの人々の助けを得て大きくなった。帝都で僕達ほど探索者協会に貢献した者はそうはいないだろう。

探索者協会から、突然お祝いの言葉が綴られた呼び出しの手紙が届いたのは、ちょうど僕達のパーティが帝都で盤石な地位を手に入れた、そんな時だった。

探索者協会は縦社会だ。非営利団体でも公的組織でもないので、貢献度に比例して彼らは様々な融通を利かせてくれる。

噂は聞いていた。探索者協会はその年に最も貢献したパーティに様々なご褒美をくれるらしい、と。

それは時に宝具であり、優れた武器であり、貴族でも滅多に食べられない珍味であり、人気の旅行券であり、一等地に建てられた屋敷である、と。何しろ、探索者協会はこの時代、最も勢いのある機関の一つなのだ。ご褒美の内容にもかなりの期待が持てる。

久々に大喜びで探協を訪れた僕達を待っていたのは、ガークさんを含む、職員一同のスタンディングオベーションだった。

何度も入ったことのある、探索者協会の応接室。左右に並んだ職員たちの祝福の拍手。予想以上の歓迎っぷりに思わず目を丸くする僕に、ガークさんがにんまりと笑みを浮かべて言った。

「よく来てくれた。おめでとう、クライ・アンドリヒ。これまでの類まれな功績を鑑みて、てめえにレベル7認定試験を受ける権利を授ける事が決定した」

「…………へ？」

よく見たらその顔は笑っているが、目だけは笑っていなかった。僕同様、ご褒美の予感にわくわくしていたルーク達が目を丸くしている。

レベルとは、探索者協会が定める、トレジャーハンターの実力を示す指標だ。ただの一機関の認定する指標だが、この時勢では優秀なハンターはどの国でも求められているから、どこにでも通用する資格となっていた。探協への貢献度を示す数値なので必ずしもレベルと強さが比例するわけではないが、まぁ探協への貢献というのは概ね高難度宝物殿の攻略だとか手に負えない魔物の討伐とかになってくるので、一般的にはレベルイコール強さとなっている。

ハンター全員に与えられる数値なので、当然僕のようなへっぽこにもレベルは定められている。しかも、《嘆きの亡霊》《ストレンジ・グリーフ》という有望なパーティを指揮するという貢献をしているためかなり高い。

戦闘能力皆無な僕にとって、強さの証とも呼べるレベルは不要どころか重荷でしかない。何しろ、世の中には高レベルハンターを好んで襲う賊や、無理やり取り立てようとする貴族などがわんさか存在しているのだ。まるで褒美のように言っているが、地獄行きのチケット以外の何物でもない。

「あはは、何をおっしゃいます、ガークさん。僕はレベル7認定試験の申請なんてしていませんよ」

レベル認定にはプロセスがある。相応の実績を挙げる事と、レベル認定の試験に申し込み、それに合格する事だ。前者はともかく、高レベルになりたくない僕が申請など行うわけがない。

ついボケ老人を見る目で見てしまう僕に、ガークさんがにこやかに言った。

「何をおっしゃいます、クライさん。ご活躍は耳に挟んでおります。随分お忙しく申請する時間もないようですので、不肖、この私めが代わりにやっておきました」

「…………ガークさん、もしかして暇なの？」

「てめえがいつまで経っても申請しねえからだろ。てめえみてえなハンターにいつまで経ってもレベル6でいて貰っちゃ、困るんだよ。こっちにもメンツがあるんだよ！　特に、この間アーク・ロダンがレベル7になっただろ？　てめえが申請しねえ間になぁぁぁぁぁぁぁぁ！」

何を興奮しているのだろうか？　アークは我がクランの宝だよ？

「クランで盛大にお祝いしました」

「次はてめえが祝われる番だって事だ。あれが、問題になった。上から、もしかしてロダンに忖度《そんたく》して申請を握りつぶしてんじゃねえかってな！　てめえはロダンの血族に匹敵するハンターとしてその筋では知られてるからなぁぁぁぁ！」

そんな事言われても困るよ……だが、こうなってはガークさんは意見を撤回しないだろう。

仕方ない、適当に失敗するか。試験内容は知らないが、レベル6ですら持て余してるってのに……そもそも、レベル7なんてこの帝都でもほとんどいないんだよ？　本当に僕でいいと思ってる？

ハードボイルドに全てを放棄する決意をしていると、それまで黙って聞いていたリィズが言った。

「まったく、今更ぁ？　お願いしに来るのが遅いっての。８くらいまで一気に上げろよ」

「とうとうクライもレベル７か。また離されるな…………クライ、次は負けねぇッ！」

「リーダーがいつもご迷惑をお掛けして……私が代わりに申し込もうとしたら止められたんです」

「クライさん、おめでとうございます！　レベル７ですよ、レベル７！　帝都でも十人もいない！　貴族も黙ってません！」

「うむうむ」

……ご褒美でわくわくしていた時以上にテンション上がってるんだけど、なんで？

ルシアまで、（笑みこそ浮かべていないものの）どこか嬉しそうだ。クランを作ってからはハントについていく機会もめっきり減ったのだが、どうして本人が喜んでいないのに喜んでしまうのか。

カイナさんも苦笑いを浮かべている。大喜びの我がパーティに、ガークさんが慌てて言う。

「待て待て、まだレベルが上がると決まったわけじゃない。試験があるからな。レベル７にもなると探協の威信を背負ってると言っても過言じゃない。難度も跳ね上がる」

「はぁ？　クライちゃんが、アークちゃんが達成した試験に苦戦するわけないでしょお？」

リィズの態度は完全にガークさんを舐め腐っていた。

だが、確かに一理ある。リーダーはともかく、パーティの総合力で言うなら《聖霊の御子》《アーク・ブレイブ》と《嘆きの亡霊》《ストレンジ・グリーフ》は同格だ。試験にパーティで参加してもいいのなら負ける理由はない。

だが、失敗する。大喜びしているメンバーには悪いけど、僕は絶対に失敗するぞ。やっとアークよりレベルが下になったのに、また同じレベルになるなんてとんでもない。

　そこでガークさんが厳かな口調で言う。

「レベル7認定にはこれまでとは違った立ち回り――危険度の高い魔物を討伐できるだけの能力が必要とされる。探協での協議の結果、今回のクライの試験の討伐対象は――討伐適性レベル7、火口に住み着く竜種。溶岩竜、ラヴァードラゴンに決定した」

　火口に住む竜……また物々しい名前だ。ふん……これは……失敗だな。負けてもやむなし！

　そんな事を考えにやにや笑みを浮かべていると、リィズが目を瞬かせて言った。

「え？　それって溶岩飛ばしてくる奴？　それなら、ついこの間倒したばかりだけど？」

「討伐証明はまだ提出していませんが、提出できます」

「な、なんだって……？」

　シトリーの言葉にガークさんが目を限界まで開くが、それは僕のセリフだ。いつ倒したのかな？

「……これは試験だ、事前に討伐したものは認められない。そうだな……代替としては、最近目撃情報はないが雷炎竜《ライトフレイムドラゴン》や骨屍竜《ボーンデッドドラゴン》などの同格の竜か、あるいはマンティコアなどの危険度の高い幻獣――」

「んんん？　そいつらならこの間倒したぞ。もっと別なのいねえのか？　剣持ってるやつで！」

「…………貴様ら、一体普段どんなハントしてるんだ」

「兄さんオススメのスポットに行ったら、溶岩竜と雷炎竜と骨屍竜とマンティコア、その他幻獣の連合軍に襲われたんです。死ぬかと思いました」

「!?　んな馬鹿な話あるか！」

まったく、同意だな。そんな馬鹿な話ないだろう。連合軍って何？

僕はハードボイルドにため息をつくと、凄い表情で見てくる探協の人々を見返して言った。

「ありえないよね。というか、僕、なんかオススメなんてしたっけ？」

結局、その後に提示される魔物もほとんど討伐済みであり、僕は特例でレベル7に上がる事になってしまった。そして、この事実に尾ひれがついて広まり、後々にまた厄介事に巻き込まれる事になるのだがそれはまた別の話である。

トレジャーハンターにとって、認定レベルというのは信頼の証だ。

レベルが高いというのは様々な困難な依頼を達成してきたという事であり、高レベルのハンターは自然と様々なコネを持っている。ハンターを統括し認定レベルを付与する探索者協会はレベルの信《しん》憑性《ぴょうせい》を損なうような行為に辛いから、実際にその数値はある程度信頼できると考えていい。

レベルが上がればアポなしで貴族や商人との面会も叶うし、初対面の相手でも信用される。それは逆に言うと、その信頼や力を目当てに様々な立場の人間が近づいてくるという事でもあった。

それは、苛烈であちこちから忌避される《嘆きの亡霊《ストレンジ・グリーフ》》のリーダーでも変わらない。

望んでもないレベル7認定から数日。僕に近づいてくる人間の数は爆発的に増えていた。

かの有名なアーク・ロダンに匹敵する新進気鋭のレベル7ハンター。悪名高い《嘆きの亡霊《ストレンジ・グリーフ》》のリーダーにして最近勢力を増している新鋭クラン、《始まりの足跡《ファースト・ステップ》》のクランマスター、《千変万化《せんぺんばんか》》。

ただ幼馴染や友人達に助けて貰いながらいやいやハンターを続けていただけなのに、肩書だけ羅列すると大人物のように思えてくるから不思議なものだ。そして、どうやら肩書が大きくなるとずっとクランマスター室でだらだらしていても何か凄い事をしているように見えるらしい。

クランマスター室のデスクでだらだらしていると、エヴァが手紙の束を持ってくる。

「クライさん、今日もお祝いの手紙が来ています。置いておきますね」

「またこんなに…………物好きだね、皆。ただレベル7になっただけなのに」

「クライさんの年齢でレベル7に認定されるなど滅多にない事ですよ？　アークさんも相当ですが、アークさんはクライさんよりも先にハンターになっていましたし、彼はロダン家なので――」

エヴァが僕の言葉に反論してくるが、僕が言いたいのはそういう事じゃない。

僕は、単純に、何もせず成長する事もなくただ流されるままにレベル7になってしまったと、そう言っているのだ！　トレジャーハンターがパーティプレイというのは承知しているが、さすがにここまで何もしていないとなると、ただひたすらにやるせない。

更に、僕自身、別にレベル7になりたくなかったというのがやるせなさに拍車をかけている。

僕のやる気のない表情を見て、最近ため息をつく機会が増えてきたエヴァが眉を顰めて言う。

「とにかく、これはいい機会です。今後のクランのためにも、注目されている今、しっかり繋がりを作りましょう、クランマスター！　なんと返答するか言ってもらえれば、私が代筆しますから」

「むしろ字は僕が書くからなんと答えればいいのか言って欲しいよ……」

「…………はい？」

凍てつくような眼差しを受け、仕方なく手紙に視線を落とす。そのほとんどは家やパーティーへの招待状だろう。恐らく、呼びつけて何か依頼をするつもりなのだ。この国の貴族や商人にはそういうところがあった。これでも最初は送られてきた手紙も全て確認・精査し、律儀に僕なりの返信をしていたのだが、こうも数が多いと真面目にやっていられない。

そもそも、依頼したいという話はともかく、商人がアドバイスを求めるような手紙を送ってくるのはおかしいと思う。最近妙に多いんだよね……僕にはハンターの才能はないけど、商才もないよ？

まぁ、最近攻略宝物殿のレベルを一段と上げてきたリィズ達に付き合うよりはマシ、か。

重い腰を上げ、エヴァの要望通り、厄介な手紙の処理に移る事にする。

実は今の僕には、これらの厄介な手紙の類を素早く捌《さば》くための妙案があった。

エヴァの力を借りて手紙を開封し依頼内容を仕分けていく。区分は二つ、僕一人でもなんとかなるアドバイス系と、実際に動かねばならない実労働系だ。依頼の内容については、今回は数が多いのでしっかりとは見ない。どうせこうして手紙でくる依頼なんて難しいものばかりに決まっている。

「…………あのー……内容は確認されないのですか？」

「え？　改めて確認する必要なんてないからね……」

大体、中身の確認なんてしてたら――うっかり誰かを贔屓《ひいき》してしまうかもしれないではないか！

仕分けられた手紙の内、実際に動く必要がある物を手元に寄せる。

そして、僕は何気ない動作で手紙を取ると、エヴァの前に置いた。

「これはアークね。《聖霊の御子《アーク・ブレイブ》》」

「え？」

「これは《黒金十字》。こっちはライルあたりに任せようかなあ……」

「え？　ええ？」

エヴァが目を白黒させている。

これが最近思いついた《千変万化》の神算鬼謀の真骨頂。手紙シャッフルだ。

クランマスターになってしばらく経つ。その間も、僕は多大なるブーイングを受けながら数々のクラン宛てや僕宛ての依頼をアーク達に押し付けてきた。そして、最近気づいたのだ。

あれ？　これ、僕が依頼内容を精査しなくてもいけるんじゃない？　と。

精鋭揃いの《始まりの足跡《ファースト・ステップ》》だからこそできる暴挙である。

そもそも、これまで僕は僕なりに依頼を精査して割り振ってきたのだが、それがいい方向に働いた試しがない。根本的に見る目がないのだ。ならば、適当に振った方が運良くマッチする可能性がある分、まだマシというもの。

余りの適当っぷりに、エヴァの頬が引きつっていた。

「…………本気ですか？」

「まぁまぁ、試しだからさ……交渉はよろしく頼むよ？」

「…………このアークさんに振る依頼なんですが、私から見ると明らかに合っていない気が――」

「ちょっと待って、何も言わないで！　聞きたくないから」

「えー…………」

そもそも、アークは万能だ。ちょっと苦手な依頼をやるくらいがちょうどいいんだよ、あのイケメンは。僕だって何も出来ないのにこんなに依頼を押し付けられているんだから、少しは苦しめ！

大体の実力者に手紙を振り終える。だが、残っている手紙はまだまだあった。

アークやスヴェンあたりに複数振ってもいいが――その中の一通を持ち上げ、エヴァの方を窺う。

「…………これは、《星の聖雷《スターライト》》かな」

「!?　精霊人《ノウブル》のパーティですよ!?　さすがに彼女達に貴族からの依頼を渡すのはともかくするとクランの風評が――何をお考えですか？」

仕方ないじゃん、依頼が余っちゃったんだから。それにきっと、少し評判が落ちるくらいが丁度いいよ。最近の《始まりの足跡《ファースト・ステップ》》はちょっと評判が良すぎる。

僕は伸びをすると、残りの手紙をがさっと手元に引き寄せた。

「残りは《嘆きの亡霊《ストレンジ・グリーフ》》でやろっと」

ちょっと数が多いが、ルーク達は依頼の数が多い程、そして難しい程燃えるタイプだし、実力を考えれば順当だろう。仲間達に一番振っておけばスヴェンあたりからクレームが来た時にもそう反論できるというもの。今日の僕は…………冴えてる？

さて、残りはアドバイス系だが――。

そこで、不審の目でこちらを見ているエヴァに確認する。

「なんで商人からアドバイスのお願いなんて来るんだろう？　僕、誰かにアドバイスした事なんてないんだけど――」

「それは…………えっと、その…………クライさんのアドバイスを真に受けて言いつけを守った結果店を潰してしまった人がいたみたいで――」

全く記憶にないんだが……あちこちで助言を求められる度に適当に答えているのでその内の誰かか

もしれない…………いや、ちょっと待った！

「……なんで店を潰したのに、それでアドバイスのお願いが殺到するのさ？　おかしいじゃん？」

「…………失敗をバネに奮起して、大成功を収めたみたいで——自分はかの有名な千の試練を突破した商人だ、と。どうやらその話が広まってしまったようですね。それで自分達も、と……」

……………ドMかな？

かくして新作戦は実行された。依頼はクランメンバー達に平等に降り注ぎ、メンバーの能力を一切考慮しない無能采配によって阿鼻叫喚の地獄を実現する事になる。どうやら、自分でやったらうまくいかないからと運に任せたところでどうにもならなかったようだ。手ずからしたアドバイスも全て裏目に出る結果となったらしく、自分の無能っぷりを改めて実感させられる事となった。にも拘《かかわ》らず、百発零中の余りのミスマッチに僕の言葉は全て『試練』に変換され、僕の期待を裏切り神算鬼謀の《千変万化》の名は轟《とどろ》き続ける事になるのだが、それはまた別の話。

嘆きの亡霊は冒険したい ～嘆きの亡霊は引退したい短編集～

第2章
クライ・アンドリヒの日常

Chapter Ⅱ "DAILY LIFE"

2018年8月の1巻刊行以来、販促などの目的で短編小説（SS）を多数制作してきた。本章では書籍8巻が発売された2022年春頃までのSSから、現在入手困難なものを中心に再編集の上収録している。

ティノとルーダの訓練日誌

「訓練内容を教えてほしい……？」

「ええ。私達、同じ盗賊《シーフ》でしょ？　参考にならないかなーって」

冗談めかしたようにルーダから掛けられた言葉に、ティノは僅かに眉を顰めた。

トレジャーハンターにとって日々の鍛錬は生命線だ。特に、『盗賊《シーフ》』は罠の看破や解除、索敵が主な役割となるため、単純な戦闘能力以上のものが求められる。

探索者協会も、新人ハンターはベテランの下で学び、ある程度地力をつける事を推奨していた。

ティノやルーダはソロで活動するハンターだ。だが、ソロのハンターでも、師匠を持たない者はほとんどいない。自己流で生き抜けるほどハンターという職は甘くない。

「……私もまだ修行中だし、私から聞くよりも、師匠から学んだ方がいい」

「私、師匠いないのよ。帝都にやってくる前まではいたんだけど、その師匠も元レベル3のハンターだったし……」

淡白なティノの答えに、ルーダが困ったように笑う。

【白狼《はくろう》の巣】の探索で、ルーダが盗賊《シーフ》としての技能を持つハンターである事はわかっていた。

師匠が元レベル3のハンターという事は、ルーダが学んだのは本当に基礎の基礎だけだろう。才能がないハンターが引退後に新人に基礎技能を教えるアルバイトをするというのはよくある話だ。

初対面時はあまり興味はなかったが、ルーダも今ではティノと共に死線をくぐり抜けた仲間だ。訓練内容を教えるくらいは吝《やぶさ》かではないが――。

「……私の受けてる、訓練は、普通の盗賊《シーフ》のものじゃないと思う、か、ら…………!!」

断ろうとしたその時、ティノの中に天啓が舞い降りた。言葉を待っていたルーダがティノの表情の変化に目を丸くする。

そして、ティノは上目遣いで小さく確認した。

「…………試しに、一緒に……お姉さまの訓練、受ける？」

「え!?　……いいの!?」

喜色《きしょく》を浮かべ、跳び上がって喜ぶルーダに若干の罪悪感を覚えながら、ティノは見えない所で拳を握りしめた。

ティノの師匠――リィズ・スマートは手加減を知らない。

受けている訓練はいつまで経っても地獄である。

最初は一般的な訓練というものを知らなかったので気づかなかったのだが、お姉さまはその性格からは信じがたい事に、ティノにしっかり訓練をつけすぎていたようだ。恐らく、マスターがお願いしたからなのもあるのだろう。

だが、一人ならば大変な訓練でも二人ならば乗り切れるはずだ。そもそも、師匠は一人なのだ。弟子が二人になれば一人当たりの負担が減るのは――自明の理。

「ふーん。まぁ、いいけどぉ。じゃあ最初は基礎訓練からねぇ」

そんなティノの目論見《もくろみ》も知らず、借りてきた猫のような大人しさを見せるルーダに、ティノの師匠のリィズは小さく鼻を鳴らして言った。

「基礎……訓練？」

「そ。基礎能力がないといくら技術を修めても無駄でしょ？　盗賊《シーフ》だからって戦わなくていいってわけじゃないんだから」

考えていたよりも普通の内容だったのか、ルーダがほっと息をつくのが見える。ティノはそのルーダと師匠の様子を仏頂面で見ていた。

【白狼の巣】での様子からとんでもない訓練でも課されるのかと思っていたのだろう。

そして――それは多分正しい。

「まず身体能力を見るから。レベル3ならあまりマナ・マテリアルも取り込んでないだろうし、まずは軽めに走ろっか？」

「は、はい！　……何周、ですか？」

ルーダが訓練場を見回す。《始まりの足跡《ファースト・ステップ》》クランハウスの地下にある訓練場はそれなりに広い。

一周で五百メートルはあるだろう。

中堅とはいえ、ソロで数々の宝物殿を攻略してきたルーダだ。十周や二十周で音を上げたりはしないはずだ。

ルーダの問いに、リィズはにっこり笑って返した。

「能力を見るんだから、倒れるまでに決まってるでしょ？　力抜いたら意味ないから、全力で死ぬ気で走れよ。加減したら殺すから」

「……え？」

「その後は、軽く筋トレして、軽く組み手して、軽くお勉強して――――」

指折り今後の事を話すお姉さまに、ルーダの顔がみるみる青くなっていく。

その表情を見ながら、ティノは言葉に出さずにひたすら謝り続けていた。どうやら相手が外の人間でも手加減したりしないらしい。

「おら、早く行けよ。私も暇じゃないんだから」

「ッ!!」

有無を言わさぬリィズの言葉に、ルーダが駆け出す。

ペースを考えていない全力疾走だ。あの速度では長くは持たないだろう。が、全力で走る事を選んだルーダに、ティノは表情に出さずに感心した。

師匠の言葉が冗談でもなんでもないという事を一瞬で理解したのだろう。さすがソロハンター、危険に対する感覚は随一だ。

その時、目を細め矢のような速度で走るルーダを見るティノの足元で、ガチャンという音が聞こえた。

慌てて見下ろすと、いつの間にか右足の足首に鉄の足枷がつけられていた。ティノの指ほどの太さがある鉄の鎖に、大きな鉄球。重さにすれば百キロはあるだろう。

絶句するティノの目の前で、左足にも同じような足枷をつけ、師匠が唇を歪めて笑いかけてくる。

「ついでにティーの訓練もやるね。【白狼の巣】で思ったんだけど――足腰がちょっと弱いと思ってたの」

「え……な、何を……お姉……さま？」

震えるティノの前で、お姉さまは必死の形相で走るルーダを顎で示して言った。

「アレを追いかけて捕まえて？　もう先輩なんだからできるよね？　出来なかったら……殺すから」

ゼブルディア・デイズ《千変万化》独占インタビュー

当コーナーでは、トレジャーハンターの聖地、【帝都ゼブルディア】で第一線で活躍する高レベルのトレジャーハンターにお話を伺っていきます。

――トレジャーハンターになったきっかけは何ですか？

当時、故郷の町に滞在していたハンターにその冒険譚を聞いた事がきっかけです。友人の一人がその話を聞いてハンターを目指したいと言って……僕も満更じゃなかったので、一緒に始めました。

――何か確固たる意志があって志したわけではないという事でしょうか？

はい。ないです。

――トレジャーハンターになって何か苦労した事などあれば教えて下さい。

何をやっても身につかなかった点ですね。才能がなくて……。まぁ、トレジャーハンターになる前から薄々気づいてはいたんですが、実際になってみて絶望しました。もしかしたら何かあるんじゃないかなーとか期待していたんですが結局見つからないし。

――えっと……《千変万化《せんぺんばんか》》さんは帝都でも屈指のレベル8のハンターなわけですが……。

それは成り行きですね。

――成り行き。

成り行きです。ははは……仲間たちがやたら強かったせいで、気づいたらなんかレベル8になってました。まぁ、探索者協会のレベル認定は別に強さだけで決まっているわけじゃないので……僕も別に強いわけじゃないし、数字だけですね。

――数字だけ。

――《千変万化》さんといえば、今まで数々の高難易度のクエストをこなしています。中には二つ名持ちが死傷するようなクエストも複数含まれていますが、クエストをこなす上で大切なものは何なのでしょうか？

強い仲間です。

――強い仲間……なるほど、仲間との信頼とコンビネーションが大切、という事ですね？

後、クリア出来ないような依頼は受けない事です。僕は土下座で回避できるものは土下座で回避するようにしています。

――な、なるほど……依頼の本質を見極める眼が必要、という事ですね？

後は……運、ですかね。この三つがあればトレジャーハンターはどうにかなる。

――そういえば、今回も宝物殿で発生した遭難者を一人も欠ける事なく助け出した、と伺いました。

ああ、それ、受けたのは僕ですが、僕は何もしていません。強い仲間に振っただけです。

――先に救助に向かっていたパーティメンバーの方からコメントを頂いています。『何をしているのかもわからない、聞きしに勝る怪物っぷりだった』『今はまだ背中も見えないがいつか絶対に追いついてみせる』『幻影《ファントム》が姿を見ただけで尻尾を巻いて逃げ出した。つまり、マスターは神』『クライちゃんは昔から手を抜いてるの。本気出しちゃうとパーティが成長しないから！』

それはお世辞ですね。一つだけ、僕が自信を持ってやったと言えることがあるとすれば、遭難者におやつのチョコバーをわけてあげたことだけです。

――チョコバー……。

――《千変万化》さんは、高レベルのパーティのリーダーであると同時に、大規模なクランのマスターも兼任しています。

とにかく大切なのは、強くて優秀な仲間です。強くて優秀な仲間がいればうまいことやってくれます。

――《千変万化》さんの今の目標はなんですか？

死ぬ前にトレジャーハンターをやめたい……。

「…………なんですか、これ？」

エヴァが原稿を握り、押し殺したような声を出した、力を入れすぎて手が白んでいる。

華奢な肩がプルプルと震えていた。

「ああ、この間受けたインタビューだよ。なんか高レベルのハンターに話を聞いてるらしくて」

突然の話だったが、『ゼブルディア・デイズ』には世話になっている。インタビューなんて気恥ずかしかったが、正直に答えたつもりだ。

「な、何考えてるんですか……こんな……《始まりの足跡《ファースト・ステップ》》のイメージが……」

「ははは。記者の人も凄い困り顔だったよ」

恐らく華々しい話を聞きに来たんだろうが、僕の持っているエピソードにそんなものは存在しない。

さりとて嘘をつくわけにもいかない。

まぁ、帝都には他にも高レベルの『本物の』ハンターが沢山いるし、一人くらい色物が交ざっていても悪くないと思──。

「……クライさん、正座」

僕はほぼ反射的に床に正座した。

エヴァの頬が引きつり、まるで頭痛でも堪えるように頭を押さえている。

インタビューでは言っていなかったが、危険を察知する能力もハンターには必須のものである。僕が唯一持っているハンターのスキルといえるかもしれない。

「…………原稿が表に出る前に、話をつけてきます。それまで正座しててくださいッ!!」

「……はい」

エヴァのハンターに負けず劣らず鋭い眼光に、僕は頷く事しかできなかった。

ちなみに、結局、インタビューの中身は表に出る事はなかった。

エヴァが止めるまでもなくボツにされていたらしい。

これを境にインタビュー原稿はエヴァのチェックを通すルールになったのだが、それはまた別の話である。

「僕ももう少し鍛えた方がいいかなぁ……」

自分の上腕に軽く触れ、その感触にため息をつく。

もともと幼馴染との才能の差に嫌気がさし、宝物殿の探索から遠ざかった僕である。自分の弱さは理解しているつもりだったが、久しぶりの宝物殿――【白狼の巣】の探索で、改めて感じた衰えは向上心ゼロの僕をして反省させるに十分なものだった。

トレジャーハンターが強い力を保っていられるのは現役で宝物殿を探索している間のみである。それは、ハンターの力の源泉であるマナ・マテリアルが怠《なま》けているとあっという間に抜けるという悲しい性質を持っているからだ。

だがしかし、万全の状態で、脚に怪我を負った後輩と同じくらいの速度でしか走れないというのはいかがなものだろうか。

いや――それだけではない。

ティノの臨時パーティのメンバーは皆中堅程度のレベルのハンターだったが、それでも皆、僕よりもずっとハンターをしていた。

《嘆きの亡霊《ストレンジ・グリーフ》》の皆に追いつけないのは仕方ないにしても、あまりにも情けない。

「？　どうしたの、クライちゃん。そんないきなり……」

ソファでごろごろしていたリィズが頭をこちらに向ける。

「いやぁ、しばらく鍛えてないな、ってさ……」

最低限太らないようには気を遣っていたが、普通のトレジャーハンターが行うような鍛錬はやっていなかった。既に《嘆きの亡霊《ストレンジ・グリーフ》》の探索する宝物殿は訓練でどうにかなるようなレベルを超えていたからである。

高難易度の宝物殿というのは、才能とたゆまぬ努力、そのどちらかが欠けただけでどうにもならなくなるような代物なのだ。

僕の言葉に、リィズが不思議そうに首を傾げる。

「ええ、今のままで十分だよ？」

「うーん……」

まぁぶっちゃけ、多少努力したところで何も変わらないだろう。いくら鍛えてもグレッグ様やギルベルト少年のように力がつくこともないだろうし、ティノやルーダよりも足が速くなることもない。単純にこれは僕のエゴの――プライドの問題である。頑張っているティノ達を見ていて、自分が情けなくなったのだ。

リィズが僕の腕に抱きつくようにしてしなだれかかってくる。腕に当たる柔らかい感触からは、彼女が僕よりも遥かに頑強な肉体を持っているとは思えない。

「それにぃ、これ以上強くなられるとぉ、私やルークちゃん達の立つ瀬がなくなっちゃう」

「……」

自信家なのか身内贔屓《びいき》なのか判断に困るな……どっちもか。

「そんな時間あるならぁ、もっと私と遊んで欲しいなぁ………」

リィズがすりすりと身を寄せながら言う。自分の怠慢を人のせいにするのも心苦しいが、そういうところも僕がここまで衰えてしまった原因の一つのような気もする。

僕は拳を握りしめ、リィズをひっつけたまま立ち上がった。

「とりあえず一から鍛え直すか」

「えー……向いてないって」

何故《なぜ》かリィズは乗り気じゃないようだ。高レベルのハンターが向いていないと言い切るとは、僕はどれだけハンターに向いていないのだろうか。そしてどうしてそんなに向いていないのに僕はまだこうしてハンターをやっているんでしょうか！

「でも、そんなに言うならカリキュラム作ってあげる！」

リィズがにっこり笑い、熱の篭った口ぶりで高レベルハンターのスペシャルなトレーニングを提案してくれる。

「まずはねぇ……走るの！　全力で走るの！　倒れるまでね！　体力がつくし足も速くなるよ？」

「うんうん……ん？」

「次はねえ。素振りするの！　倒れるまで！　腕力がつくの。慣れたら重しを増やしていくの！」

「んー……？」

「それも終わったらねぇ……組み手！　倒れるまで！　痛みや殺気に耐性がつくし、全身の筋肉が鍛えられるの！　お得でしょ？　ここまでが基礎ねぇ！」

どうやら彼女の辞書に加減という単語はないようだ。終わりが回数達成じゃなくて倒れるまでってどういう事さ……。どれだけ繰り返しても楽にならないって事じゃないか。

おまけにそこまでやってまだ基礎である。

リィズの笑顔に陰りはない。どうやら本気で言ってるらしい。

「…………そんなに身体に無理させたら身体壊すんじゃ……」

そして身体の前に精神が崩壊しそうである。発想が常軌を逸している。

僕の純粋な疑問に、リィズが両手を合わせ、不思議そうに首を傾げた。

「もちろん壊れるよ？　でも大丈夫、治療のためのポーションは沢山あるから！　私がやった時はお金がなかったけど、今は余裕あるし」

全然大丈夫に聞こえないんだなぁ……。僕はリィズに負けない笑顔を作って言った。

「なんか僕には向いていないみたいだね」

「でしょー？」

そもそもそんな地獄の訓練に向いている人なんていないと思うんだけど……。

怪我を負いながらもそれを感じさせない速度で走るティノを思い出し、僕はブルリと肩を震わせるのだった。

純黒の花

「あの……ノトさんですよね!?」

唐突に背後から掛けられた言葉に、ノト・コクレアが最初に抱いた思いは『まずい』だった。

ノト・コクレアはゼブルディアにおいて永久追放処分を受けている。多少の変装はしているが、もしも存在が露見すれば次は追放では済まないだろう。

次に脳裏に浮かんだのは『何故』だった。ノトが今いる場所は帝都の一角――ある喫茶店の中だ。いつもは研究室に引きこもっているノトだが、その日は実験材料を確保するための新たなビジネスを提案され、前準備に付き合っているところだった。ノトの捕縛が目的にしては、一般人の客が多すぎる。あまり事を起こすには賢い場所とは思えない。

いつでも魔術を発動できるように気を引き締めながら振り返る。

そこにいたのは――炎のような真紅の髪をした少女だった。容貌は整っているが、その深い赤の瞳は暗く輝いており、今までノトが見てきた狂気的な魔導師《マギ》に似た雰囲気があった。

「…………何者じゃ」

「私は――ソフィア・ブラックです。《大賢者《マスター・メイガス》》、お会い出来て光栄です」

その声には、表情には、嘘はなかった。

表情は冷静さを保っているが、その声には隠しきれない興奮がある。それはノトがまだ帝都トップクラスの魔導師《マギ》として知られていた頃、良く向けられた感情だった。思いもよらぬ言葉に目を見開く。

「突然、申し訳ありません。《大賢者》《マスター・メイガス》、どうか私を貴方の弟子にしてください」

「貴様――ソフィアと言ったか。私が現在どういう立場にいるのか知っての言葉か？」

既にノトが帝都から追放処分を受けて久しい。ノトの事を知る者達も、既にその存在を語ったりはしないだろう。帝国で最も重い罪――十罪に抵触するというのはそういう事だ。

実際にこれまで声を掛けてきた者はアカシャの塔、以外にいない。

だが、ノトの詰問《きつもん》に近い言葉を聞いても、ソフィアを名乗った少女の表情は変わらなかった。

「もちろんでございます、《大賢者》《マスターメイガス》。それを知り、貴方を探していました。貴方の研究は――素晴らしい。どうかこの私に、貴方が長きに亘《わた》り培った真理――その一端を伝授ください」

共に視察に来ていた部下が猜疑心の籠もった眼差しをソフィアに向けている。

潜入捜査ならばもう少し自然な形で接触を試みるはずだ。ノトの眼の前に現れたのはその腕前はともかく――間違いなく狂人に属する女だった。

既にノトには優秀な弟子は何人もいる。だが、その数は多いに越したことはない。

「……いいじゃろう。だが、ただで弟子にするわけにはいかん。試験が必要じゃ。追って連絡するとしよう」

「はいッ！　ありがとうございます、必ずや乗り越えてみせますッ！」

大きく頭を下げ連絡先を残すと、ソフィア・ブラックを名乗った少女は雑踏に消えていった。それまで全てノトの意思に任せ、口を挟まなかった部下が恐る恐る進言してくる。

「信用できるのですか？」

「それを決めるのはこれからじゃ。だが、少なくとも国の手の者ではない」

それに――と、視察のために注文したアイスクリームを口に含みながら、ノトは続けた。

燃える炎を思わせる真紅の瞳の奥には確かに昏《くら》い輝きがあった。それを人は狂気、あるいは――覚悟と呼ぶ。

「アイスクリームを売り出すなど……くだらん話だと思っていたが――これは、拾い物かもしれんぞ」

伝説に至るには努力は当然として、輝くような才能が必要不可欠だ。

それなくして伝説を作らんとするのならば覚悟する必要がある。

シトリー・スマートが、自身の才能が他のメンバーと比べて劣っていることを受け入れたのは、ハンターになって半年程経過した時だった。

もともと錬金術という分野でトレジャーハンターの世界を生き抜くのは困難と言われていた。故に、その職で他のトレジャーハンターにもっと適した職につく幼馴染達に食らいつくには、同程度の才能では足りない。仲間たちは総じて努力家だったから、努力で追いつく事もできない。

目まぐるしく過ぎ去る日々の中、ただ差だけが開いていく。どうしようもない現状に悩むシトリーに対して一筋の光明となったのは、リーダーであるクライ・アンドリヒの言葉だった。

「シトリーは色々考え過ぎなんだよ。皆好き勝手やってるんだから、少しは自分を出してやりたいようにやってみるといい」

救われた気がした。具体的な内容には言及されていなかったが、シトリーには時々脳裏にちらりと過《よぎ》る案とも呼べぬ考えがあった。

才能やただの努力でついていけないのならば、それ以上の手を打つ必要がある。

錬金術師《アルケミスト》は常に倫理を問われる。人体実験を惜しまなければ強力なポーションの開発速度は劇的に上がるし、製造が禁じられた危険なポーションの中には極めて大きなリスクと引き換えに既存のポーションとは比べ物にならない効果を発揮するものもある。魔法生物の作成についても——実験するだけでも幾つもの細かい基準をクリアしなければならない。

枷が多い。だが、それは逆に、それさえなければ非才の身でも天才に追いつける事を意味している。

いや、それ以上だって——。

覚悟が必要だ。

今以上の強さを得るには——常人では忌避するような行為にも手を染めなくてはならない。

弱さを免罪符に、あらゆる法や倫理に反し、血に泥に罪に手を染め、しかもそれらの全てを——誰にも気づかれぬようにしなければならない。

考えるだけでも達成困難だ。あれほどの権勢を誇っていた《大賢者《マスター・メイガス》》も、結局は帝都を追放された。

だが、シトリーには恐怖はなかった。《大賢者《マスターメイガス》》は紛れもない天才だったが、孤独だった。力はあったが、それを信じすぎていた。シトリーは違う。

シトリーの才能は本物の天才達には及ばない。だが、シトリーには頼りになる仲間がいる。

如何なる時でも裏切られる心配がない、絶対に信頼できる仲間が。

きっと彼らはシトリーがミスをして追放されることになっても、一緒についてきてくれるだろう。

その事実がシトリーに勇気を与えるのだ。

ウィッグとカラーコンタクトを隠すと、小走りで元の喫茶店に戻る。向かう先は未だ何事か話し合っているノトの所ではなく、喫茶店の奥の席に座ったリーダーの所だ。

「どうしたの？　いきなり消えて。やっぱりアイスは嫌いだった？」

「いえ……すいません。ずっとずっと探していた人に会えたので、挨拶に行ってきました」

「そう、よかったね」

穏やかな笑みを浮かべるリーダーに、シトリーは満面の笑みで返した。

「はい。ありがとうございます！」

ハンターズ・ブレイド《千変万化》独占インタビュー

「『ハンターズ・ブレイド』の取材……ですか」

いつも通り、クラン《始まりの足跡《ファースト・ステップ》》の制服に身を包んだエヴァが、僕の言葉に目を丸くした。

「ああ。もしよければ受けて欲しい、と。面倒だけど、世話になってるからね」

『ハンターズ・ブレイド』はハンター系の情報誌だ。人気の宝物殿から注意が必要な魔物・幻影《ファントム》の特徴、アイテム関係などあらゆる情報をまとめており、ハンターはもちろん一般人にまで広く普及している、ハンター系情報誌としては最大手である。

その中の人気コーナーに、高レベル二つ名持ちハンターへのインタビューのコーナーがあった。

僕としては受けたくないが、かの雑誌にはお世話になっている。主に僕の幼馴染達の不祥事について便宜を図ってもらっているため、無下にも出来ない。

「それで、草案作って欲しいんだよね……ほら、この間の取材の時に怒られたじゃん？」

「あ、あれは、クライさんが適当な返答をするから――」

新聞の取材に本音で答え、エヴァから怒られたのは記憶に新しい。僕としては適当な返事をしたつもりはなかったのだが、内容的に適切じゃなかったと言われてしまえばその通りだ。

そして、次のインタビューの時は草案の時点で相談する事を約束させられたのである。

いつも迷惑をおかけして大変申し訳ございません。

「草案って……基本はそのまま本音で答えていただければ……レベル８ハンターに相応《ふさわ》しい中身ならば、何でもいいと思います」

また仲間の力だけで何故かレベル８になってしまった僕に、無茶を言ってくれる。

僕は首を捻り、レベル８とはいかなるものなのか考えた。


――トレジャーハンターになったきっかけを教えてください。


昔、まだ子供だった頃、故郷の町が竜に襲われたんだ。炎に包まれる町の中、倒れ伏す僕を助けてくれたのがちょうど町を訪れていた高レベルのトレジャーハンターだった。

その勇姿を見て、僕もそんなハンターになりたいと、考えたんだ。こうしてハンターになり竜を倒せるようになった今もあの時の気持ちは忘れないようにしているよ。


――そんな過去が………ところで、その故郷の町は復興できたのでしょうか？

残念だけど、竜の被害が大きすぎて放棄する事になったんだ。もう地図には載っていない。ただ、住人はそれぞれ別の町にわかれて今も元気にしているはずだ。

――トレジャーハンターになって遭遇した一番の強敵はなんですか？

これまで色々な魔物や幻影《ファントム》と出会ってきたけど、強敵という程の敵はいなかったかな。

――レベル8になるまで苦戦するような事はなかった、と。そういう事ですか？

僕には強い仲間がいたし、自分で言うのもなんなんだけど……才能もあった。運もあった。いきなり竜の群れに襲われたこともあるし、大地震で宝物殿に生き埋めになったこともあるけど、苦労したことはないよ。

――なるほど……しかし、強敵はいなかったとしても、魔物や幻影《ファントム》の中にも強弱があるはずです。一番強かった魔物・幻影《ファントム》は何だったのでしょうか？

そうだな……宝物殿に封印されていた『まつろわぬ神』、かな。

――《千変万化》さんは戦闘スタイルが不明と言われています。どのような戦闘スタイルが得意なのか、伺ってもよろしいでしょうか？

全部だ。

――全部……といいますと？

剣も魔法も体術も、宝具の扱いも、それなりに自信がある。僕はオールラウンダーなんだ、昔は苦手な事もあったけど、全て潰したよ。今も腕は鈍らないように定期的に訓練をつけてもらっている。

――す、凄まじいですね。

それくらい出来ないとレベル8にはなれないよ。

――質問を一変します。《千変万化》さんは、休日などは何をされているのでしょう？

訓練だ。休んでいる時間なんて一切ないよ。


「…………なんですか、これ？」

「レベル８のなんたるかを僕なりに考えて草案を作ってみた」

エヴァが僕の書いた原稿を握り、目を見開いていた。顔を上げ、僕と原稿を交互に見直す。

中身的には完全に嘘である。僕の故郷は田舎町だし、竜に襲われた事実もない。僕は才能のない男であり、毎日が休日だ。よくもまあここまで嘘を書けるものだと、自分を褒めてあげたい気分だ。

謎の達成感に満足げな僕にエヴァは沈黙していたが、すぐに大きく頷いた。目が少し潤んでいる。

「…………まぁ、問題ないと思います」

「え……？」

「私の方で『ハンターズ・ブレイド』に提出しておきますね。お疲れさまでした」

エヴァが小さく礼をすると、固まる僕を置いてクランマスター室を出ていく。

扉が閉まる音に我に返り、僕は慌ててそれを追った。フィクションだ。ただのフィクションだよ！

結局、紆余曲折あり、僕のページは大手クランの運営を陰から支えるエヴァの取材ページになった。そこもフィクション満載だったのだが、それはまた別の話である。

クライ・コンフュージョン

「大丈夫!?　クライちゃん！」

意識が覚醒する。目を開けると、真っ先に視界に入ってきたのは心配そうな幼馴染の顔だった。

どうしたのだろうか……思い出そうとするが、まるで思考を阻むかのように後頭部がずきりと痛む。

空間が撓《たわ》んでいた。視界が揺れている。思考がまとまらない。異世界に放り込まれたような気分だ。

リィズが心配そうな表情で僕を見下ろし、頭をそっと手で撫でた。

「私のこと、わかる？　痛くない？　今、シトがポーション取りに行ってるから……クライちゃん、転んで頭ぶつけたの」

「…………ッ……ああ、大丈夫だよ……多分」

全然思い出せないが、リィズが言うのならばそうなのだろう。転んでちょっと頭を打っただけで意識を飛ばすなんてハンターにあるまじき脆弱さだ。

情けない僕を見て、しかしリィズはほっとしたように笑った。

「よかったぁ…………完全に意識がなかったから、びっくりしちゃった」

「ああ……――――ッ!?」

その時、僕は後頭部に当たる柔らかい感触に気づいた。

「？　どうかしたの？」

側頭部に当てられたリィズの手の平に、見下ろす不思議そうな目。リィズはパワフルだが、身体は小さい。本来ならば見下ろすのは僕のはずだ。

それは完全無欠な膝枕だった。リィズはもともとスキンシップが激しいし、そもそも僕とリィズは幼馴染であり膝枕された経験も一度や二度じゃないのだが、その瞬間僕に到来したのは激しい焦燥感だった。痛む後頭部を忘れ、慌てて飛び起きる。

「？？　クライちゃん？」

それは激しい衝動だった。気がついた時には僕はリィズに声高らかに抗議していた。

「なんてことをするんだ、リィズ！　ここは――特典なんだよ!?」

「…………え？」

「膝枕なんてされても、そんな柔らかい表情されても、イラストはつかないんだッ！　ＴＰＯをわきまえて欲しいね！」

「…………え？　何の話してるの？」

言いたいことを言い切り充足感すら感じている僕にリィズが首を傾げる。

何の話？　何の話って――……何の話だ？　先程自分が叫んだ内容を思い返すが、全く意味がわからない。

イラストってなんだ？　特典って？

どうして僕はいきなり良くわからない事を言ったんだ？

ずきりと、強く打ち付けたらしい後頭部が痛む。なぜだろう、絶対に言わねばならない気がしたのだ。

「もお、クライちゃんったら、変なのお。シトがポーション持ってきたら、看病してあげるね」

「待って。くっつかないで！　抱きつかないで！　そういうのは本編でやって！」

「え……？　いつもやってるでしょ？」

「…………」

リィズが抱きしめていた僕の腕を離し、少し傷ついたようにこちらを見上げる。

確かにそうだ。リィズが抱きついてくるのは珍しい話ではない。本編での描写の回数こそ多くないが、エヴァに小言を言われる程度には頻繁に接触されている。

……あれ？　本編？　描写って何だ？　僕はどうしてしまったんだ？

その時、部屋にシトリーが駆け込んできた。珍しく、いつもの緩やかな深緑色のローブではなく、丈の長い白衣のような格好をしていた。しっとりと輝くようなピンクブロンドに、同色の瞳。描写してもイラストはないので無意味だが、いつもは身体の線がでないような格好なので今のシトリーの姿は新鮮だ。

シトリーは起き上がっている僕を見るやいなや、眼に涙を溜め飛びついてきた。しなやかな腕が背中に回され、リィズよりもだいぶ発達した胸部が押し付けられる。

「よかった……クライさん、無事だったんですねッ！」

「おい、こら、シト！　ずるい！　クライちゃんにくっついてないでさっさとポーション出せよ。くっつくのは私がやるからッ！」

リィズが憤慨したように後ろから飛びついて来る。サンドイッチにされた形だ。両側からの重量と体温に危うく崩れそうになる。

慌てて抗議する。彼女達は僕を異性だと思っていないのだ。全く困ったものだ。

「ちょ、ちょっと、シトリーもリィズも！　今はイラストつかないんだからそういう事はやらないで！　せめて本編でやって！」

「………………何言ってるんですか、クライさん？」

「さぁ。頭を打ったばかりだから、混乱してるのかも？」

自分でも何を言っているのかよくわかっていない。だが、言わねばならないのだ。今言わなければ、本編では口が裂けてもこんな事は言えないんだ！　本編って何の話だかわからないが！

シトリーが持ってきてくれたポーションを飲む。後頭部の痛みは消えたが、強い目眩《めまい》は消える気配がない。

シトリーが手を合わせ提案してくる。

「クライさん、調子が悪そうなら――湯治《とうじ》でもしますか？　近くにとってもいい温泉ができたんです。私のポーションは完璧ですが、時間をかけてゆっくり癒やすのが一番だと思います。お世話は任せてください」

リィズが小さく歓声を上げる。僕は膨れ上がる衝動に流されるままに叫んだ。

「駄目だッ！　そういうのは本編でやるからッ！　女の子十人くらい出してカラー口絵になるように本編でやるからッ！　そう遠くない内にやるからああああああッ！」

結局、僕が正常に戻ったのは一晩経ち、翌日になってからだった。

当然、記憶に残ったあの時の自分の言葉は理解不能だったのだが……なぜだろうか、あの時の僕は限りなく真理に近かった。そんな気もするのである。

ティノ・シェイドの信仰論

「マスターはレベル8。マスターが【白狼の巣】なんかで力を振るえば、ペンペン草も生えない状態になっていた」

《千変万化》に仕事を押し付けられた。そんな表情を隠しもしないギルベルトに教えてあげる。

「!?」

「レベル8にもなると逆に強すぎて妄《みだ》りに力を振るえない。その上、マスターは今の認定レベルは8だけど実際の力はレベル10を超えている。腕の一振りで地を裂き海を割り、念じただけで嵐を呼び雷を落とす」

「んな馬鹿な……」

グレッグが呆れたような表情をする。ティノは現実が見えていない哀れなハンター達に肩を竦《すく》めた。

グレッグ・ザンギフのハンター歴は長い。経験を積んでいるからこそ、ますたぁの力が信じられないのだ。だが、それも無理はないだろう。ティノとて何も知らない状態で話を聞かされたらとても信じられなかったはずだ。

ギルベルトとルーダも目を見張っている。ティノは胸を張り、真剣な表情を作った。

ますたぁは凄い。どのくらい凄いって、比較になる者がいないくらい凄い。

例えば、《始まりの足跡《ファースト・ステップ》》でトップクラス、帝都の若手でも最強と噂されるトレジャーハンター、アーク・ロダンは強い。一対一ならばお姉さまに勝ち得るくらいに強いし、圧倒的ますたぁ派のティノから見てもその力は英雄の域にある。

だがしかし、アークでも魔法を使わずに雷を落としたり嵐を呼んだりできないし、ますたぁのように力が強すぎて常時気をつけなければ周りの環境を破壊しかねないなんて事はない。力の隠蔽も不十分だ。ますたぁはいとも容易《たやす》くただの一般人以下に偽装できるが、あのエセイケメン野郎はどれだけ力を抑えても輝いている。

そこにあるのは――絶対的な才能の格差だ。

アーク・ロダンはますたぁと違って、ただ戦闘能力がちょっと高いだけだ。

未来を見通すような先見を持っていたり、その力を悪――有効活用して命を振り絞ってようやく乗り越えられるような試練を与えて、ティノや他のクランメンバーをいじめ――成長させたりはしない。

上に立つ者にとって、人を育てる力というのは最も重要な力の一つだと言う。

それはつまり、クライ・アンドリヒの能力が個としての力に留まらない事を意味していた。

そして、その下で力を磨けるティノはきっと幸せなのだ。幸せなのだ！

だから、ティノは哀れなますたぁ初心者に教えを授ける。仕事が終わった後、心が折れないように。

「魔物は皆、本能からマスターの力を恐れ、徒党を組んで襲いかかってくる。マスターはそれに真っ向から立ち向かい殲滅してもいいはずなのに、私や他のクランメンバーをぶつけ成長させてくれる」

「マスターは犯罪者にも狙われている。ちょこちょこ毒物を仕込まれる。マスターはそれを何も言わずに私にさっと流してくれる。そのおかげで私は生死の境をさまよったけど、大抵の毒物は効かなくなった。すべてはマスターのおかげ」

「マスターは私だけでなく世界をも脅《おびや》かしている。マスターはお花見に行っただけで宝物殿が顕現するし、行かなくても宝物殿の方から襲いかかってくる。宝物殿に行けば宝物殿は自己防衛本能を発揮してボスを生み出す」

「マスター程の力があれば、敵も味方も関係ない。どんな攻撃を受けても無傷だし、睨んだだけで相手は死ぬ。だから、マスターは敵と味方の区別が余りついていない。ついでに遊びと仕事の区別もついていない。マスターにとっては仕事も遊びみたいなものだから。仕方のない事」

「マスターは油断を突いてくる。だから絶対に油断してはならない。でも、そういう時に限って何もしてこなかったりする。つまり、必要なのは常在戦場の心構え。何回やられても全然慣れない」

「マスターはただ私達をいじめて楽しんでいるわけじゃない。涙を呑んでいじめて楽しんでいる」

「……でも、大丈夫。マスターは凄い。マスターは絶対。マスターの判断に誤りはない。マスターにわからないのは……強いていうなら、人間の心だけ」

ますたぁは神。ますたぁは神。神様、どうか私を救ってください。

自己暗示をかけるように自分に言い聞かせ覚悟を決めるティノを、まだ幸せなますたぁ初心者のハンター達は心配そうな表情で見ていた。

ハンターズ・ブレイド《始まりの足跡》独占インタビュー

――本日は、現在この帝都で破竹の勢いで成長しているクラン、《始まりの足跡《ファースト・ステップ》》の副クランマスター、エヴァ・レンフィードさんにお越し頂きました。大規模クランを運営する立場から様々な事を伺えればと思います。宜しくおねがいします。

宜しくおねがいします。

――早速ですが、《始まりの足跡《ファースト・ステップ》》を設立した経緯を教えてください。

はい。当クランは若手のパーティが集まり設立したクランです。元々、ゼブルディアには古くから続く由緒正しいクランが幾つも存在する反面、新規クランが成長しにくい状況でした。当クランはそういった土壌に新たな風をもたらすために設立されました。

――クラン名にもそれが表れている、と。

その通りです。このクラン名には、このクランが若手パーティのための『始まりの一歩』になればという強い想いが込められています。当クランが他と比べ、システムが整備され福利厚生に力を入れているのもその理念故、です。この理念は所属メンバーにも浸透しており、運用資金の多くは所属する高レベルハンターの会費や寄付で賄われています。

――それは素晴らしいですね。では、続いて、クランの組織形態として、副クランマスターがハンターではないというのは稀に見る現象です。何か理由などあるのでしょうか？

はい。私はクランマスターからスカウトされ、クラン設立当初から副クランマスターの地位についています。他にも、当クランにはハンターではないクラン運営のための職員が数十名所属しています。組織運営はハントとはまた違った知識や経験が不可欠ですから、とても理に適った形態だと考えています。また、この形態はハンターとハンター以外の精神的な溝を埋める結果に繋がっています。ハンターはその力で何かと怖れられがちですから、そういう意味で『始まりの一歩』はハンター以外の職員にとっての『始まりの一歩』でもあるわけです。

――なるほど、二つの意味があるのですね。副クランマスターとして苦労した点などはありますか？

はい。当時、私はクラン運営の経験はなくハンターについての知識も乏しく、尚且《なおかつ》ハンター以外のメンバーを大勢使ったクランというのもほとんど前例がなかったので、苦労の連続でした。ですが、資金は豊富にありましたし、何より、トップが高名なハンターだったので、だいぶ楽ができたのではないかと思っていいます

――副クランマスターを非ハンターが担当することで、所属メンバーの反発などはありませんでしたか？

ゼロではありませんでした。ですが、元々発足時のメンバーはクランマスターが決めており、その辺りについては全て収めて頂きました。今でもメンバーの加入の見極めはクランマスターに担当頂いています。当クランがここまで大きく成長した要因の一つだと考えています。

――《始まりの足跡《ファースト・ステップ》》のクランマスターはあの《千変万化》ですが、副クランマスターから見てどうですか？

まさしく、二つ名の通りの方です。恐らく、一般的な評判通りの人物かと思います。私は便宜上、このクランについてのほぼ全権を任せられていますが、重要な決定は全てマスターが下しています。

僕はそこまで読み、震えながら顔をあげた。

「……なにこれ？」

「『ハンターズ・ブレイド』で受けたインタビューですが……」

エヴァが不思議そうな表情で僕を見る。

凄い……僕が以前答えたインタビューと同じくらい嘘しか書いていない。

クラン名の由来は僕がハンターを引退するための一歩という意味であり、他のハンターの事など考えていないし、エヴァを入れたのも僕ではとても手に負えなかったからだ。重要な決定を下しているとか書いているが、僕はただ頷いていただけだ。クランを大きくしたのはエヴァだ。

「何かおかしな点でもありましたか？」

「…………いえ。なんでもないです」

だが、立場の弱い僕には何も言えない。僕は首を横に振り、雑誌を閉じるのだった。

精霊人との付き合い方

《星の聖雷《スターライト》》へのクレームが来ている。そんな話をエヴァから受けたのは、クランマスター室でいつもの日課の宝具磨きをしていた時の事だった。

《星の聖雷《スターライト》》は『精霊人《ノウブル》』と呼ばれる高等種族（そう呼ばないと怒る）のみで構成された稀有《けう》なパーティである。『精霊人《ノウブル》』は生来、魔力《マナ》的資質に乏しい人間を見下しており、それを態度に出すことを躊躇《ためら》わないため、なにかと気が短いハンター達と非常に相性が悪い。ついでに、貴族や商会のお偉いさんなどが雇い主だと容易く怒らせてしまうので、信頼に乏しくやたらレベルが上がりにくかったりする。どうしてハンターをやっているのか不思議なくらいであった。

しかも、悪気がないのでたちが悪いのだ。《始まりの足跡《ファースト・ステップ》》の所属パーティの中では二番目にクレームが多い（ちなみに一番はうちです）。

「今更だね……」

「それで……うまくやっているクライさんに交流のコツを教えて欲しいと。精霊人《ノウブル》は帝都にも余りいないので気になっている人が多いみたいですね」

「ああ、そういう話ね。うまくやっている自覚なんてないけどな……」

エヴァの言葉に、宝具を磨く手を止める。確かに、《星の聖雷《スターライト》》をスカウトしたのは僕（というかシトリー）だし、《嘆きの亡霊《ストレンジ・グリーフ》》には精霊人《ノウブル》のエリザがいる。だが、スカウトの件は僕は直接関わっていないし、エリザは精霊人《ノウブル》の中でも屈指の変わり者だ。

シトリーの方が扱いはうまいかも知れないが……だが、そうだな。

「そんな肩肘張らなくても、相手も好きで人間社会で生活しているわけで、気軽に対応すればいいと思うよ」

「気軽に……ですか」

別に相手は敵意があってこちらを馬鹿にしているわけではないのだ。

そういう種族だという、ただそれだけの話である。

「互いへの敬意がコミュニケーションの基礎だよ。やられて嫌な事はやらないが基礎だ」

「クライさんがそれを言うんですか」

どういう意味だよ。僕はエヴァの微妙な表情に大きく頷き、気軽に言った。

「よし、試しにやってみせよう」

「ヨワニンゲンッ！　理由も言わずいきなり呼び出すとはどういうことだ！　ですッ！　そんなに気安い関係になった記憶はないぞ！　ですッ！」

僕が呼び出したのはクリュス・アルゲン。《星の聖雷《スターライト》》のパーティの中でも一番僕への当たりが強いメンバーだった。

クリュスが顔を真っ赤にして、肩を怒らせ、ずいずい近づいてくる。

相変わらず賑やかな娘だ。

普段、余り精霊人《ノウブル》と関わりがないエヴァが目を丸くしている。

僕はにこにこ気安い感じで手を上げた。

ポイント1。レベル感を合わせる。

「へーい、ツヨノウブルッ！　悪かったよ、でも僕とツヨノウブルの仲じゃないかッ！」

「!?」

「へ、変な呼び方するな！　ですッ！　馬鹿にしているのか！　ですッ！」

「馬鹿になんかしてないよ。今日は実はツヨノウブルと仲良くなりたいって人がいてね」

「はぁ？　私と仲良くなりたい人？　ふん、まぁ、どうやらニンゲンの中にもなかなか見る目がある者がいるようだな、です。まぁ、私はニンゲンの知り合いなんて興味ないが、どうしてもと頼み込み跪《ひざまず》くのならば考えてやってもいいぞ、ですッ！」

僕の言葉に、顔を真っ赤にしていたクリュスの勢いが少しだけ収まる。悪くない流れだ。

ポイント2。長所を褒め称える。ポイント3。ちゃんと相槌を打つ。

「ほら、クリュスって見た目は素晴らしいからさ、気になっている人が多いんだよ」

「!?　『見た目は』？　今『見た目は』って言ったか？　です！　見た目以外でも、精霊人《ノウブル》はあらゆる意味で人間よりも優れてるぞ、ですッ！」

「うんうん、そうだね……です！」

「……おい、舐めるなよ、ですッ！　ヨワニンゲンがまだ黒焦げになっていないのは、ルシアさんの兄だからな事を忘れるな、ですッ！」

「うんうん、そうだね……です！」

「それが仲良くなりたいって言ってるやつの態度か、です‼」

「うんうん、そうだね……」

「ふざけるな、ですッ！　こっちは休日に呼び出されて来てやってるんだぞ、ですッ！」

ポイント４。相手の変化に気づく。興味を持っている事を示すのがコツだ。

「そう言えばクリュス、髪型変えた？」

「⁉　ヨワニンゲンの目は節穴か、ですッ！　全く変えてない、ですッ！　いつも通りだ、ですッ！」

「その服、新しい？」

「新しくない、ですッ！」

「……香水変えた？」

「変えてない、ですッ！　何がやりたいんだ、ですッ！」

どうやら何も変えていなかったようだ。何か一つくらい当たると思ったのだが、でも、僕はクリュスと毎日顔を合わせているわけではないからそれは仕方がない。

クリュスは顔を真っ赤にして今にも噛み付いてきそうな剣幕で机をばんばん叩いてくる。

ポイント5は、失敗にめげないことだ。誰でもミスくらいはある。

「大体、常々思っていたんだが、ヨワニンゲンは私への敬意が足りてない、ですッ！」

「うんうん、そうだね」

「宝具にチャージしてやったり、色々してやってるのに、もっと態度を改めるべきだ、ですッ！」

「うんうん、ごめんね」

「ラピスへの対応も敬意が足りないぞ、ですッ！　ヨワニンゲンは、ニンゲンの中でも一際弱いんだから、身の程をわきまえるべきだ、ですッ！」

「うんうん、そうかもね」

「私は、高等種族として、ヨワニンゲンのためを想って言ってやってるんだ、ですッ！　ルシアさんの兄なのだから、もしかしたら魔法の勉強をしたらちょっとはマシになるかもしれないだろ、ですッ！　頭を下げて乞うならば手伝ってやってもいいぞ、ですッ！　そうすれば、私もヨワニンゲンのクランメンバーとして感じている恥が――」

甲高い声で授けてくれる薫陶《くんとう》を微笑ましい気分で受ける。思うに、ハンター達は皆アークの広い心を見習うべきだ。皆がアークのような懐の深さを持っていたならば、精霊人《ノウブル》とも仲良くなれるだろう。

こんなの適当に聞き流しておけばいいんだよ。

「こらッ！　ヨワニンゲン、ちゃんと聞いているのか、ですッ！」

「余りに素晴らしい内容と美しい声に聞き入っていたよ」

「あからさまな嘘つくな、ですッ！　ヨワニンゲンが余りに酷いせいで、私は最近寛容になっているとラピスに褒められたぞ、ですッ！」

「それは良かったね」

こっちにはクレームが来てるんだけど、どうなってるんだろうか？

クリュスが腰に手を当てプンプン怒っている。

エヴァは完全に置いてけぼりになっていた。呆れ顔だ。

だが、こんなの序の口だよ。この程度で怒っていたら精霊人《ノウブル》となんて付き合えないよ。

「何笑ってるんだ、ですッ！　こっちは真面目に話してるんだぞ、ですッ！　話を、聞け、ですッ！」

「ごめんごめん、です！」

最後のポイント……ポイント6は物で釣ることである。

憤懣《ふんまん》やるかたない様子のクリュスに提案する。

「とりあえず、甘い物でも食べながら話の続きをしようか。おごるよ」

「はぁ？　ヨワニンゲンにおごられる謂《いわ》れなんてないぞ、ですッ！　逆に私がおごってやる、ですッ！

さっさと準備しろ、ですッ！　今日という今日は、しっかりお説教してやる、ですッ！」

ほら、精霊人《ノウブル》との交流なんて簡単だ。一体皆、何に苦労しているのだろうか。

視線でそう伝える僕に、エヴァは目を見開き、呆れたように呟いた。


「…………強い」

ティノさんの上下関係

「ずっと気になってたんだけど、ティノってさ……リィズから何て言われてるの？」

「え……？　お姉さまから、ですか？」

ティノが目を丸くする。

僕は常々、ティノの妙な忠誠心の高さに疑念を抱いていた。今回も、僕を馬鹿にされ自分よりもレベルが上の相手に果敢に立ち向かっていた。僕にカリスマ性はないので恐らく師匠のリィズから上下関係を叩き込まれたのだろうが、何を教えられているのか気になる。

その辺りを婉曲な表現で尋ねた僕に、ティノはきりっとした表情を作った。

「この世には大きく二つに分けると、神とゴミしか存在しません」

「!?」

「お姉さまは、神。私は、塵芥《ちりあくた》。お姉さまの命令には絶対服従です。手足が引きちぎれようと命令には従わねばなりません。そうしないと……お掃除されます」

こんなに酷い理屈、初めて聞いた。

「……ティノが塵芥なら、僕は何？」

塵芥以下って何かあるのだろうか……僕の問いに、ティノが目を輝かせ、断言する。

「ますたぁはもちろん…………最高神です。下々の者に試練を与えるところや、優しくも、とても厳しいところ、少し気まぐれにみえるところも神そのものです。その命令はお姉さまの命令に優先されます。命令に背いた場合は来世まで塵芥……」

「最高神……」

…………今度リィズを叱らなくては。心に決める僕の前で、ティノは一瞬だけ逡巡し、目に涙を浮かべて言った。

「ただし……一つだけ、例外があります。その……ますたぁが、そのような事を言うとは思っていないのですが……万が一性的な奉仕のご命令を頂いた時だけは断るように、と」

「……言うわけがない」

「ですが……そうは言っても最高神のお言葉に反するわけにはいきません。世界の法則が乱れてしまいます。何なりとご命令ください。これでもお姉さまの弟子です。覚悟はできています」

できるなよ。この強引さ、少しリィズに似てきたな……どこを叩けば治るんだろう。

「しかし、よく【アレイン円柱遺跡郡】なんかで宝具が見つかったね」

「え……？　えっと……ますたぁは予想していたのでは？」

「……うんうん、そうだね」

クランマスター室。オークション騒動も無事終了し、リラックスしながら出した言葉に、ティノが上目遣いで恐る恐る確認してくる。

僕は何時《いつ》も通り中途半端な笑みでそれを受け流した。

【アレイン円柱遺跡群】は荒野の中心に存在するレベル1の宝物殿だ。

半径百メートル程の狭い範囲に十数本の石製の円柱が立っているだけのつまらない宝物殿である。

小さな地脈の通り道に存在していて、弱い幻影《ファントム》が出現するので一応宝物殿認定されているが、宝具が滅多に出現しない事と、立地がとにかく悪い事から、ハンターの中では半ばないもの扱いされていた。帝都近辺ではレベル1の宝物殿も無数にあるから、初心者でもまず選択肢に入らない場所だ。

実際に、僕たちがハンターになったばかりの時も、その宝物殿は真っ先に探索の対象から外している。一度近くを通りかかった時に遠目に見たことがあるが、本当に何もない場所だった。

ちなみに、アレインとはその場所が宝物殿であることを最初に確認した者の名だ。

僕がその宝物殿の探索をティノに指示したのは、その宝物殿が安全で、簡単に探索できるものだったからであって、宝具が見つかると本当に思っていたわけではない。

マナ・マテリアルが薄いその場所で宝具を発見するというのは、奇跡的な確率である。

ティノは僕と違って運がとても良いようだ。もしかしたら、これが日頃の行いという奴だろうか？と、その時、ティノが思い出したようにこちらに視線を向けて言う。

「そういえば、ますたぁ……………あの宝物殿、地面に大きな穴が空いていたのですが……あれは、一体何なんですか？」

「大きな穴……？」

「はい。地面に大きな穴が空いて、柱が崩れかけていたのですが……【アレイン円柱遺跡群】って確か、私の記憶が正しければ、ですが、そんなものありませんでしたよね？」

ティノが自信なさげな表情で言う。

確かに、僕の知る限りあの宝物殿にあるのは柱だけだったはずだ。

何なんですか、と聞かれても僕にわかるわけがないのだが、ティノの目はまるで僕がそれを知っていると確信しているかのようだった。リィズの教育の賜物である。

本腰を入れて考えてみる。

宝物殿はマナ・マテリアルで構成されるものだ。その範囲内は半ば異界に近く、たとえ大規模な魔法などで地形が破壊されたとしても、マナ・マテリアルの通り道である地脈さえ無事ならば時間の経過で修復される。

【アレイン円柱遺跡郡】に何か起こったのだろうか？

そしてもしかしたらそれは、ティノの見つけた宝具がレア物だった事に関係あるのだろうか？

ゼブルディア帝国は宝物殿の異変に敏感だ。何か大きな変化があればすぐに調査を行い、その結果はハンター達に共有される。だが、最近は地脈が変わるような大災害も起きていないし、ハンターですら興味を持たないレベル1宝物殿の変化に気づかなくてもおかしくはない。

これは……チャンスかも知れない。こちらに全幅の信頼を込めた視線を向けているティノを見る。

ティノは花開くような笑みを見せてくれた。

宝物殿に大きな変化が起きた時に一番得をするのは第一発見者だ。もちろん、一番危険なのも第一発見者なのだが、宝物殿に出現する宝具は早いもの勝ちなので行動は早ければ早い程いい。

今回の場合、【アレイン円柱遺跡郡】に何かが起こってレアな宝具が出現するようになっている可能性がある。そして、それを知る者は恐らく、僕とティノ、そして宝具を鑑定してくれているマーチスさんくらいしかいない。

出るなら今だ。時間が経てば経つほど後手に回る可能性がある。

ティノの見つけた宝具の正体は未だ鑑定中だが、待っている時間はない。

まぁ、つい先日ティノが宝具を発見したばかりなので新たな宝具が見つかる可能性は低いが、万が一という事もあり得る。どうせ暇だし、様子くらいは確認してみてもバチは当たるまい。

「【アレイン円柱遺跡群】の周りって強い魔物、いるっけ？」

「え？　えっと…………サンドラビットくらい、だったような……あの辺りは特に巣穴がたくさんあるので」

ティノが目を瞬かせて答えた。

サンドラビットとは、その名の通り砂色をした兎の魔物である。魔物と言っても、大きさも強さもただの兎とほとんど変わらない、どこが魔物なのかもよくわからない存在だ。どのくらい弱いかというと、一対一ならば僕でも多分負けないくらい弱い。

帝都近辺全域に多数生息していて、食物連鎖の最下層になっている。

数が多すぎて希少性の欠片《かけら》もないので狩っても大してお金にならないが、肉はバターソテーにすると美味しいので、昔はよくリィズが捕まえてきたのを食べていた。

「サンドラビットか…………サンドラビットに負けたら恥ずかしいな」

「え……？　どうやったら、負けるんですか？」

そんなの知らないよ。でも、そういう油断が良くないんだ。

心底不思議そうな表情をしているティノに茶化すように言う。

「言ったね？　負けたらお仕置きだから」

「お仕置き!?　さすがに、塵芥な私でも、負けません、ますたぁッ！」

宝物殿を見に行きたいが、ティノと僕だけで帝都の外に出るのはリスクが高い。

僕はティノと違ってとにかく運が悪いのだ。まぁ、そもそもティノが一緒についてきてくれるとは限らないんですが……。

頼ってばかりで申し訳ないが、シトリーかリィズについてきてもらおうかな。

そんな事をちょうど考えたその時、部屋の扉が開き、オークションでほしい物を手に入れ、すこぶる機嫌がいいシトリーが入ってきた。

シトリーはいつもタイミングがいい。僕は気合を入れ直すと、シトリーに声をかけた。


紙袋が静かに上下している。先頭を歩くのはシトリーの魔法生物――キルキル君だ。

発達した岩のような灰色の肉体に、紙袋にぽっかり空いた眼窩《がんか》から垣間見える感情のない目。帝都の外には少なからずサンドラビット以外の魔物も生息しているが、その余りに異質な姿に近づいてくる者はいない。獣だけではなく、仲間のティノの仕草にまで、その存在に対する畏怖が見える。

「忙しいところ、悪いね」

「いえいえ。一緒にお散歩していると思えば」

シトリーの機嫌は僕の突然の頼みを聞いても全く落ちなかった。

何が嬉しいのか、僕の手を握りしめ、頬を染めている。

シトリーお姉さまを弱点にしているティノがちらちら視線を向けているが、気にする様子はない。

るんるん散歩気分のシトリーと共に、【アレイン円柱遺跡群】にたどり着く。

道中、出てきた魔物はサンドラビットばかりだった。ティノの言う通り、この辺りには大量のサンドラビットが生息しているらしい。

歩いている最中も、地面のそこかしこに空いた巣穴から顔を覗かせる砂色の兎が見えた。襲ってこなかったので無視したが、かなりの数である。素早く身を隠す様と自然のヒエラルキーの最底辺という立ち位置はとても悲しい話だが、僕そっくりであった。油断すると共感を覚えそうだ。

【アレイン円柱遺跡群】は、記憶にある通り、心躍らない場所だった。少しだけ開けた荒野に立った十七本の石柱は遺跡のようで、しかしとても見晴らしがいいため神秘性が感じられない。

だが、今、その円形に立てられた柱の間、中央付近に、数メートルの大きな穴が出来ていた。

いつでも逃げられるよう、慎重に穴の近くに行って覗き込む。

穴は想像よりもずっと浅く、底が見えていた。何が起こったのかはわからないが、僕の期待とは裏腹に、宝具が転がっている様子はない。

軽く周りを確認してみるが、見渡す限り広がる草原には僕達以外の姿はなかった。

「中には何もなかったんですが……もう一度確認しますか？」

「うーん……」

「掘ってみれば何か出てくるかもしれませんが……私が最初に見た時よりも地面が再生してます。やっぱりあの穴は自然現象ではなく、誰かが掘った物だったの、かも……しれないです」

誰がこんなつまらない宝物殿の地面を掘るというのか。宝具というのは基本的に地面の中などには現れたりはしない。

原因は何だろうか？　無言で穴を見下ろしていると、シトリーが僕の肩をつっついてくる。

「クライさん、ティーちゃんに見てきて貰いましょう」

「……じゃあ、軽くでいいから、お願いしようかな」

「お任せくださいッ！」

ティノがやる気十分、身軽な動きで足場の悪い穴の中に降りていく。その所作からはハンターとしての成長が見て取れる。

しかし、完全に無駄足な雰囲気がある。やはりここはがっかり宝物殿だ。

あくびをしながらティノの方を見ていると、シトリーがそっと耳元に口を近づけてきた。

「クライさん、ここは……ノト・コクレアの研究所の一つです」

「え……？」

予想外の言葉に目を丸くする僕に、シトリーが続ける。

「例のゴーレムが保管されていたんです。あの大穴は――地下研究所に保管していたゴーレムを出す際に空いたものでしょう」

その声には迷いはなかった。そんな情報、報告会で聞いた記憶がないのだが、シトリーはこういう時に冗談を言うような人間じゃない。

確かに、半分崩れてはいるが、眼の前に空いた穴にはあの巨大なゴーレムも納まりそうだ。

という事は、ティノがレア宝具を見つけたのは偶然だったのか。

「地下研究所の入り口は、サンドラビットの巣穴に偽装されているのです。こちらです」

「…………やけに詳しいね」

『アカシャの塔』は恐ろしい魔術結社だと聞いていたが、研究所の入り口をサンドラビットの巣穴に偽装とは、一体何を考えているのだろうか？　そして、シトリーはどこからそんな情報を……。

もうやることもなさそうだったので探索はティノに任せ、シトリーについていく。

案内されたのは草原の真ん中――宝物殿から五十メートル程離れた所だった。

何の目印もない場所に、人がぎりぎり通れるくらいの穴が空いていた。サンドラビットの巣穴だ。

サンドラビットは地面に巣穴を掘って群れ単位で暮らすので、この辺の草原には似たような穴が幾つもある。

シトリーは巣穴に一度視線を向け、僕を見るとにっこり笑った。

「クライさん、入りますか？　ノト・コクレアの配下は全滅しているので誰もいませんが」

…………別に興味ないな。

地面に空いた穴はそれなりに大きいが、人間が入るにはけっこう無理をしなくてはならない。

わざわざ苦労して潜ろうとは思わない。僕はもしかしたらまだレアな宝具が出る可能性があるんじゃないかとやってきただけで、違法魔術結社の研究所を見に来たわけではないのだ。

シトリーが見たいと言うなら付き合うけど、そうでないならさっさと帰るだけである。

というか、他の巣穴との違いがわからないんだけど――。

そう答えようとしたその時、シトリーが僕の袖を引っ張った。ほぼ同時に、穴の中からぬっと腕が飛び出す。

その手は――生きたサンドラビットの耳を握っていた。

思わず一歩下がる。シトリーが険しい表情で僕を背に庇い、キルキル君が前に出る。

アカシャの残党がまだ残っていたのか？

息を呑んだその時、手が地面につき、這いずるようにして身体が穴の外に出てきた。

「……」

アカシャの地下研究所の入り口とやらから現れたのは、魔導師《マギ》にもハンターにも見えない男だった。

どこか人の良さそうな茶髪の男で、大きな眼鏡をかけている。

男は、僕とシトリーを見て、キルキル君を見て、愕然と目を見開いた。

手が開き、解放されたサンドラビットが逃げ出す。

「ななな、なんですか、貴方達は!?」

「…………いや……それは、こっちの台詞《せりふ》なんだけど……ああ、彼は魔法生物だから大丈夫だよ。命令なしで人を襲ったりしないから」

動揺する男の様子に、シトリーが浮かべていた険しい表情が僅かに緩む。無言なのは、彼女が考え事をしている時の癖だが、どうやらシトリーの目利きではこの男は敵ではないようだ。

……まぁ、びっくりしてるし、怯えているしね。

男はキルキル君に怯えながらも穴から這いずり出ると、少しだけ震える声で名乗りをあげた。

「私は、サンドラビット研究所――ラビ研の、アレクコです」

「ラビ……研？」

聞いたこともない単語だ。アレクコを名乗った青年は、僕達に攻撃の意思がないことを理解したのか、ほっと胸をなでおろし、幾分か和らいだ声で説明してくれる。

「はい。サンドラビットについて研究をしています。ここには、フィールド調査に来ました」

え？　それで巣穴に入ってたの？　それ、巣穴じゃなくてアカシャの研究施設らしいけど？

………意味がわからない。

シトリーの方を見ると、シトリーも知らない名前なのか、小さく首を横に振っている。

アレクコは苦笑いを作った。ぱんぱんとローブについた土埃を落として言う。

「ご存じないのも当然かと。我々は……秘密結社ですので」

「…………」

やってることはおかしいが、随分爽やかな青年だ。

何だよラビ研って。なんでサンドラビット限定なんだよそこはせめて兎だろとか、なんで秘密裏にやってるんだよ、とかいろいろツッコミどころはあるが、面倒くさいので口に出すのは止《や》めておく。

熱の篭った声でアレクコが言う。

「サンドラビットは素晴らしい魔物です。食べてよし、愛でてよし、数も多く、繁殖力も非常に高い、私達人類の隣人とも言うべき存在です。この帝都近辺はサンドラビットに支えられていると言っても過言ではありません！」

いや聞いてないけど……さてはこの人、相手の話を聞かないタイプだな？　僕が苦手なタイプだ。

「隣人を食べるのか、君は」

「おまけに、本日、私はサンドラビット史に残る素晴らしい発見をしましたッ！　ここで会ったのも何かの縁、貴方達も是非、歴史の生き証人になってくださいッ！」

僕の冷静なツッコミを無視し、アレクコはぎらぎらと狂気に光る目で僕達を見回した。

意気揚々と巣穴に戻るアレクコに、キルキル君、笑みを浮かべたまま無言のシトリー、僕と続く。

本当は嫌だったが、経験上、こういう時に余計な抵抗をすると更に面倒な事になるのだ。

……………こんなことならティノの調査を見物していればよかったなぁ。

穴の中は、思った以上に広く、人工的だった。一番大柄なキルキル君でも余裕を持って歩けるだけの空間がある。床や壁は滑らかに固められており、入り口の狭さを考えると信じられない。

体長三十センチ程のサンドラビットが掘れるような穴ではない。

早く帰りたいなと考えている僕に、アレクコが大きく両手を広げ、叫ぶ。

「御覧ください、この前代未聞、この素晴らしい巣穴をッ！　ここまでの規模の巣穴は——ずっとサンドラビットについて研究を続けてきた私でも見るのは初めてですッ！」

「……は？」

シトリーを見る。シトリーは呆れたように肩をすくめ、首を横に振った。

どうやら討論する気もないようだ。

「私達、ラビ研は、ずっとサンドラビットが、人間に限りなく近い高度な知性を持ち、文明を築いているという説を訴えてきました。それが今、ここに証明されたのですッ！　見てください、この滑らかな壁と床をッ！　滑らかに整形されているのも驚くべき事ですが、更に何らかの薬剤で崩れないように固められています。つまり、サンドラビットの群れの中には——錬金術の知識を持つ者がいるッ！」

「ほー、サンドラビットって凄いな」

それが本当ならば、人間は恐らくサンドラビットに滅ぼされてしまうだろう。何しろ、数が違う。

僕のやる気のない言葉に、アレクコはずいと詰め寄って言う。

「さらにこの先、幾つも部屋が分かれているのですが、その内の幾つかには人間の道具が置かれていました。これが意味する事がわかりますか？」

「…………サンドラビットは人間だった？」

適当極まりない言葉に、アレクコが片目を瞑り、小さく指を鳴らし、絞り出すような声で言う。

「惜しいッ！　違いますッ！　恐らく、サンドラビットには人間の協力者がいる、ということですッ！」

「…………うんうん、そうだね」

人間の協力者がいるとしたら、それは君達だろ。

なんか変な薬でもやってるのだろうか？

シトリーも完全にやる気を失っていた。彼女は彼女で興味のないことにはドライなところがある。

僕はシトリーの推測とアレクコの予想、どちらが正しいのか判断する材料を持っていないが、あのバターソテーが知性を持っているとはとても思えない。きっとあの兎は僕と同じくらい知能が低い。

そもそも、人間の協力者がいるなら、この穴を掘ったのも人間の協力者なのではないだろうか？

「あぁ、協力者——どのような方なのかッ！　是非、お会いしたいものですが——きっと彼らも私達、ラビ研と同様、迫害された身——」

白い目で見られている事も気にせず、アレクコが恍惚《こうこつ》とした表情で言う。

ここはシトリー曰く、元アカシャの研究室らしいので、二人の証言を総合すると、アカシャがサンドラビットのために巣穴を掘ったという結論になる。愉快な連中だ。

と、そこで、今まで黙り込んでいたシトリーが口を開いた。

「……ところで、どうして、ここの巣穴を調べようと思ったんですか？　帝都の近辺にはサンドラビットの巣穴なんていくらでもあるのに……」

確かにその通りだ。もしかしたらここの巣穴を選んで調査したのではなく、あらゆる巣穴を這いずり回っているという可能性も否定しきれないのが恐ろしいところだが、この巣穴には見た目上の目印は何もなかったのだ。

訝《いぶか》しげな表情のシトリーにアレクコが満面の笑みを浮かべる。

「ああ、皆様、まだ見ていませんか？　あの【アレイン円柱遺跡群】に突如発生した大穴を」

「あ、ああ……もちろん、僕たちもそれを確認に来たんだけど、特に何もなかったよ」

僕の答えに、アレクコは大きく頷くと、その眼鏡をくいと持ち上げ、自信満々に言った。

「あれこそは、ラビ研の間で伝説になっているサンドラビットの王――《砂王《アレーナ・レクス》》が這い出た跡に間違いありませんッ！　私は、その予想を確信に変えるために付近の巣穴を調査し、こうして確固たる証拠を発見したのですッ！」

……サンドラビット研究所。秘密結社になったのも思想が異端すぎるからじゃないだろうか？

構成員、何人いるんだろう。

「ここで会ったのも何かの縁、今まで貴方がたが味わったことのない素晴らしいバターソテーをご馳走しましょう！　私達は、サンドラビットの調理法についても研究を進めているのです！」

「やっぱり君たち、頭おかしいわ」

立ち位置どこにあるんだよ。人並みの知性があるとか言ってたのに、普通そんな相手を食べる？

苦労して一人ずつ順番に巣穴から出る。

いつもにこにこ笑顔なシトリーの表情もさすがに今は物憂げだ。

きっと変な奴に出会ったと思っているのだろう。僕も同意見である。

太陽の下に出て、大きく背筋を伸ばす。

アレクコも同じように背筋を伸ばして、僕に爽やかな笑みを向ける。

「さて、では帝都に戻りましょう。同志に報告をあげねば――」

「アレクコさん、もしかして一人でここまで来たの？　外は危ないよ……魔物もいるし」

「何の……ラビ研の活動は常に死と隣合わせですッ！　そのくらい覚悟していますッ！」

この人、もしかしてアカシャの構成員じゃない？　余りにも常人じゃないんだけど。

目が爛々《らんらん》と輝いている。レベル8の僕よりもあらゆる意味で強い。

まぁ、それも帝都に帰るまでの辛抱だ。残念だが、二度と会うことはないだろう。

そうだ、帝都に戻る前にティノを回収しないと――。

何気なく宝物殿の方に視線を向け、僕は眉を顰めた。目をこすり、二度見する。

「ますたぁッ！　ひどいッ！　こんなのッ！　ひどいですッ！」

泣き声交じりの声が蒼穹《そうきゅう》に消える。ティノが巨大な砂色の兎に追いかけられていた。

体高だけでもティノの倍以上あり、天にぴんと立った長い耳が大きく揺れている。走る度に凄まじい砂埃が巻き上がっていた。兎もあそこまで大きくなると脅威になるらしい。

ティノが逃げながら一生懸命蹴りや突きを放っているが、その攻撃を胴体に受けて尚、巨大兎の動きが止まる気配はなかった。そのずんぐりむっくりした肉体は見た目以上に防御力があるらしい。

大きく振り上げた前足が地面を深く穿《うが》つ。ティノが身を捩《よじ》ってそれを避ける。

「おお、あれは――まさか、《砂王《アレーナ・レクス》》!?　こんな所で出会えるなんてッ！　今日はなんという素晴らしい日なんでしょうッ！」

アレクコがその姿を見て、歓喜の叫びを上げる。僕は徒労感から深いため息をついて言った。

「……サンドラビットってあんなに大きくなるんだね」

「……あれでも、魔物ですから」

なるほど……どこが魔物なのかと思っていたが、確かにあんなに大きくなるなら立派な魔物だ。

指示を受けたキルキル君が、両手を大きく振りながらティノの方に疾走し、大きな兎をゴム毬《まり》のように蹴り飛ばす。

「あの大きさだと、バターソテー何人前だろう……」

やるせない気分で出した何の面白みもないコメントに、シトリーが小さなため息を返してくれた。

ほら、やっぱり油断できないじゃないか。シトリーを連れてきて本当によかった。

月刊迷い宿「謎多き最強ハンターを追え！」関係者インタビュー

——優秀なトレジャーハンターにつきものな噂話。その真偽を確認するこの人気コーナー。第二十五回はかの謎多きトレジャーハンター、《千変万化》について話を聞いていきたいと思います！　今回は何と、かのハンターの関係者だというS．S．さんを特別にお招きしました。本日はよろしくお願いします。

よろしくお願いします！

——それでは早速ですが、まず、かのハンターとの関係性を教えてください。

幼馴染です。

——え……？　幼馴染？

《千変万化》が帝都にやってくる前、ハンターになる前からの知り合いです。子どもの頃から知っています。どんな事でも答えられます。

——古くからの知り合いなんですね。では、今回はせっかくなので《千変万化》、クライ・アンドリヒのルーツから探っていきたいと思います。《千変万化》はどのような少年でしたか？

はい。正直、今と余り変わりません。勇猛果敢で好奇心に溢《あふ》れ頭も良く努力を怠らず——そう。当時から彼にとってドラゴンはおやつでした。

――ドラゴンがおやつ、というと？

よく三時のおやつにドラゴンを狩りに行っていました。やはり莫大な力を発揮するには相応のエネルギーを消費するのでしょう、血も肉も肝も最上のエネルギー補給源であるドラゴンは格好だったのかと。

――な、なるほど…………食べていたんですか。

食べていました。一番美味しいのは幼馴染の恋人が料理した物だったらしいですが、時には生でばりばり食べていました。

――しかし、ドラゴンなんてどこにでも生息している幻獣ではありませんが――

いえ。どこにでもいました。クライさんの出身地はほとんど開発されていない神々の住まう山奥の村で、周囲広範囲をドラゴンが縄張りにしていたので、見つけるのは難しくなかったようです。

――それは……やはり、レベル8ともなると生まれから特別という事でしょうか。

そうですね。そこで、クライさんは竜の血を浴びて呪いで不死身になったのです。

――!? 今、とんでもない単語が出てきましたが……

不死身です。《千変万化》が最強と名高い一つ目の理由ですね。彼には魔法も剣も如何なる攻撃も通じません。実際に、彼はいままで一度も傷を負ったことがないんです。

――私も《千変万化》の噂は知っていますが、にわかに信じがたい話ですね。ちなみに、何か弱点などはあるのでしょうか？

肉体的にはクライさんは最強です。ですが唯一弱点があるとするならば——ここだけの話ですが……弱点は甘い物です。

——甘い物!? 甘い物を食べると、その……どうなるのでしょうか?

腹痛で倒れます。昔からクライさんは甘い物が苦手で、それだけはまだ克服できていないようです。

——ですが、喫茶店などでケーキを食べている所を何度も目撃されているらしいですが……。

それは修行ですね。

——修行……ですか。

弱点を克服しようとするのはハンターとして当然でしょう。なおかつ、公衆の面前で平然とそれを行う。それこそが彼がハンターとして優れている証左と言えます。

——なるほど。確かに、一理ありますね。ところで、《千変万化》は凄腕であると同時に、手口がほとんど知られていないハンターでもあります。《千変万化》の攻撃能力はどの程度なのでしょう?

はい。手口が知られていないのも当然です。何しろ、クライさんの思念だけで大抵の生き物は死に絶えるので——。

僕はそこまで読んだところで、『月刊迷い宿』を閉じた。

「やばい事書いてあるなぁ……さすが『月刊迷い宿』だ」

『月刊迷い宿』はハンター系オカルト雑誌である。荒唐無稽な記事内容で知られており、誰も信じていないが、一部マニアからはカルト的な人気があるらしい。

僕はこれまで幾つかの雑誌に特集されているが、ここまでおかしな扱いをされているのは初めて見た。こんな記事、誰が信じるというのだろうか。ツッコミどころが多すぎてツッコミきれないが、ドラゴンを生で食べるとか化け物じゃないか。こんなの風評被害にもならない。

そして、インタビュアーが少し引いているのが変な笑いを誘っていいと思う。一緒に記事を読んでいたエヴァも呆れ顔だ。

「しかし、このS.S.って……誰でしょう？　幼馴染となると限られると思いますが」

僕は少しだけ考え、肩を竦めてみせた。

「んー……架空の人物じゃない？　僕の知り合いにこんな事言う人いないよ」

ノミモノ育成計画

クラン《始まりの足跡《ファースト・ステップ》》の地下一階訓練場。その一画に今、巨大な鋼鉄の檻が設置されていた。

元々は魔獣捕獲用の檻である。格子の一本一本は人間の手首程太く、ハンターでもそう簡単に破れるものではない。だが、頼もしい無骨な檻にしかし、その前に集められた老若男女、ハンター達の顔色は優れなかった。

《始まりの足跡《ファースト・ステップ》》所属のハンター達はこれまで数多の試練をくぐり抜けてきた精鋭である。しかし、その経験によって慢心することはない。それが評判に一役買っているのは間違いないが、その顔に浮かんだ表情はお世辞にも著名なクランのメンバーのものには見えなかった。中にはお腹を押さえている者もいる。

唯一、にこやかな表情をしているのはメンバーを集めたシトリー・スマートだけだ。

「それでは、これからマリスイーターの飼育をお願いする皆様に――注意事項を言います。ちゃんと聞いてくださいね、死んじゃうので」

それもそのはず、集められたハンター達はこれから、幼体とはいえ、自分を殺しかけた強力なキメラと同じ種の世話をしなくてはならないのだ。名高い《千変万化》が「ノミモノ」などと名付けたその個体が並のハンター達にとっては『呑む側』である事は想像するに難《かた》くなかった。

シトリーの言葉が冗談でもなんでもない事を、ハンター達はこれまでの経緯から感じ取っていた。

ノミモノはまだ小さいが、その牙と爪がハンター達の指を容易くもぎ取る鋭さを誇っている事は明らかである。魔物使いという魔獣を飼い慣らし戦うハンターがいるが、彼らはいつでも傷だらけなのだ。

だが、逃げる事はできない。ここに集められたハンター達は大なり小なりシトリーに借りを作ってしまった哀れな生贄《いけにえ》だった。

女ハンターの一人が恐る恐る手を挙げる。

「でも、シトリー。この檻の大きさだと頑張ればノミモノは抜け出してしまうんじゃ……」

「良い質問です。安心してください、すぐに大きくなりますから。まぁ、この程度の檻じゃ破っちゃうかもしれませんが……」

「!?」

「いいですか、ノミモノはマリスイーターの中でもサラブレッドです。ノト・コクレア達はマリスイーターの育成を研究の一環として極めてシステマティックに行っていました。ですが、手塩にかけて育てればノミモノは少なく見積もってもあのマリスイーターの倍以上の能力を得るでしょう。もともとキメラの能力は一般的な魔物より高めな事が多いですが、マリスイーターにとってこの檻は紙切れみたいなものですね」

聞き捨てならない言葉に、先頭に立っていた大柄な男ハンターが慌てて手を挙げる。なんでそんなにマリスイーターに詳しいのかとか、気になるところは沢山あったが今確認すべきはそこではない。

「それは……危険では？」

「危険ですね。死ぬ気で挑んでください」

「……もっと頑丈な檻を用意すべきだ」

「これがすぐ手に入る中では一番頑丈な檻です。魔物使いの使役する魔物はマリスイーターと違って従順な種が多いですし、基礎能力はそこまで高くないのでこの檻で十分なんですね」

「…………」

聞いていない。道理でペットの世話に十人以上のハンターを動員したわけだ。とんでもない情報に顔を見合わせるハンター達に、シトリーが笑顔で手を打った。

「皆さん、これは……『千の試練』です」

「!? 聞いてないぞッ！」

「今まで事前に宣言された事がありましたか……？」

凄まじい説得力だった。引きつった表情をするハンター達に、シトリーは明るい声で続ける。

「でも大丈夫！ この試練を乗り越えた時、皆さんはどんな猛獣と戦っても、ノミモノよりはまだマシだと思えるようになるでしょう！ 懐かせようなんて考えちゃだめです。この子は多分、私とクライさん以外には懐かないと思います。いいですか、絶対に死なないでください。腕が食べられたくらいならお兄ちゃんに頼めば治してくれますが、死者の復活は無理なので……」

シトリーが抱き上げているノミモノの眼光はお世辞にも友好的なものではなかった。抱っこから解放されたらハンター達の喉笛を噛み切るつもりだ。

「協力して事にあたってください。多分一人では死んじゃうと思います。餌は戦闘訓練も兼ねて好戦的な魔物を一日に一回入れてください。散歩は外に出すと一般人を食べちゃう可能性があるので、訓練場の中を一日に三回思いっきり走らせてください。もしも行けそうだったらハントに連れて行ってもいいと思います。成長速度はかなり早めに作られているのですぐ大きくなると思いますが、小さいままでも普通の魔物には負けないでしょう」

やばい仕事だ。借りを作るべきではなかった。今更深い後悔を感じるハンター達に、シトリーはノミモノを抱いたまま器用に書類を取り出し皆に配ると、トドメとばかりに笑顔で言った。

「念の為、誓約書です。皆さんが万が一食べられてしまっても私には一切責任がない旨、誓ってもらいます。いいですか？　私はちゃんと説明しました。しましたよ！」

「…………」

じっと、シトリーは肉の仮面を見下ろしていた。

『進化する鬼面《オーバー・グリード》』はこれまでシトリーが見てきた宝具の中でもトップクラスに気持ちの悪い見た目をしていた。だが、その能力は既に実証されている。

ティノ曰く、この仮面は増幅器らしい。

仮面を被ったティノの力は確かに強力だったが、シトリーが気になっているのは見た目の変化だ。

仮面を被ったティノは色々な部分で成長していた。背も伸びていたし、髪も伸びていた。そして、胸も、確かに大きくなっていた。能力を向上させる宝具は数多いが、見た目を成長させる道具はなかなかない。姉は才能過多で動かせなかったが、もしかしたら……自分ならいけるかもしれない。

いざという時はクライさんもお姉ちゃんもいるからきっと剥ぎ取ってくれるはず……。シトリーは覚悟を決めると、かぽっと自分の顔に仮面を押し当てた。触手が伸び、後ろに回る。

声が聞こえた。だが、ティノが感じ取ったという衝撃のようなものは伝わってこない。

『う……うーむ…………恋愛目的で我を使う者は初めてだ』

戸惑っているような声だ。ティノは仮面を被った瞬間、仮面が顔に馴染みその肉体を成長させたが、全くその気配はない。声が窘《たしな》めるように言う。

『我が思うに、汝は……手段を選ばなすぎだ。他者を蹴落とす事だけでなく己を変える事も考えねばならん』

『いや、汝の努力は知っている。だが、我にはわかる。汝の根っこには強い劣等感がある。故に、無意識の内に存在する他者への警戒が卑劣なやり口に繋がっておるのだ』

『我は力を増幅する事はできるが、劣等感を消すことはできん。いいか、それは己で立ち向かわねばならぬものだ』

『まずは何事も自信を持って立ち向かえ。汝の姉のように……まずは、それからだ。肉体的な資質は姉には劣るが、汝の求める勝利には関係なかろう』

『外見と内面は表裏一体だ。精神の輝きが表に滲《にじ》み出すのだ。好みの香水や好みの味付けの料理でカバーしようなど言語道断だ！　内面を磨け！　姑息な手を使うのはやめよ！　汝は邪《よこしま》すぎる！　我は軍事用ではないが、そもそも『進化する鬼面《オーバー・グリード》』は巨乳を作るものではなーいッ!!』

シトリーは無言で仮面を剥がすと、床に叩きつけた。

「クライさん、この仮面……ひどい欠陥品です」

クランマスターのお仕事

今日もいい天気だなあ。

《始まりの足跡《ファースト・ステップ》》のラウンジに取り付けられた大きな窓。そこから降り注ぐ日差しを浴びながら僕はあくびを噛み殺した。

うちのクランは福利厚生だけは力を入れている。クランは元々ハンターの互助を目的とした組織であり、大抵のクランでは素材売買の代行や有用な情報のやり取りを可能とするシステムが構築されているが、飲み食いまで無料なクランというのはなかなか存在しない。

右肩上がりのクランメンバーからの会員費と、元商人であるエヴァの手腕（とシトリーを始めとした金持ちハンターの意味不明な寄付）により《始まりの足跡《ファースト・ステップ》》の財政は潤っていた。クランの評判が上がれば更に優秀なハンター達が加入申請にやってくる。いいサイクルが回っていると言えた。

だが、人数が増えれば柵《しがらみ》も増えるものだ。

ゼブルディアの法や探索者協会の規約ではクランは人数やクラン認定レベルに比例して権限が強くなり、それに伴って多額の税金が徴収されるようになっている。まあ金は頑張ればいいとしても、新規加入希望のメンバーがこれ以上増えてくるのは頂けない。

このクランでは、加入希望のパーティはクランマスターの面談を受けるルールになっていた。クランの所属メンバーの失態はクランへの信頼に影響するからクランマスターがちゃんと見極めるというのは理に適っていると言えるが――クランマスターの面談――つまり、面談するのは僕だ。うちのクランで、面談するのは、僕なのだ！　最初にクランを立ち上げる際も全員と会っているから、このクランには僕が面談した事がない人は（体面としては）ゼロという事になる。

ついでに、若手ハンターが集まるクランの中ではトップクラスと噂される《始まりの足跡《ファースト・ステップ》》に加入申請してくるのは才気煥発で野心溢れるハンターばかり。自分より遥かに有能なハンターばかりを面談して時に落とさねばならない心労は高レベル宝物殿に行かされる時とはまた違った意味で『ゲロ吐きそう』だった。

その上、うちのクランの加入条件にはもう一つ、クランメンバーの推薦が必要というものがある。変な奴が来ないようにふるいに掛けるための処置なのだが、推薦したメンバーがいる手前、落とすのもなかなか大変だ。そして、一度落としてもしばらく経った後にまた来たりするのであった。

今回面談までやってきたメンバーも、才気煥発な若手ハンターだった。クランメンバーからの推薦状も既に持っているとなれば、会わないわけにもいかない。

面談の場。利発そうな顔があくびを噛み殺す僕をじっと窺っていた。佇まいも顔立ちも全てが僕とは一線を画したハンターだ。

人数は五人で一パーティ。野望に燃えたぎらぎらする目も、こちらを見定めようとする眼光も、ぴりぴりした緊張感も、一番端っこで居心地の悪そうにしている少年の表情も、全てが何故か懐かしい。

トレジャーハンターになったのは二年前。ハンターになる前からハンターになるべく活動していて、帝都でも名のある道場からの推薦状もある。ハンター活動も順風満帆そのもので、運もあるようだ。書類上の経歴もエヴァが調べてくれた情報も、メンバー平均年齢十八歳とは信じられないくらい非の打ち所がない。

レベル4若手パーティ。《輝きの矢》のリーダーの青年は、リーダーらしく動揺の一つも表に出さずに、僕をじっと見て言った。

「我々の力ならば必ずや《始まりの足跡《ファースト・ステップ》》の発展の一助になるでしょう。話に聞いている『千の試練』についても、乗り越える自信があります」

「俺たちは、まだレベル4だが、討伐適性レベル5のゴブリンキングだって倒した事があるッ！　後悔はさせないぜ！」

リーダーの青年の隣に座っていた大柄な戦士の青年が歯をむき出しにして笑う。

あからさまな弱者を前に侮らない立ち振舞と自信に僕は圧倒されそうになったが、割と圧倒されそうになる事はよくあったので、もったいぶって頷いた。

どうしようかな……悩みながら言葉を紡ぐ。

「ゴブリンキングか……やるじゃないか。僕は倒したことがないな」

「クライさん、ゴブリンキングは貴方が達成した認定レベル5への昇格条件の一つです」

頼み込んで隣に座ってもらったエヴァがすかさず鋭いツッコミを放つ。

認定レベルが上がる条件は様々だ。筆記試験もあれば、それまでの功績を考慮することもある。

エヴァは僕の経歴を僕以上に知っている。彼女がそう言うのならば戦った事があるはずだが、腕を組み考えてみても随分前の出来事なので覚えていなかった。というか倒したの多分、リィズ達だし。

面談していたパーティの面々も白い目で僕を見ている。

「…………まぁ、魔物とは随分戦ったから中にはいたかもしれないけど、それでも大したものだよ」

「レベル8にとっては大したことなくても、我々にとっては死闘でした。遭遇戦だったので——しかし、ここで止まるつもりはありません——」

リーダーがはきはきとした口調で自らがハンターとして何を目指しているのか熱を込めて言う。

僕はにこにこしながら考えた。

正直、うちのクランはこれ以上積極的にメンバーを増やすつもりはない。新たに必要なメンバーがいるかと聞かれてもちょっと思いつかない。

確かに彼らは優秀だが、アークよりも強いという事はないだろう。

僕は少し悩んだが、なんか疲れたので断る事に決めた。決定してしまえば後はいかに角を立てることなくお断りするかどうかだ。

リーダーの情熱あふれるアピールを聞き終えると、足を組んでハードボイルドに首を傾げる。

「君たちの熱意は十分に伝わった。功績も実力も大したものだ。更に研鑽《けんさん》を積めば間違いなくこのゼブルディアでも有数のハンターになるだろう」

僕は弱い。見てわかるくらい弱いがここは僕の本拠地で、今いるラウンジ内にも興味津々にこちらを見ている所属メンバー達が何人もいる。仲間が増えるかもしれないのだ、興味もあるだろう。

クラン加入希望者の面談にあえて人目のあるラウンジを使っているのは、加入希望者が暴れた時の事を考えているのだ（ハンターは割と荒っぽい人が多いのでたまにある）。

そして、僕は悩むふりをしながら希望に溢れた目を向ける若人達に言った。

「だが——僕の見立てでは……君たちには《足跡》に入るには少し足りていないものがあるな」

エヴァが目を丸くする。僕の言葉が予想外だったのか、《輝きの矢》の顔が一瞬こわばる。

まあそうなるよね。何しろ、彼らの経歴に傷はないのだ。

リーダーが身を乗り出し、ぎらぎらと目を輝かせて言う。

「それは…………なんですか？」

答えてはいけない。そもそも、答えなど知らない。クロエの時も似たような事をやったが、僕が面談で適当采配をするのは割と日常である。最近は気が向いた時とか余程の柵がある場合くらいしか加入申請を受けたりはしないのだ。僕は眉を顰め、目を数秒瞑ると、小さくため息をついて言う。

「それを考えるのもハンターとして必要な技術だ。許可を出さないとは言ってないよ。君たちは優秀なハンターだ、研鑽を積んだその時は、改めてここに来て欲しい。その時は喜んで仲間に加えよう」

ごめんよ。僕に見る目はないんだ。うまくいっているのは奇跡とエヴァの尽力で、僕の力ではない。

何、大丈夫。君たちの経歴ならばどこのクランでも引っ張りだこだよ。

立ち上がろうとしかけ、その時、僕は気づいた。

《輝きの矢》のメンバーは愕然としていた。これだけの経歴だ、才能ももちろんだが、弛《たゆ》まぬ努力があってこその今だろう。何かに失敗した事などほとんどないはずだ。

だが、このまま何もなく解放するのもまずいかな。理由あってならともかく、理由も言わずの却下なのだから、闇討ちされても仕方がない。リーダーの青年を見下ろし、もっともらしく言う。

「だが、そうだな……一人だけならば現時点でうちのクランにふさわしい。端っこにいる彼だ。名前は何だったかな──」

「!? テランですか!?」

ずっとおどおどしていた少年を指差すと、リーダーの青年が目を見開く。

テランという名らしい少年は、《輝きの矢》で唯一積極的ではないメンバーだった。

面談でもほとんど口を利かず……一流パーティに相応しくない自信なげな双眸《そうぼう》を見ていると強い共感を抱く。うん、彼一人なら人畜無害そうだし、うちのクランに入れてあげてもいい。

リーダーが絶句している。先程ゴブリンキングを倒した事があると自信たっぷりだった戦士の青年も、信じられないものでも見るような目で少年を見ている。

だが、一番呆然としていたのはテラン本人だった。明らかな英雄の輝きを持っているリーダーよりも自分が選ばれたとなればそれはそんな表情もするだろう。

失言だったかな？　だが、僕はもう面談を切り上げておやつにしたい。

僕は自信満々な演技で締めにかかった。

「だが、彼も一人だけ《足跡》に入ることを望まないだろう。パーティとはいわば──家族のようなものだからね。足りないものを知り、それを手に入れたらいつでもまた来るといい」

後日、僕が面談した事すら忘れた頃、《輝きの矢》は答えのないはずの問いの答えを携え僕の元にやってきた。

リーダーの青年が出した答えは『仲間との絆』だった。どうやら、テランは余りパーティに馴染めていなかったらしく、僕の問いかけをきっかけに話し合いをして絆を深めたらしい。

余談だが、僕の適当な問いかけに答えを持ってくるような猛者は大体、仲間との絆とか鋼鉄の意志とかキラキラ曖昧なものを持ってくる事が多い。もともと明確な答えがない問いだからどうしても答えを出そうとするとそういうものになってしまうのだろう。

先日の面談よりも遥かに輝いている若手パーティにうんうん笑顔で頷くと、僕は第二の試験として最近退屈そうなルークと遊――ルークを倒す事を命じるのであった。

探協機関紙コラム「高レベルハンター達の日常」

「今度は探索者協会の機関紙ですか……色々頼まれますね」

エヴァが呆れたように言う。僕も同意見だった。

探索者協会はトレジャーハンターをサポートする組織だが、同時にハンターとハンター以外の人々の橋渡しをする役割も持っている。協会の発行する機関紙は一般人の愛読者も大勢いて、これまで多数の要望に応じて様々な情報を発信してきた。

これまで僕も様々なハンター向け雑誌やら新聞からインタビューを受けてきたが、その筋で今度は僕に白羽の矢が立ったらしい。ボランティアだ。

「ガークさんから直接頼まれてはね……」

「あぁ……珍しくやる気だと思ったら……」

別にやる気のある姿は見せていないのだが、エヴァから見た僕はそうではなかったらしい。

高レベルハンターには高レベルハンターの責務がある。放り出してもいいが、僕はガークさんとは穏便な関係を築きたい。

それに、いつものように突然高難度依頼を放り投げられるのと比べたら取材くらいどうということもない。

「それに、今回のターゲットは僕じゃないしね……」

僕が頼まれたのは情報を持ってくる事だ。

対象は《嘆きの亡霊《ストレンジ・グリーフ》》——つまり、幼馴染たちである。

僕はインタビューがあまり得意ではないが、クランマスターとしての立場があるので度々インタビューを受けてきた。だが、ルークたちは違う。

彼らは取材などに全く興味がない。苛烈《かれつ》で誰からの指図も受けず、平然と人を斬るとなれば、雑誌の記者もお手上げだ。ガークさんはそこに目をつけたらしい。

もともと、高レベルハンターは探索者協会の看板のようなものだ。注目度も自然と高くなる。全ての取材を突っぱねる彼らも幼馴染の僕からの取材ならば受けるというわけだ。

ちょろい仕事だ。こんな簡単な事で貸しを作れるなんて——僕もインタビュアーになろうかな。

「題材は、高レベルハンターの日常、ですか……でも、ルークさん達の日常って——」

「じゃあ早速、終わらせてくるとするか。腕がなるな……」

エヴァが眉を顰める。僕はひと仕事するべく、立ち上がった。


「ご苦労だったな」

「全く、大変だったよ。レベル８認定ハンターに雑用を頼むなんて、ガークさんだけだ」

「そう言うな。他の奴に頼むわけにもいかん」

取材を終わらせ、探索者協会の応接室で支部長のガークさんと向かい合う。

僕が探協に呼ばれる際は大体謝罪目的なので、お客様扱いは久しぶりだ。淹れてもらったお茶を飲みながら、ガークさんが取材結果をまとめたレポートを確認しているのをぼーっと眺める。

ガークさんはしばらくふむふむと頷きながらレポートを読んでいたが、すぐにその眉が顰められた。

「おい、クライ。こりゃ、何かの冗談か？」

「え？　……依頼で手を抜いたりはしないよ」

「むう…………」

ガークさんが唸り声を上げ、僕の取材結果を読み上げる。

「《千剣《せんけん》》のルークの生活。訓練」

その通りだ。ルークは訓練をしている。いつだって訓練をしている。

「《絶影《ぜつえい》》のリィズの生活。訓練」

その通りだ。リィズは訓練をしている。いつだって訓練をしている。ティノに訓練をつける事もあるが、それも勉強を兼ねているとはリィズの言葉だ。

そのままガークさんが絞り出すような声でレポートを読み上げる。

「《万象自在《ばんしょうじざい》》のルシアの生活。研究と訓練」

「シトリーの生活。研究と商売」

「《不動不変《ふどうふへん》》のアンセムの生活。訓練と治療――」

その通りだ。彼らは苛烈であると同時に――ストイックなのである。

人を斬るし殴るし好きに生きているが、トレジャーハンターとしては模範的だ。

取材していて思ったのだが、多分、僕の分の向上精神も持っていってしまったのだろう。

話を聞いていて、日頃、彼らがどれだけ貪欲に強さを求めているのかよくわかった。

ガークさんはむむむとしかめっ面を作っていたが、顔をあげ僕をぎろりと睨みつけて、言った。

「俺は……休日の過ごし方を聞いたつもりだった。趣味とか、ハンターに対する一般人の親しみを、だな――」

そうだよね。意図はわかってたよ。でもどうしようもない。

「ガークさん、それ、休日の過ごし方だ」

「…………」

僕の言葉に、ガークさんは初めてがっくりと肩を落としたのだった。


結局、僕の収集した情報はコーナーの趣旨に合わないという事でボツになった。

その後、あまりに潤いがないという事で、ガークさんの好意で旅行に招待され、そこでまた大きな事件に巻き込まれる事になるのだが、それはまた別の話である。

嘆きの亡霊は修行したい！

「うおおおおおおおおおお！　温泉で、修行だあああああああ！」

完成した大浴場でルークが咆哮《ほうこう》する。相変わらずの飛躍した発想に、僕は大きくため息をついた。

トレジャーハンターにとって日頃の鍛錬は不可欠だ。才気に溢れた《嘆きの亡霊《ストレンジ・グリーフ》》も例外ではない。

いや、むしろハンターの認定レベルと鍛錬の量は基本的に比例していると言ってもよく、僕の幼馴染達も例に漏れず全員が修行馬鹿だった。

栄光には理由がある。修行と無縁なのは僕だけだ。バカンスの途中でもリィズ達が修行したがっていた事からもわかっていたのだが、どうやら生活の一部になっていそうである。

ルークは相変わらず元気いっぱいだった。ぎらぎらと目を輝かせ、ルシアに作ってもらったばかりの木刀を振り回している様子からは修行を嫌がっているような気配はない。

止めるか迷ったが楽しそうなので止めるのはやめにして、代わりに大きく欠伸《あくび》をして尋ねる。

「……修行って何するの？」

「そりゃもう……修行といったら、滝だろ」

ルークって本当に滝、好きだなあ……しかし、しょっちゅう滝修行しているが、果たしてそれで修行になるのだろうか？　僕は滝に打たれた事などないのでわからないが、レベル8の幻影《ファントム》と切り結べるルークにあまり意味があるとは思えない。

目を瞬《しばたた》かせる僕に、ルークはにやりとワイルドな笑みを浮かべ自信満々に言う。

「自然と一体になって滝に打たれる事により世界を斬るんだッ！」

「そ、そうなの。よかったね……」

こんなんでも、帝都屈指の剣士《ソードマン》である。好きというのは全てを超越するのだ。

何も言えない僕に、ルークが宣言する。

「今日はなあ…………とりあえず１００℃だ」

!?」

「速度もなあ、普通じゃ生ぬるい。思い切り上げてくれッ！　耐久を鍛えるから、地面に穴が空くくらいッ！」

それは……もはや滝ではないのでは？　１００℃って沸騰してるんじゃ――。

話を聞いていたルシアが、額を押さえて言った。

「それを長く作りだすのが、私の修行です」

「お、お疲れさま……」

「リーダーが温泉にのんびり浸かっている間も背中を流している間も欠伸している間もずっと、ずーっと繊細なコントロールを、やってますッ！」

「う、うんうん、そうだね……さすが、大魔導師！　よ、ルシア、世界一！」

「もうッ！」

魔導師《マギ》はもともと万能みたいなところがあるが、大魔導師と呼ばれるのには理由があるのですね……。

そこで、リィズがちょんちょんと僕の肩をつっつく。

「クライちゃん、クライちゃん。私とティーはねえ…………温泉の上を走る修行するの！」

「え!?　わ、わたしもですか!?　は、はい…………や、やります」

「煮えたぎるお湯の上を走るから、本気でやれよ」

「!?」

張り合わなくていいから……。

傍若無人なリィズにティノが怯えている。

煮えたぎるお湯の上を走る修行……その修行が役に立つ日が来るのかとか、そもそもどうやってお湯の上を走るんだとか、気になる事はたくさんあるが……何でそんなに楽しそうなの？

そこで、シトリーがにこにこしながら自然な仕草で、すすすと近寄ってきた。

「私は、温泉ゴーレムの改良をします」

「何で？」

「後は……温泉独自の修行とか特に思いつかないので、とりあえず息でも止めます」

何でだよ……いいよ。そんな無理して修行しなくていいよ。

もっと力を抜いて楽しもうよ。とりあえず息でも止めるなんて、初めて聞いたよ。

「あー、いいな、それ。俺も息止めるぜ！」

「シト、ナイスアイディア！　私達もやるぞ、ティー！」

「!?」

「キルキル君も止めます」

「きるきる……」

何が琴線《きんせん》に触れたのだろうか。ただひたすら、ティノが可哀想である。いつもシトリーに忠実なキルキル君もどことなく元気がない。

「アンセムは……何の修行するの？」

そこで僕は、ずっと黙っているアンセムに尋ねた。

アンセムは妹二人とは違い寡黙な男である。寡黙かつ、沈黙が苦にならない独特の雰囲気がある。《不動不変》の二つ名がしっくりくる男だが、僕は幼馴染なので彼がコミュニケーションを厭《いと》うているわけではない事を知っていた。

「…………うーむ……」

アンセムが唸る。表には出ていないが、困っているような雰囲気を感じる。

そこですかさずシトリーがフォローを入れた。

「お兄ちゃんは、もうこんな所で出来るような修行は大体終わってますからね」

「アンセム兄を傷つけようとしたらせっかくできた温泉が壊れちゃうからねえ……」

「アンセムはもうあまり呼吸しなくても平気だしな」

「……うむ」

一番頼りになる男が一番怪物じみているとは、なかなかどうしてうまくできているものだ。

呼吸しなくても平気とか初耳……。

しかし、アンセム……なんかちょっと寂しそうなんだが、そんなに修行したいのだろうか？

そこで、ルシアが肩を竦めた。

「修行の威力を上げて、誰かが倒れた時に回復魔法をかければいいのでは？」

「それだ‼」

もうやだ、この人たち。そもそも、この中で倒れるとしたらそれは……ティノなのでは？

「うむ！」

アンセムが力強く頷く。ティノは小さな悲鳴をあげ、僕の後ろに隠れた。

頑張れ、シトリーちゃん！②

※①は4巻あとがき内に収録されています。

「しかし、今回も大変だったなぁ……」

大きく欠伸をしながら温泉に浸かる。リィズ達は全力枕投げを始めてしまったので、作ったばかりの大浴場にいるのは僕だけだ。

月明かりが誰もいない浴場を照らしていた。アンダーマン達も地底に帰ってしまい、これからスルスの街がどうなるのかはわからないが、一段落ついたといえる。

「まあ、全てうまくいってよかったよ……」

色々あったが、終わりよければ全て良しだ。現実逃避とも言う。

賑やかなのも好きだが、少人数で温泉に浸かるのも大好きだ。のんびり温泉を満喫していると、ふと後ろから声が聞こえた。

「りゅー……」

!? まさか、まだ帰ってない奴がいたのか。ぼんやりしながら後ろを向く。

そこにいたのは——全裸にタオルを巻いたシトリーだった。

予想外の姿に現状把握が遅れる僕に、シトリーが甘えるような声で言う。

「りゅーりゅー……」

もちろん、何を言っているのかわからない。意味不明すぎて何も言えない。

シトリーはアンダーマンではないのでりゅーりゅー鳴かないはずだ。つまり、りゅーりゅー鳴いているという事は、目の前のシトリーっぽい子はシトリーではなくアンダーマンである事を意味している。

「りゅうりゅう」

シトリーっぽいアンダーマンが温泉にざぶんと入り近寄ってくる。蒸気のせいか顔が赤く火照っていた。だが、とても嬉しそうだ。

「りゅーりゅーりゅー」

シトリーっぽいアンダーマンが腕を抱きしめ、肩に頭を乗せてくる。僕は反応に困って、りゅーと鳴いた。

アンダーマンは所詮、アンダーマンなので全裸でも特に気にならなかったが、こうもシトリーそっくりの姿をされると反応に困る。

胸がぎゅうぎゅう押し当てられ、脚が絡んでくる。触れた肌は柔らかく温かい。シトリーマンが唇を寄せ、小声で言う。

「りゅうりゅう」

その時、傍らに置いていた仮面が喋った。

『貴様の手段の選ばなさにはびっくりだ。ああ、情けない、我の時代でもそんな奴いなかったぞ』

「!?」

シトリーの笑顔が凍りつく。長湯のしすぎで思考が朦朧《もうろう》としていたが、反論する。

「いやいや、シトリーがこんな慎みのない事、するわけがない」

「りゅーーーー!」

シトリーマンは悲鳴のような声をあげ涙目で仮面を掴《つか》むと、思い切り外に投げつけた。

《始まりの足跡》クラン会報「《千変万化》の悩み相談」

「クライさん、募集していた例の意見箱の件なんですが――」

「え？　……あー…………そんな話あったねえ」

一抱えもある箱を持ってきたエヴァに、目を丸くする。

《始まりの足跡《ファースト・ステップ》》では情報共有を兼ねて、定期的にクランで会報を発行している。そのコーナーの一つとして、《千変万化》のお悩み相談の企画があがったのは、つい先日の事だ。

僕にはよくわからないのだが、神算鬼謀が悩み相談に答えるという部分に面白みが発生するらしい。需要の有無はともかく、とりあえずOKを出したのだが、もう設置の準備ができたのだろうか？

「ラウンジに置いておいた箱がいっぱいになったので持ってきました……」

「!?　えぇ……」

エヴァが箱を開けひっくり返す。机の上に積み上がる手紙に、僕は思わず眉を顰めた。相談してくる人なんていないと思ったから了承したのに……てか、仕事が早すぎる。

気が進まなかったが、仕方あるまい。一番上のピンク色の封筒を取り上げる。

「なになに……？　『私はマスターが大好きです。強くて優しくて頭がよくて格好良くて、ほとんど不満はないのですが、たった一つ、マスターの課す試練が凄まじいスパルタで、私のためを思っているのはわかるのですが、このままではいつか死んでしまいそうです。悪気がないのはわかるのですが、どうしたら少し手を緩めて頂けるのでしょう？（P.N.可愛い後輩ハンター）』

「…………」

エヴァが目を瞬かせ、僕を見る。

不満と熱量が詰まっておられる。意見箱の使い方を間違えていないだろうか？ っていうか、可愛い後輩ハンターって誰……？

ティノは自分で自分を可愛いとか言わないだろうし……。

「……まぁ、これは置いておこう。次は…………なになに？『訓練室にいつでも斬っていい人間を置いて欲しい』……これはルークだな」

「ブレませんね……」

駄目だよ。言うまでもなく、駄目だ。次だ、次。

「今度はこの黄色の手紙だ――なになに？『訓練室にいつでも斬っていい犯罪者か人間そっくりの魔法生物を置いてもいいですか？ ルークさんが欲しいって』」

「!? 駄目ですよ？」

エヴァが目を見開き僕を見てくるが、言われるまでもなく知ってるよ……誰だ……こんな投書したの。うちのクランには随分クレイジーなハンターがいるようだ。

僕は面倒になり、次から次へと手紙を開けてみる。

「『ヨワニンゲン、もっとちゃんとしろ、です！　いつも仲間からヨワニンゲンの事を聞かれる度に答えに困ってるんだぞ、です！（P．N．美しすぎる精霊人《ノウブル》）』……手紙でもその敬語なのか」

「『ラウンジに酒を置いて欲しい』……いつも酒持ち込んでるだろ！」

「『やる気のないクランメンバーは無駄だから追い出すべき。そうすれば仕事も減ってハントに時間を割けるし、クライちゃんも雑魚の管理、大変でしょ？　私、あったまいい！』…………いやいやいや」

「『宝具ばっかり買ってないで少しは将来を考えて貯金してください！　借金がいくらあるかちゃんと覚えていますか？』……意見……箱？」

もう少し建設的な意見がほしい。というか、神算鬼謀の出番なくない？

エヴァも呆れ顔だ。どうやら物珍しさにとりあえず書いてみた層が多いようだな。

「『投書するか迷ったが、ここではっきり確認しておこう。クライはリィズとシトリー、どちら派だ？二人ともそれぞれ問題はあるし、結論を避けてしまう気持ちは非常にわかるがいつまでも優柔不断な態度をとるのは人として如何《いかが》なものか』…………こ、これ書いたのって……」

「し、知りませんよ!?」

エヴァが慌てたようにぶんぶん首を振る。この筆跡、もしやアンセ――いやいや。

……………意見箱、怖ッ。このコーナーはボツだな。

最後に、簡素な二つ折りの手紙を開く。手紙にはやる気の感じられない文字でこう書かれていた。

「『いつもいつの間にか皆がいない。どこに行ってるの？　エリザ・ベック』」

知らないよッ!!

その頃のティノ

「なんだ、ティノ。今回は置いていかれたのか」

「……護衛依頼にはまだ早いという、ただそれだけの判断」

「……そ、そうか。それは、残念だったな」

クランメンバーのライルから掛けられた言葉に、ティノは精一杯の不満を込めてジロリと視線を投げかけた。

そもそも、ティノはまだ《嘆きの亡霊》《ストレンジ・グリーフ》のメンバーではない。毎回、依頼に巻き込まれているわけではないのだ。

連れて行かれたらいかれたで大変なのだが（特に前回蛙にされたのはティノのハンター人生で最大の衝撃だった）、放置されたら寂しさもある。だが、ティノではまだ大国の皇帝を護衛するのに力不足なのは明らかだし、そもそもお姉さま達も別に誘われては…………あ、あれ!?

余りの大胆不敵な犯行に目をぐるぐるさせるティノに、ライルがふと思いついたように言った。

「ああ、そうだ、ティノ。シトリーお姉さまから伝言があるぞ。『ノミモノのお世話よろしくね』、だそうだ。頑張れよ！」

「!?」

聞いてない、こんなの聞いてないですよ!?

ていうか、まさか今回、私が置いていかれたのって――。

「ふー、ふー、にゃあああああああああああッ！」

鋭利で凶悪な鉤爪《かぎづめ》に、数メートルにも発達した体躯《たいく》。縦横無尽な飛行を可能とする巨大な翼。剣のように鋭利な尾。だが、一番の問題は、このキメラがマスターとシトリーお姉さま以外に懐かない点だろう。

ノミモノと名付けられたキメラが《足跡》のメンバーの中で嫌いな幻獣ベストスリーにランクインされたのは記憶に新しい。普段そのお世話をシトリーお姉さまから任されているハンター達はいつもボロボロだ。

その輝く瞳は、バカンス中行動を共にしていたはずのティノをただの柔らかい肉と判断していた。

マスターかシトリーお姉さまが近くにいると大人しいのだが、少し席を外すとこれである。

太い前足から繰り出された爪の一撃をバックステップで回避する。普段ノミモノの住処《すみか》になっている訓練場の金属製の床は、既にボロボロだ。散歩が足りていないのか、元気が有り余っている。用意されたご飯（魔物の肉）をぶちまけるが、どうやらノミモノは魔物よりもティノをご所望らしい。

「みゃああああああああああ!!」

「こんなの無理ッ!!　ひぃッ!?」

これが宝物殿ならば、完全にパーティで対応すべき相手である。【白狼の巣】で戦ったウルフナイトよりも明らかに強い。

まるでじゃれつくかのように振り下ろされた前足は細身のティノをずたずたのぺちゃんこにするだけの威力を持っていた。余裕を持って回避しなければ、躱《かわ》せても衝撃で吹き飛ばされそうだ。

「ノミ、モノッ！　おすッ！　わりッ！　無理、ですッ！　ますたぁッ！」

近くにはばらばらになった檻と、ちぎれた首輪の鎖が放置されていた。どうしてまだ食べられた人がいないのか本当に不思議だ。もしかして、これくらい御せて当然という事だろうか？

どうして、街中で死線を潜らなければいけないのか？　失敗したら食べられてしまう訓練とか普段のお姉さまの訓練より酷い。ティノは回避に全力で汗だくなのに、ノミモノの動きは一切鈍っていなかった。それどころか、ティノの攻撃を少しずつ学んでいるようにすら見える。

そう言えば、この怪物は高い知性を誇っているらしい。

こんな怪物を殺さず飼おうとは、さすがレベル8の発想は違う。

「わ、悪い子ッ！　こうなったら――」

ティノは覚悟を決め、大きく距離を取ると、『進化する鬼面《オーバー・グリード》』を被った。まさか、なるべく使わないようにしようと思っていた仮面をこんなところで使う羽目になるとは――。

肉体がみしみしと音を立てて変化し、力と途方も無い全能感が身体に漲《みなぎ》る。ノミモノの目が一層輝く。

「にゃーにゃー！」

『どうやら、食い出が増したと喜んでいるようだな』

仮面の呆れたような声を無視し、超《スーパー》ティノは叫んだ。

「ッ！　来なさい、駄猫ッ！　お仕置きしてあげますッ！」

この巨体だ、多少やりすぎても死にはしないだろう。いや、死んだとしてもそれは正当防衛だ。

ノミモノが飛びかかってくる。ティノはその懐に敢えて踏み込んだ。

巨体から感じられる途方も無いプレッシャー。振り下ろされる前足を屈んで回避し、その顎に掌底を放つ。ずしりとした衝撃が腕に奔り、骨がみしりと音を立てる。が、痛みなど気にしてる余裕はない。ノミモノが動きを止め、浮いたその一瞬、ティノは大きく身体を回転させた。

「はあああああああああああッ！」

「みゃ!?」

渾身の力を込めた回し蹴りが、ノミモノの立派な鬣《たてがみ》の生えた頭部に突き刺さる。まるで金属の壁でも蹴りつけたかのような感触。

完全に入った――確信した瞬間、蹴りを受けて固まっていたノミモノが鳴いた。

「みゃー」

「!?」

完全に予想外だった。そのまま巨体に押しつぶされ、バランスを崩す。

目前に迫る輝く瞳。必死に抜け出そうとするが、重すぎて動けない。死期を悟るティノに、ノミモノが取った行動は予想外だった。生暖かいざらざらしたものがティノの頬に触れる。舌だ。長い舌がティノの頬を、首元をぺろぺろと舐めていた。

『どうやら味見から入るようだな……現代にこのような怪物がいるとは……』

仮面が感慨深げに言う。そんな変な言葉いらないから、この状況を脱する方法を――。

その時、ふと訓練場の扉がガラリと開いた。ノミモノが頭をあげ、ティノも必死にそちらを見る。入ってきたのは予想外の人物――《嘆きの亡霊《ストレンジ・グリーフ》》の最後の一人、エリザお姉さまだった。

エリザお姉さまはぼろぼろの訓練場を見て、ノミモノとそれに襲われているティノを見て、ぼんやりと緊張感のない表情で言った。

「…………また置いてかれた」

扉が閉まる。ノミモノが不思議そうな顔でにゃーと鳴き、再び味見を再開する。

そこでようやく状況が理解でき、ティノは全力で叫んだ。

「ちょ、ちょっとまってください！　エリザお姉さま、助けて！」

精霊人との付き合い方②

「マスター、あの精霊人《ノウブル》のマスターへの態度にはもう我慢できませんッ！」

「…………え？」

普段あまり僕に向かって大声をあげたりしないティノの剣幕に、僕は間の抜けた声をあげた。

頬は赤く染まり、ぎゅっと握られた拳は怒りを堪えているのか、細かに震えている。精霊人《ノウブル》は人間を見下している者が多いが、その事は同時に周知の事実でもある。いつも冷静なティノがそこまで怒るというのは、尋常ではない。誰の事だろうか？

目を丸くする僕に、ティノがばんと机に手をつき、大声をあげる。

「こと、自分のクランのマスターに向かって――帝都で数々の事件を解決したマスターに向かって、ヨワニンゲンなどと――いくらなんでも、無礼が過ぎますッ！　示しがつきません！」

「んー…………ああね」

その言葉に、誰の事を指しているのか思い当たる。言動がきつい精霊人《ノウブル》は数いれど、僕をヨワニンゲンと呼ぶのはクリュスだけだ。

僕は別に誰になんと呼ばれようと気にならないのだが、ティノは違ったらしい。

「別にいいんだよ、変な呼び方されたって何か減るわけじゃないし――」

「減りますッ！　ますたぁの威光が、減ってしまいます！　このクランでますたぁに反抗するのはルール違反ですッ！」

ティノが目に涙を溜めて叫ぶ。そんなルールないよ……。

そんな威光なんて全部なくなってしまえ。

と、そこで少し席を外していたリィズが戻ってきた。話を聞いていたのか、ティノよりもよほど激情家のリィズが、ため息をつく。

「はぁ……ティー、まだそんな事言ってるの？　あいつの言葉なんてスルーしておけばいいのに」

「!?　お姉さま!?　あの女は、マスターを侮辱したのですよ!?」

珍しい弟子の意見に、リィズは少し大人びた仕草で肩を竦めてみせた。

「いや、あれはじゃれてるだけだから……いちいち反応するのも馬鹿らしいでしょ？」

そういえば、リィズも昔同じような訴えをしてきた事があったね。やはり師弟なのだろう。

そして、リィズの成長が見えて僕もとても嬉しい。

師匠の言葉が予想外だったのか、ティノが気勢をそがれたように僕を見る。

うんうん、そうだね……リィズが毒気を抜かれるような相手ってそうそういないよね。

「クリュスはいい子だよ。素直だし……最初はトラブルを起こす事もあったけど、今はクランにしっかり馴染んでる」

精霊人《ノウブル》はとかく誤解されやすい。人間社会ではその言動から村八分を食らう事もあるが、それは文化の違いだと考えた方が互いのためだろう。

「ええ……素直な精霊人《ノウブル》なんて存在するんですか!?」

「いるんだよ」

素直で、人を信じやすく、そして騙されやすい。それがクリュス・アルゲンという精霊人《ノウブル》だった。

そもそも、《星の聖雷《スターライト》》に入っているのも、ラピス達に乗せられて森の外に連れ出されたかららしい。ゼブルディアでも何度か騙されてトラブルに巻き込まれた事もある。最近は少し耐性ができたようでトラブルの話も聞かなくなったが、今でもクリュスが大体いつもラピスと行動しているのはそのあたりの理由もあるのだろう。

「しかしッ！　お姉さま！　あの女はラウンジでますたぁの事を、ちょっと運が良かっただけの頼りにならないニンゲンだ、と！」

「んー、それもう、誰も真面目に聞いてねーから」

「!?」

あれはもはや風物詩である。これまでティノはタイミングが合わなくて遭わなかったのかもしれないが、皆もう微笑ましい気持ちで見ていると思う。

まぁそもそも、その言葉、真実だしね……。

「そもそも、あいつクライちゃんの事、好きすぎでしょ。話している時に耳ピクピクしてるし……」

「えぇ!?」

「好かれているかどうかは置いておいて、すごく楽しそうだよね」

楽しそうなのは良い事だ。もし少しでも好かれているとするのならばそれは、クラン設立直後、他のパーティがあまり《星の聖雷》《スターライト》に慣れていなかった頃に話しかけたのが良かったのだろう。

なんというか、《星の聖雷》《スターライト》のメンバーの中で一番隙があるからな……。遊びに誘えばついてくるし、誘わなければ後で叱られるし、頼めば宝具チャージとかもやってくれるし、口が悪いと言っても、悪意は感じられない。

きっと、精霊人《ノウブル》が皆クリュスみたいだったら、精霊人《ノウブル》ももう少し受け入れられやすくなったのではないだろうか？　種族滅びそうだけど。

「まぁ、あまり気にしないで仲良くしてあげてよ。ティノならいい友達になれると思うな」

「なるほど………複雑、なんですね」

僕の言葉に、ティノがなんとも言えない表情で呟く。

ティノとクリュスってなんか似てるよなあ。どこが似ているんだろうか？

そんな事を考えていると、そこでリィズがじろりとティノを見て言った。

「そもそも！　あいつ、クライちゃんから何度、試練を受けても誘われたら懲りずについてくるし、ティーも文句言ってないで見習えッ！」

「!?」

ああ、リーダー（ティノの場合は師匠）に好き勝手やられているところか。

最高のデート

「おおおおおおおおおお！　久しぶりの、で、ぇ、と、おおおおおおおおおお！」

「おー……」

大きく全身を伸ばし力いっぱい右手を上げるリィズに、僕は力なく追従した。

道行く人々が全身にエネルギーを迸《ほとばし》らせるリィズに白い目を向けている。

高レベルハンターというのは忙しいものだ。ハントにティノの鍛錬、自分の鍛錬と、高みを目指すことに余念のないリィズは実は、僕が同じ立場なら目が回ってしまいそうな程忙しい。

僕はいつも大体暇なのだが、リィズとデート（というか、帝都を回るくらいだけど）する機会はほとんどない。今回のデートも前回行ったのがいつだったか覚えていないくらい久しぶりだ。

普段と違い、スカートを穿《は》きおしゃれをしたリィズはいつも以上に輝いていた。そして、普通の女の子のような服を着ているからこそ、いつも通り脚部を覆う宝具が非常に目につく。リィズは全く気にしていないが、こちらに向けられるヒソヒソ声と視線を僕ははっきり感じていた。

だがいい。僕はリィズが上機嫌になれば嬉しい。目立とうがなんだろうがいい。買い物でも買い食いでも荷物持ちでも、なんでも付き合おうじゃないか。それが明日の活力になり、そして周囲に向ける優しさに繋がるのならば――いや、僕もデートが嫌というわけではないんだよ？

明日は筋肉痛確定だな。リィズが一般人に襲いかかりそうになったら止めないと……。

強く決意していると、リィズがすすっと近づき、至近距離からこちらを見上げてくる。

どうやらいつも以上にご機嫌のようだ。触れてもいないのに高い体温が伝わってくる。

「今日はねぇ…………クライちゃん。いつものデートと違って、欲しいものがあるの」

「……へぇ……何？　久しぶりだし、付き合うよ」

珍しいね……君、盗賊《シーフ》らしからぬ物欲のなさしてるのに。

リィズは僕の胸に人差し指でのの字を書き、ささやくような声で言った。

「んーとねえ……大したものじゃないんだけどお…………赤の薔薇《ばら》団の首」

「んん…………薔薇？　薔薇なんて欲しいの？」

「うん！　駄目かなあ？」

「いや、駄目じゃないよ。うん、薔薇……薔薇ね。それくらいなら、プレゼントしてあげようか？」

赤の薔薇が欲しいなんて、リィズもなんだかんだ可愛らしいところがあるじゃないか。

僕は割と年がら年中貧乏だが、花を買ってあげるくらいのお金は持ってる。

「一輪でいいのかな？」

僕の問いに、リィズは目を丸くして、すぐに拗《す》ねたような声で言った。

「……え？　一輪なんて駄目。ありったけ欲しいの」

え？　ありったけ？　…………薔薇って高くない？

「花束でって事か」

「そうそう、花束で！　クライちゃん、わかるぅ！」

そんなに嬉しかったのか、片足でぴょんとジャンプする。……まぁ、いいでしょう。いくら薔薇が高いといっても、十万ギールもあれば束を作れるはずだ。

そこでリィズが言った。

「あとねえ……私、今日は食べたいものもあるの」

「ん？　珍しいね？　何？」

リィズはどちらかというと質より量派だ。ハンターの例に漏れず健啖家《けんたんか》であり、僕は非常に羨ましい。リィズはぎゅっと僕の腕を抱きしめると、上目遣いで言った。

「んーとねえ…………………黒の薔薇団の絶望」

「……薔薇ばっかりだね」

しかも食べたいものって……それは食べ物なのか？

「そうそう、そうなの！　赤薔薇と黒薔薇はねえ……仲が悪いんだ。だけど、最近手を出そうとしたら手を組みやがって――身を隠しやがった……それで、クライちゃんとって思ってぇ――」

うんうん、なるほど。全然わからん。

だが、どうやら薔薇が欲しいのは間違いないらしい。食べる薔薇という事は、お菓子か何かかな？お菓子嫌いのリィズがそこまで言うのだ、余程美味しいのだろうか？　俄然やる気が出ていた。

「まあ、どこでもいい。なんでも付き合うよ」

「きゃー、クライちゃん、やさしー！」

リィズは黄色い声を上げ、腕に抱きつきすりすり頬をこすり付けると、甘えるような声で言った。

「じゃあねえ、見せつけるから――クライちゃん、私と腕組んで歩いてくれる？　きっと連中、短絡的だから、隙を見せつければ襲ってくると思うの。デートもできて一石二鳥？」

あれ？　…………何かおかしいな？　一瞬過《よぎ》った疑問はリィズに強く腕を引かれ、消え去った。

「最高のデートにしよーね、クライちゃん！」


案の定、リィズとの久々のデートは悲鳴と絶望（相手の）に満ちたスリリングなものになった。

僕はリィズに手を引かれ走り回っていただけだったが、リィズの目的が薔薇の名を掲げる二つの犯罪者集団の壊滅にあると知ったのは全て終わった後であった。まぁ話をちゃんと聞いていなかった僕も悪いのだが、唯一リィズがとても楽しそうだった事だけが救いだろう。

その後、リィズとの間にデート中のハント禁止という至極当たり前のルールが設けられた。

が、結局ルールなど関係なしに以降のデートでも散々な目に遭うのだが、それはまた別の話。

《千変万化》の悩み相談②

「え？　また悩み相談やるの？」

「皆さん、やはりなんだかんだ悩みを抱えているみたいで……評判でしたし、もう一度やってみようかと」

エヴァの言葉に脚を組む。

トレジャーハンターは何かと難しい職業だ。活動内容も千差万別、人に言えない悩みを抱くこともある。クランマスターの仕事にメンバーのカウンセリングは含まれていないが、僕はレベル8でハンターの中でも上の方だし、神算鬼謀などという風評被害まで被っているので悩み相談を受けることは多かった。先日もクラン会報で悩み相談を受けたのだが、まさか割と適当に答えたあのコーナーが評判になるとは。

「今回は対面です。こちらにどうぞ」

「えー……」

導かれるままにクランハウスの一室に入る。部屋には一つの机と二脚の椅子が置かれていた。

面接でもするかのようだが、机は半分が仕切りで遮られており、対面している相手がわからなくなっている。まるで懺悔室《ざんげ》のようだ。

「……でも、相手は聞いているのが僕だってわかるよね？」

「細かい事は気にしないでください」

どうして乗り気なんだ……もしかして、いつも僕が仕事を全部押し付けて休んでいるから？

エヴァの言う通り、入り口から見えない机の向こうに座る。程なくして、扉が開く音がした。

「うおおおおおお、俺が第一号か！」

元気のいい声。僕はこの制度の致命的な弱点を理解した。仕切りがついていても、声で相手がバレバレだ。いつも人斬り大好きマンは勢いよく椅子に座ると、どこか深刻そうな声で言った。

「ところで、クライ。最近誰も模擬戦に付き合ってくれないんだが、どうしたらいい？　道場の奴らも、最近、皆、俺が斬りかかると剣を捨てるんだよ。これじゃ練習になんねえ」

名前呼んでるし、その真剣な声に対して相談内容にツッコミどころが多すぎる。

僕は大きくため息をついて適当に言った。

「分身です。分身して自分と戦うのです。真の敵は己なのです」

適当極まりない答えに、ルークが意気揚々と退出する。少し申し訳ない気がするが、ルークには何を言っても通じないし満足してるからセーフ。

だらだらお茶を飲んでいると、次の客が入ってくる。

「りゅーりゅりゅーりゅー！」

「と、通訳のシトリーちゃんです！」

聞き覚えのある声が二つ。完全に予想外だが、もう適当スタイルに入っている僕は揺るがない。

……君等、仲いいなぁ。てか、アンダーマンってもう市民権得てない？　最近帝都でちょこちょこ見るんだけど、一体、扱いはどうなってるんだろうか？

椅子に座ると、さっそくよくわからない言葉でアンダーマンが言う。

「りゅんりゅんりゅーりゅーりゅー」

「『王よ、我らの労働力、帝都で存在感を示しております。今後の指針を頂きたい。後、このシトリーは王のパートナーに相応しい素晴らしい女性です、おすすめです』と言っています。きゃッ！」

「りゅん!?　りゅりゅーりゅー！　しとりゅーー！」

「ちょ、いたッ!?　リューランちゃん、叩かないでッ！」

ばしんばしんという割と強めの音と、シトリーの悲鳴。何しに来たん？　君等。

元気そうでいいなぁ。そして、シトリーの言葉が通じてるみたいなんだけど、魔物（?）、亜人（?）に人の言葉を教えるんじゃない！　僕は小さく咳払いをすると、適当に言った。

「りゅりゅりゅーりゅーりゅーりゅりゅりゅ」

「!!　りゅううううううううん！」

「!?　なな、なんて酷いことを、クライさん！」

彼ら相手は適当にりゅーりゅー言っていれば楽でいいなぁ。

わーわー言いながらシトリーとアンダーマンの王女が去っていく。

答えに満足頂けたかは知らないが、多分まともな答えなど求めていないのだろう。

日も暮れてきた。窓の外からは綺麗な夕焼け空が見える。

そろそろ終わりかな？　そんな事を考えたところで、扉が開き、おずおずと人影が対面に座った。

「あのぉ、ますたぁ。相談いいですか？」

最後の客はティノか。ようやくまともな悩み相談ができそうだな。

ティノはしばらく沈黙していたが、黙って言葉を待っていると、意を決したように言った。

「最近……私の存在感、なくないでしょうか？　影が薄いというか、そろそろこのへんで新たな一面を──」

「…………」

ちょっとその相談はＮＧ。

その後の姫様

「ミュリーナ殿下が訓練風景を？」

「ああ。皇女殿下が見るようなものではないとお伝えしたのだが是非に、と。どうやら例の指南で心情に変化があったらしい」

ゼブルディア皇城から数キロ。騎士団用の練兵場は、にわかに沸いていた。

強力なトレジャーハンターが大勢存在するゼブルディアでは、騎士団にもそれを鎮圧できるような力が求められる。普段から過酷な訓練を行っているが、皇族の視察は滅多にないイベントだ。それも、武人として知られるラドリック皇帝陛下ならばともかく、皇女殿下となれば前例がない。

ミュリーナ皇女殿下は皇族の中では表舞台に出てこない人物だが、騎士や貴族達にとって主筋である事に変わりはない。普段の訓練で手を抜いているわけではないが、いやが上にも訓練にも力が入る。つい先日、陛下直々の命令で指南を担当したという《千変万化》にも感謝せねばならないだろう。

と、そこで近衛の騎士達に囲まれ、簡素なドレスに身を包んだ皇女殿下が入ってきた。

空気がぴりりと引き締まる。練兵場は泥臭い。基礎体力訓練から模擬戦、特定のシチュエーションを想定した対策訓練まで、本来ならば皇女はもちろん、貴族の子女が見るようなものでもない。

だが、皇女殿下は眉一つ動かさずにぐるりと場内を見渡すと、納得したように頷き、応対していた騎士団のトップ、将軍に言った。

「お疲れ様です。突然の視察、失礼します。皆様のゼブルディアへの献身に感謝します」

「殿下。なんと勿体《もったい》ないお言葉、騎士達もさぞ奮起する事でしょう」

強面の将軍が緊張したように背筋を伸ばす。そして、皇女殿下は不思議そうな表情で言った。

「それで、将軍。この練兵場ではどのような鍛錬を行っているのでしょう？」

広々とした練兵場を眺めれば今も集団で基礎体力訓練に勤しむ者や模擬戦を行う者を確認できる。

本来、貴族の視察の際は多対多の派手な訓練を行うことが多かったのだが、普段の訓練を見てみたというのは皇女殿下の要望らしかった。

「はっ。この練兵場では座学を除いた鍛錬を行っております。基礎鍛錬から個人の技術の向上、集団で行う作戦の鍛錬まで――現在は、そちらで基礎訓練が行われています。技術はともかく、基礎能力は常日頃の鍛錬がものをいいますから」

「え!?　座学は除いているのですか？」

「？　はい。座学は屋内の方で行っています」

「…………そうですか……そうですよね。攻撃を避けながらお勉強なんてできませんよね。私も、そう思っていました」

自分を納得させるように頷きながら当然の事を呟く皇女殿下。将軍や近衛から訝しげな視線を受けているのに気づき、慌てたように言う。

「それで、基礎訓練ですが――」

「はい。あちらの完全武装で集団で走っているのが基礎訓練です。他に素振りなども――」

「あの…………僭越《せんえつ》ながら。追い込みをかける鬼がいないようですが、鬼はどこに？」

「…………鬼？」

目を丸くする将軍に、皇女殿下が至極真剣な表情で言う。

「はい。鬼による追い込みがなければただ走っているだけでしょう。必死に走っている最中に後ろから容赦ない攻撃を仕掛けてくる鬼はどなたが担当しているのでしょう？」

「…………」

鬼？　追い込みをかける鬼？　教官の事だろうか？　だが、残念ながら騎士団を鍛え上げる教官も基礎訓練中に攻撃を仕掛けたりはしない。

黙り込む将軍に、皇女殿下が納得したとでも言わんばかりに手を打った。

「あ、わかりました！　ここで行っているのは準備運動なのですね！　私は未熟だったのでさせられませんでしたが、確かに馬車の外で皆、走っていました。本命の訓練は宝物殿で行っているのでしょう！　鬼もきっとそちらに――確かに身体能力を鍛えるにはマナ・マテリアルが一番。理に適っています」

「……殿下、宝物殿でも訓練を行う事はありますが――実戦訓練がメインです。騎士団の本領は団体戦で……マナ・マテリアルの吸収量は課題でもあります。ですが、帝国には宝物殿が多いので諸国よりは吸収できているかと」

皇女殿下は将軍の言葉に目を瞬かせ少しだけ首を傾げたが、話を変えた。

「なるほど……ハンターとは違うのですね。ところで、状態異常耐性をつける訓練はどのように行っているのでしょう？　私もそちら方面の指南が中途半端に終わってしまって――」

渋い質問だった。だが、確かに毒や麻痺などへの耐性は魔物に対峙する上で必須だ、当然、騎士団でも重点的に鍛え上げている。将軍が笑みを取り戻し、胸を張って答えた。

「鋭い質問です。我が国の騎士団では魔導科学院の製造した各種毒物を食事に慎重に混ぜる事により全員に高い状態異常への耐性をつけています」

「なる……ほど？　しかし、これは素人考えなのですが――それでは、人の生み出した毒にしか対応できないのでは？」

「!?」

「ところで、死線を彷徨《さまよ》った時に何が何でも生き延びようとする根性はどの訓練で鍛え上げているのでしょうか？　見たところ、半殺しにされている方はいないようですが……」

……一体この皇女殿下はどのような指南を受けたのだろうか？

練兵場で訓練していた者たちの心が一つになる中、可愛らしい表情でなされる物騒な質問に将軍が顔を強張らせながらとんでもない事を言うのだった。

「さ、さすが皇女殿下。今後の訓練の参考にさせていただきます」

妹狐の恩返し

「…………ききかんさんは、ききかんがたりない……」

対面にちょこんと腰を下ろした狐面を被った幻影《ファントム》の少女——妹狐はむすっとした表情で言った。

真っ昼間。隆盛を誇る帝都のど真ん中。丈の短い白い着物は場違いだったが、妹狐を見る者はいない。間にあるテーブルの上にはつい先程偶然売っているのを見つけたいなり寿司弁当が置かれている。

帝都ゼブルディアは大都市だが、寿司は余り食べられない。ましてやいなり寿司ともなれば売っている事自体ほとんどない、レア中のレアだ。

お散歩中に偶然レストランで限定販売しているのを見つけた僕が思わず衝動買いして、自慢のスマホで油揚げが大好きな妹狐にメールを送ってしまうのもやむを得ないと言えよう。

個数に限りがあったんだよ……。

呼び出されすぐさまやってきた妹狐は、僕の話を聞き強調するように言った。

「私とききかんさんは……友達じゃない」

「え!?　…………メ、メル友？」

「…………ライバル。そしてそれは死語」

「えー……争った覚えないけど」

「…………」

そもそも、推定攻略難度レベル10【迷い宿】の幻影《ファントム》たる彼女はもしかしたら僕の幼馴染達でも苦戦するような相手なのだ。僕のようなへっぽこで勝てるわけがない。

困ったな……別に意図があったわけじゃない。偶然、妹狐が好きそうなお弁当が売っていたからメールを送っただけなのだが……もしかして警戒されてる？

「別にプレゼントとかじゃないんだよ」

「…………じゃあ、何？」

「……暑中見舞い？　ほら、最近暑いから」

「…………」

妹狐はしばらく葛藤するように固まっていたが、やがてずっとテーブルの上のいなり寿司弁当に向けていた顔をあげて言った。

「私は誇りあるようこ。みつぎものならばともかく、ほどこしは受けない。なれ合いもしない」

「え!?　せっかく買ったのに、食べないの？」

「…………対価を求めるといい、にんげん」

対価……対価？　願いでも叶えてくれるのだろうか？

まるで『待て』をされた犬のような様子でいなり寿司弁当に向き直る妹狐。

願い、願い、ね。僕の第一の願いが円満な引退である事は言うまでもないが、さすがの妹狐でもその願いを叶える事はできないだろう。

悩んだのは一瞬だった。といっても、結論が出たわけではない。

妹狐が腕を伸ばし、いなり寿司弁当を取って言う。

「いいだろう、にんげん。お前の願い、うけたまわった」

「え!?　まだ何も言ってないけど……」

「私の力ならば、ききかんさんのしんそうしんりを読むなどたやすい事」

妹狐がぴょこんと椅子から下りると、僕に指を突きつけ、凛《りん》とした声で言った。

「ききかんさんは――暇！　ききかんさんの願いは、暇つぶし！」

「!?」

衝撃が全身を駆け抜ける。

確かに、暇だ。確かに、暇だけど！　暇じゃなかったらお散歩なんてしないけど！　だが、それが一番の願いとはこれ如何に!?

僕は引退したいんだよ！　暇つぶししたいわけじゃない！

固まる僕の前で、妹狐はぴょんと飛び上がると、テンション高めに宣言した。

「ききかんさんを、狐のお祭りにご招待！」

「正直、めちゃくちゃ楽しかった」

「そ、そうですか……よかったですね」

ティノは頬を引きつらせて言った。

その手の中にあるのは、妹狐に招待された『狐のお祭り』で撮影した一枚の写真である。

場所はわからない。妹狐の力なのか、一瞬で移動したのだ。

帝都は昼間だったが、向こうは夜だった。

無数に立ち並ぶ夜店と淡く輝く提灯。夜空に上がる無数の花火。そこにいたのは一時間か二時間か、どうやら妹狐曰く、本来ただの人間が立ち入れるような空間ではないらしい。

色々食べたり見たり遊んだりしたが、持ち帰る事ができたのは、行きずりの狐の人に撮って貰った写真一枚だけだった。ベンチに座り、いなり寿司弁当を食べる妹狐と僕が写った写真だ。

《嘆きの亡霊《ストレンジ・グリーフ》》はお祭り好きだ。僕もこれまで様々な街に行ったし、色々なお祭りを見てきたが、狐のお祭りは幻想的で、トップクラスに素晴らしかった。

「暇つぶしに最適だった」

「しかし、ますたぁ……この狐面の少女は、その…………私は少し聞いただけなのですが、とても危険な幻影《ファントム》なのでは？」

「わたあめもりんご飴もたこ焼きも美味しかった」

「ま、ますたぁは神、ますたぁは神……」

自分に言い聞かせ始めるティノ。その手から写真を取り、明かりに透かす。

「次はティノや他の皆も連れていきたいな」

「!?　…………はぃ」

ティノが死んだような目で答える。

大丈夫だよ、そんな顔しなくても、そこまで危険じゃなかったから。

僕はハードボイルドな笑みを浮かべると、写真をアルバムに収めるのだった。

その後の被害者達

今日も無事、パーティの一人も欠ける事なく、宝物殿の探索を終えて帰還する。

残念ながら宝具は見つからなかったが、トレジャーハンターの収入源は宝具だけではない。

宝物殿内部のマップや生息する幻影《ファントム》の情報。道中の魔物を狩って得た素材やマナ・マテリアルが豊富な場所にのみ生える薬草を採取して売るなど、金銭を得る方法は幾つもある。もしも何も売る物が手に入らなかったとしても、宝物殿を満たす濃いマナ・マテリアルは確実にハンターの力を強化しているのだ。日進月歩、パーティはより高みに進んでいる。

仲間に宝物殿探索後の手続きを任せ探索者協会の内部をぶらぶらしていると、ギルベルト・ブッシュは、カウンターの近くにある顔見知りの姿に気づいた。

大柄の男だ。焦げ茶色の髪に、左目の上に入った傷跡。

レベル４ハンター、グレッグ・ザンギフ。知り合ってからしばらく経つが【白狼の巣】にて共に死線をくぐり抜けた経験は、記憶に深く刻み込まれている。

その後、オークションでティノの代わりにゴーレムを競り落とし、諸々トラブルに巻き込まれて大変だという話は聞いていたが、姿を見るのは久しぶりだ。温泉街に行った時も、ルーダは一緒だったがグレッグはいなかった。

珍しい事にグレッグは、ハンターが余り着ないような仕立てのいい服を着ていた。

腰には以前【白狼の巣】でドロップした剣を帯びている。ギルベルトは右手を上げ、声をかけた。

「おっさん、久しぶりだな！」

グレッグが振り向き、ギルベルトを見る。

「ん……？　おう、ギルベルト。ハントの後処理か？」

「あぁ、仲間がやってる。おっさん、最近姿を見なかったが、あの件はもう落ち着いたのか？」

《千変万化》の指示で競り落としたゴーレム。あれは実は、知る人ぞ知る大層な代物だったらしい。

あの事件以来、グレッグに様々な組織や商会、貴族などからひっきりなしにコンタクトがあったと聞いていた。物自体はすぐに《千変万化》の手の者が引き取ったそうなので盗まれる心配などはなかったらしいが、その心労たるやどれほどのものだったのか、パーティでは特攻隊長を務め、事務手続きなど苦手な仕事は仲間に任せっぱなしなギルベルトでは想像すら付かない。

しかし、他のハンターに穏便に話しかけるとは自分も丸くなった——成長したものだ。

後はもっと実力をつけて、《千変万化》に預けた『煉獄剣《れんごくけん》』を返してもらうだけだな。

内心でうんうん頷いていると、グレッグはばつの悪そうな表情で言った。

「ああ、そういえば言ってなかったな。俺、ハンターやめたんだ」

「？？　あぁ？　……な、何でだよ？」

グレッグ・ザンギフ。レベル４。共に【白狼の巣】で冒険した感じでは、安定した戦闘能力と判断力を持ったハンターだった。トレジャーハンターとしては中堅ではあるが、戦闘能力はともかくとして、判断力と経験ではギルベルトよりも格上のハンターだ。伊達に長く活動していない。

目を見開くギルベルトに、グレッグが頬を掻《か》き、答える。

「いやぁ、ハンターをやめるなら大怪我しない内にやめた方がいいだろ。【白狼の巣】で、自分に才能がないのもよくわかったしな」

「そんな事ないだろ！　おっさん、俺と一緒にウルフナイトを止めてたじゃないか！」

「馬鹿ッ！　俺とお前じゃハンター歴が違いすぎるだろ！　ハンターを始めて間もないお前と大した変わらない時点で、たかが知れてんだ。お前のように、《絶影《ぜつえい》》に追いつこうとも思えなかったし、天井が見えてる」

その表情は晴れ晴れとしていて、自分の決断に納得しているようだった。

確かに、ギルベルトはグレッグの強さは認めても、追いつけないとは思わなかった。

危険極まりないトレジャーハンターという職業。五体満足で終えるのは本当にごく一部だ。あの圧倒的な戦闘能力を見せた《絶影》だって最終的にはどうなるかわからない。

それを考えると、グレッグのような終わり方は幸運なのかもしれなかった。

だが、まだハンターになったばかりで、がむしゃらに宝物殿を攻略するギルベルトにとってそれはずっと先の話だ。言葉を失うギルベルトに、グレッグは続ける。

「………それで、次はハンターを相手にした商人をやる事にした。ハンターが必要とする物資をまとめて取りそろえたり、商会に適切なハンターを斡旋《あっせん》したりする商人をな！」

「…………はぁ？」

予想だにしない言葉に、思わずグレッグを見返す。

ギルベルトは商人について詳しくないが、ハンターと商人はまったく違うのでは？

「お前の言いたい事はわかってるよ。だがな……俺もそれなりの年月トレジャーハンターをやってきたわけで、ハンター仲間にもコネくらいあるし、貯金もある」

「でも……おっさん、中堅じゃん。うまくいくのか？」

トレジャーハンターはレベル3で一人前と言われているが、レベルは10まであるのだ。4と5の間には大きな壁があるとは聞いているが、レベル4というのはとても一流とは呼べない。

そして高レベルのハンターは同じく高レベルのハンターと組む事が多いから、ギルベルトにはこのおっさんにそんなに凄いコネがあるとは思えなかった。

そもそもそんなに凄いコネがあるような男がレベル4なんかで足踏みするわけがない。

馬鹿にしているわけではない。心配から出てしまった言葉に、グレッグはきりっとした表情を作って言った。

「馬鹿、ギルベルト！　俺はあの《千変万化》に代わってゴーレムを競り落とした男だぞ！」

「お、おっさん、まさか――」

「俺は嘘は言っていない。嘘は言っていないぞ。散々、商会や貴族からコンタクトがあったからな」

このおっさん――間違いない。ゴーレムを競り落とした実績で商人をやろうとしてやがる。

余りの強《したた》かさに、ギルベルトは呆れる前に感心した。

商人は信頼第一だと聞く。オークション周りの事情を詳しく知っている者は本人の周りのごく一部だけだし、実際にグレッグがゴーレムの競りを代わったのは確かだ。

そもそも、滅多に表に姿を現さない事で知られる帝都屈指のレベル8ハンター、《千変万化》と繋がりがあるというだけで好意的な目で見られるだろう。ギルベルトだって、【白狼の巣】で千の試練を乗り越えたという評価を受け、他のハンターから声をかけられる事があったくらいなのだ。

ギルベルトは長い沈黙の末、どうにか一言だけ出した。

「…………おっさん、何かあったら協力するよ。何でも言えよ」

「おうおう、何だ神妙な表情で！　協力してくれるってならさっさとレベルを上げて偉くなって、物を買うなり宝具売るなり任せてくれや！　《千変万化》の神通力が切れて、俺が野垂れ死ぬ前に、な！」

ばんばんと背を叩き笑うグレッグは、以前別れた時と比べてずっと輝いていた。

まさかこんな事になろうとは――。

こうなってしまえば、ギルベルトにできるのはなるべくグレッグの店を使う事くらいだ。

リーダーに話をしてみようか。そんな事を考えた所で、ふと背後から雷鳴のような声が聞こえた。

「あぁ!?　《千変万化》、だと!?　貴様今、《千変万化》と言ったか!?」

威圧感のある声にグレッグがぴくりと眉を動かす。

聞き覚えのある声に、ギルベルトは後ろを向いた。

「アーノルドのおっさんじゃん」

先日ゼブルディアに入り、現在破竹の勢いで宝物殿を攻略しているレベル7ハンター、《豪雷破閃《ごうらいはせん》》

のアーノルド・ヘイル。

その近くには率いるパーティ、《霧の雷竜《フォーリン・ミスト》》のメンバー達も揃っている。元外様《とざま》であるという事情もあり、今帝都で最も注目を浴びているパーティの一つだ。アーノルドの片腕でありパーティの副リーダーでもあるエイ・ラリアーが気さくにギルベルトに声をかけてくる。

「よー、ギルベルト、久しぶりだな。ハントは順調か？」

「……まーまーだよ。そっちは？」

「あぁ、次はレベル7の宝物殿に挑む準備をしてるところだ。まったく、アーノルドさんときたら、止まることを知らねえや」

《豪雷破閃》が《嘆きの亡霊《ストレンジ・グリーフ》》と酒場でトラブルを起こした事を知る者は少なくないが、その後の温泉街──スルスでの出来事を知る者はほとんどいない。

スルスで解散した後、彼等と関わる機会はなかったが、どうやら元気にやっているらしい。

アーノルドがブツブツと呟く。額に青筋が浮いていた。

「《千変万化》……《千変万化》……くそっ、あの男、この俺を、何だと思っているッ！」

「アーノルドさん、《千変万化》の奴に、皇帝の護衛依頼に誘われてねぇ。まぁ当然断ったんだが、結局、護衛依頼もあの結果だろ？」

「あぁ。会談の道中、暗殺者に襲われて飛行船が落ちたって言うアレか……」

それは、噂話などには疎いギルベルトの耳にも入ってくるような大きなニュースだった。

思わず、ぞくりと身を震わせる。

あいつ、俺達が関わっていない間も各方面に『千の試練』をばらまき続けているんだな。恐れられているわけだ。

そこで、グレッグがぶつぶつと真っ赤な顔でつぶやき続けるアーノルドに話しかけた。

「《豪雷破閃》のアーノルド。貴方があの有名な——噂は聞いてます」

「ふん…………誰だ、お前？」

「あぁ。商人のグレッグだよ。元ハンターなんだけど、《千変万化》に関わって……その、ハンターをやめる事になったらしい」

「なん……だと!?」

言葉を選んで紹介するギルベルトに、アーノルドがぎろりと剣呑な目つきを作る。

だが、怒っているわけではなくただの素だろう。

どうやらあの温泉地での出来事は随分とトラウマになっているらしい。

ギルベルトだって、もう少し周りを見る余裕があったらトラウマになっていたかもしれない。盗賊団と地底人が入り乱れる光景はあの時のギルベルトには余りにも現実感がなさ過ぎた。

……ところで最近、帝都でたまに地底人が道路工事や建築しているのを見るのだが、あれは一体どうなっているのだろうか？

商人として意外な程やる気らしいグレッグは早速、営業に入っていた。

「必要なものは何でも取りそろえますよ。道具でも武器でも何なら情報でも——こう見えて私は、この帝都でずっとハンターをやっていましたし、《千変万化》のオークションを代行した男です」

完全にそれ一本で動くつもりだ。よくやるなぁ。

「ふん……何でも取りそろえる、か。これも何かのよしみだ。エイ、次のハントの物資を買うのに使ってやれ」

「へい。まぁ、メインで使う商会もまだ選定中ですしね」

なんだかんだ面倒見のいいアーノルドの言葉に、グレッグの目の色が変わる。

レベル7ハンターともなれば使うアイテムも高額なものばかりだろう。

うまく渡りをつけることができればしばらくは安泰なはずだ。

「へへ……何でも集めると言っても、《千変万化》の情報は、さすがに難しいですが」

情けない事を言うグレッグに、アーノルドがつまらなそうに鼻を鳴らした。

「…………集められるなどと断言されたらその方が信用ならん」

「仰る通りで」

どうやらうまくいきそうだな。

《千変万化》の『千の試練』を受け、ギルベルトとアーノルドはハンターとしての高みを目指す事を決め、グレッグは別の道に進む事を決めた。人それぞれの人生があるという事なのだろう。

柄にもなくしんみりした気分になっていると、再び近くで大声が上がった。

「むぅ……《千変万化》、だと!?」

アーノルドが、グレッグが、顔を上げる。視線の先にいたのは——正規騎士団の装備をした一団。

その先頭に立つ、やや暗い金髪をした大柄な男だった。

鎧の上から羽織った豪奢《ごうしゃ》な外套にあしらわれた家紋——明らかに貴族階級だ。

一般人がイメージする騎士と比べればやや威圧感が強すぎるが、その覇気こそが、彼がただのお飾りではない事を示している。

見たことのない姿だ。ギルベルト程度では本来、面会すら叶わない立場の男だろう。

後ろの騎士達の鎧の色から推察するに、近衛——第零騎士団か。

大柄な騎士の男はずかずかと近づくと、アーノルドを見て言った。

「貴様ら……あの男の、仲間か？」

エイがすかさず間に割って入る。

「いえ、仲間なんかじゃありませんが——随分立派な鎧ですが、あんたは？」

「…………そうか。いかんな……あの男と関わってからどうにもナーバスになって、いかん」

《千変万化》……一体、どれだけトラブルの種をばらまいているんだよ。

この目の前の男——ただ者じゃない。もともと、時に騎士がハンターの喧嘩を止めに入る必要もあるゼブルディアでは、無能は騎士団から排斥される運命にあると聞く。

その身から感じるマナ・マテリアルの気配はハンターに勝るとも劣らない。

そこで、クロエが小走りにやってくる。

「フランツ卿、お待たせしました。こちらに」

「うむ。まったく、次から次へと、最近の帝都は騒がしくて敵《かな》わん。全てあの男のせいだ！　……突然、悪かったな」

フランツ卿と呼ばれた騎士が威風堂々と身を翻す。

アーノルドもエイもグレッグも皆、ぽかんとした表情でその後ろ姿を見ている。

「フランツ卿……あのアーグマン家の当主か」

「あの男、皇帝の護衛なんて言うから貴族達にも顔が利くのかと思えば、敵を作っているのか……」

さすがのアーノルドでも予想外だったのか、ぴくぴくとその表情が引きつっている。

そこで、今度は落ち着いた女性の声がかけられた。

「あれ？　どうしたんですか、皆さん、お揃いで……」

声をかけてきたのは、《嘆きの亡霊《ストレンジ・グリーフ》》の錬金術師《アルケミスト》、シトリー・スマートだった。

深い緑のローブに、ポーションの瓶。目を丸くし、口元に手を当てている。

後ろには見覚えのある大柄の地底人を数人伴っていた。

「!?」

「な……なな……何だ、貴様ら――」

アーノルドがまるで親の敵《かたき》でも見るような目でシトリーと、地底人達を交互に睨む。以前の確執を考えれば無理からぬ話だろう。むしろ、気軽に声をかけてくる方が何かおかしい。

そして、どうしたんだ、はこちらの台詞だ。

明らかな人外をつれているシトリーに探協に居合わせたハンター達が遠巻きに様子を窺っている。

ギルベルトの視線に気づいたのか、シトリーはあっけらかんと言った。

「あぁ。アンダーマン達の力を有効活用できないかと、建設会社を作ったんです。突然大勢連れてきたら引かれるかと思いまして――あの《深淵火滅《しんえんかめつ》》が半分、吹き飛ばした城の工事もこの子達が関わっているんですよ」

「りゅうううううううううう！」

アンダーマンが野太い声で吠える。グレッグの表情が引きつっていた。

この女……《千変万化》に負けず劣らずクレイジーだ。

あの惨状を見てビジネスを思いつくとは……もしかして《絶影》より酷いのでは？

固まるギルベルト達をくるりと見ると、《最低最悪《ディープ・ブラック》》はため息をついた。

「もしかして、『被害者の会』でも作ってるんですか？　そんなのどうせ時間の無駄なのでやめた方がいいですよ。それでは、私は忙しいのでこれで――」

第零騎士団極秘調査書《千変万化》の動向について

ゼブルディア帝国、第零騎士団。それは、ゼブルディア帝国の最高権力者たる皇帝直下の近衛騎士団であり、時にその目や耳となり情報を集め、時にその手足となり災禍を払うエリート中のエリートである。与えられた権限も他の騎士団より遥かに大きく、国内の各機関への命令権を持ち、非常時には他の騎士団の指揮も行う。

ゼブルディア皇城内に特別に作られた第零騎士団の作戦会議室で、第零騎士団騎士団長、フランツ・アーグマンは届けられた報告書に早速、目を通していた。

報告書は諜報機関を使って集めた、とあるハンターについての調査結果だった。

レベル8ハンター、《千変万化》、クライ・アンドリヒ。重大な事件に平然と顔を出し、飄々《ひょうひょう》とした態度でフランツを、ひいては帝国そのものをあざ笑う度し難《がた》い男にして、皇帝暗殺を防いだ功労者。

幸い、《千変万化》に帝国への叛意がない事はわかっている。だが、今後も協力を要請する可能性がある事を考えると、とても調べずにはいられなかった。

報告書は《千変万化》の基本情報から始まっていた。内容を軽く確認し、思わず眉を顰める。

「ふん…………馬鹿げた功績だな」

ゼブルディア帝国では優秀なハンターを優遇している。レベルが8もあればそれだけで帝国では様々なサービスを受けられるが、クライの実績は年齢から考えると少しばかり大きすぎた。

誰もが恐れる《嘆きの亡霊》《ストレンジ・グリーフ》のリーダーにして、今や知らぬ者の方が少ない若手クラン、《始まりの足跡》《ファースト・ステップ》のクランマスター。結成から数年でゼブルディア近辺の高レベル宝物殿のほとんどを踏破し、騎士団が手を焼いていた盗賊団を幾つも潰した気鋭のハンター。その功績は前々から噂として届いていたが、こうしてしっかり調査すると、その噂がかなり控えめだった事がよく分かる。

報告書にはフランツが聞いた事もない《千変万化》の功績が幾つも羅列されていた。

「あの男…………あちこちに手を回し、口止めしていたのか…………くそっ、何を考えているのかさっぱりわからんッ」

クランやパーティの醜聞を握り潰すのならばまだわかる。だが、諜報機関の調べによると、あの男は困難な依頼の達成から大きな被害を出した凶悪な魔物の討伐、はては人助けに至るまで、隠す必要のない事まで口止めしているようだ。もちろん、何か理由はあるのだろうが、こうして羅列された功績の一覧を見ると、その行動は余りに支離滅裂で意図がわからず、愉快犯のようにしか見えない。文章から諜報機関の戸惑いが伝わってくるかのようだ。

何より、情報の拡散を止めようとしたにしてはやり口が甘かった。奴が口止めした事件は一つや二つではないが、逆に言えば口止めくらいしかしていない。本来、レベル8ハンターの力を以《もっ》て全力で情報隠蔽に動いていれば、こうも容易く機関の調査に引っかかるような事はなかったはずだ。

「…………いかん。こうも頭を悩ませてしまえば、あの男の思うつぼだ」

深く考えると頭が痛くなりそうだ。そもそも、あの男の事だ。甘い隠蔽の目的がフランツの頭を悩ます事だったとしても不思議ではない。今回の本命はそこではない。

小さく咳払いをして、最近の動向の報告書に視線を移す。

そして、そこにあった余りにも酷い内容に、フランツは思わず呆《ほう》けたような声を出した。

「…………あの男…………暇なのか？」

さすがゼブルディアの誇る諜報機関、そこには《千変万化》の動きが分単位で事細かに記されていた。朝起きてから夜寝るまで、どこで何をしたのか、事細かに。恐らく、機関も全力で調査に取り組んだのだろう。だが、そこにはフランツが期待したような内容は何もなかった。

フランツが求めたのは神算鬼謀の秘密だ。だが、調査の結果は——特に変わった動きはなし。情報収集の気配もなし。そもそもクランハウスの外に出ている時間すら極僅《わず》かで、外部とのコンタクト自体ほとんどなく、大抵は部屋で宝具を磨いているようだ。おまけに、外から持ち込まれた依頼は全て忙しいと断ったと書かれているのを確認し、フランツは頭を掻き毟《むし》った。

流石に人として駄目過ぎる。何かの間違いじゃ……そう、例えば、尾行に気づかれていたとか……いや、ちょっと待った。

「一週間調査したと聞いていたが——五日分しかないぞ？　残りの二日は何をやっていた？　ん？　しっかり調べたんだろうな？」

顔をあげ、一縷《いちる》の望みをかけて確認するフランツに、諜報員は情けない表情で言った。

「残りの二日はベッドから出なかったようです。報告、いりますか？」

帝都侵略計画

最初に連れてこられた時は文明の違いに目を見張った。

溢れんばかりの人間に、立ち並ぶバリエーション豊かな建物。構造も強度もリューラン達、地底の民には適していなかったが、新鮮な空気と光の中に広がるその都市は都市そのものが輝いて見えた。

地上の民達は馬車に乗りやってきたリューラン達に好奇の視線を向けながら排除の姿勢を見せなかった。すべては王の連れの手引によるものだ。

そして、攻撃行動を取ってこないのならば、リューラン達とて無闇に攻撃したりしない。

元々、リューラン達にとって人間は敵ではない。人間など、敵にはならない。暗く過酷な地底で培われた能力は地上の人間の比ではないし、そもそも腕の数だって違う。

だが、その街は余りにも大きすぎた。リューラン達の住んでいた地底の国も広いが、深さはともかく表面積はこの都市が上だろう。軍事力についても、地底の戦士達を凌駕《りょうが》する強力な気配を持った人間が何人もいる。戦ったとして、勝率は地底の国の戦士達を全員動員し、王の指揮を受けようやく目があるといったところだろうか。

だが、正面から攻めるのがきついのならば別の方法を使えばいいだけの事。

地上に出る事だけが悲願だった数ヶ月前がまるで遥か昔の事のように思えた。

地上に進出し、世界を知ったリューランの新たな目的はたった一つ。


――この都市を、手に入れる。


この巨大な都市は新たなる王――リューランとその旦那様にこそ相応しい。

まだ、リューラン達は文化の理解は疎《おろ》か、地上人の言語を解する事すら覚束《おぼつか》ない。コミュニケーションを取れるレベルになるまではもう少し時間が必要だろう。

だが、リューラン達には人間の文化をよく知る強い味方がいた。

王と親しげに接していた、リューラン達を馬車に乗せてここまで連れて来た張本人。ピンクブロンドと常にその身から出ている警戒フェロモンが特徴的な人間だ。

戦士揃いの地底の民の王女からすると余り好かないタイプだが、目的が一致しているのならば話は別である。目的を達するためならば、使えるものは全て使う。それが地底の民のやり方だ。

まずは、リューラン達がこの街に住む群れにとって役立つ事を示す。今は外を歩いていても好奇の目で見られるが、時間さえあればそれも解消されるだろう。

リューラン達には地上の人間にない強みがある。頭部から生えた腕は、精密作業はもちろん、足場の悪い所では足代わりに使えるし、力だって地上人よりもずっと強い。どれほど過酷な場所でも動けるし、戦闘能力も高く死を恐れたりもしない。

王の連れはリューランの言葉こそ話せなかったが、しっかりと意図を汲み取ってくれた。この都市での生活基盤の構築、地上人への慣らしも含め、地上文化に適応するのに時間はかからなかった。

地上の街はいい。何より、陽光を好きなだけ浴びられる。

街の片隅に聳《そび》えるボロボロのビルの前で、地上人が集まったリューラン達に言う。

「じゃー今日もよろしく頼むよ」

「りゅー！（良かろう）」

リューランの指示により、地底の戦士達が建物に向かって殺到する。屈強な腕の力を使い建物を崩し瓦礫《がれき》にするのだ。

外の建物は地底のそれとは少し様式が違っていたが、崩れないように注意して物を解体する事にかけては地底人の右に出るものはいない。

瞬く間に古びた建物が解体される。その場所が更地になるのに、時間はかからなかった。

手際のよさに、地上人達がざわめいている。建てる方がずっと手間だろうに、地上人達は本当に不思議だ。

確認を終え、リューラン達とやりとりしていた地上人が興奮交じりに言った。

「いやぁ、よくやってくれた。安くて早い――これが噂のリューラン建設か……変わった姿だが、なかなか真面目だな。また頼むよ」

何を言っているのかはほとんどわからないが、なんとなくニュアンスは伝わってきた。

「りゅうりゅう！（任せるがよい）」

現在のリューラン達の役割は力仕事がほとんどだ。建築三割、解体三割、戦闘三割、残り一割といったところか。だが、依頼を受ける頻度は徐々に上がってきている。今はまだ地上に進出している地底人の数は極僅かだが、遠くない内にもう少し呼び寄せる必要があるだろう。そして、コミュニケーションを交わせるようになれば仕事の幅はずっと広がるはずだ。

リューラン達は地上人よりもずっと優秀なのだから。

五件入っていた仕事を早々に終え、戦士たちを連れて拠点に戻る。周りを威圧しないように注意して、子供に手を振られたら振り返すのも忘れない。リューランの旦那様は地上人だ。同族への攻撃は忌避しているだろうし、リューランも王の意向には余り背きたくない。

拠点では、リューラン達をこの街につれてきた王の連れが待っていた。袋を被った禍々しい人型生物を側に置き、リューランを見るなり相好を崩す。

リューラン達の拠点は頑丈さを売りにした大きなビルだ。家具はテーブルだけで寝床すらしっかりしたものはないが、その分空いたスペースで多くの戦士達を詰め込める。

「おかえりなさい。帝都の生活はどうですか？」

にこにこと話しかけてくる王の連れ。

何を言っているのかまだ良くわからなかったが、リューランもまた、にこにこと応えた。

「りゅうりゅーりゅりゅーりゅ！（何も問題ない。作戦は全て順調に進んでいる。そう遠くないうちにこの街を献上できるだろうと、旦那様に伝えて欲しい）」

「ええ、二十四時間、寝ずに働けます！　連れてきたアンダーマン達は労働力として完璧です。人数も揃えられるし、体力も筋力もあります。真面目で、王女に忠実で死んでも文句はいいません」

満面の笑みで出されたシトリーの言葉に、人材の派遣を依頼した商人は引きつった笑みで言った。

「そりゃありがたいが……あんたんとこ、ブラックだねえ」

《千変万化》の裁判記録

「被告人、前へ」

聞き覚えのある妹の厳かな声と共に、周囲が光で満たされる。

講堂にも似た構造の法廷には、見覚えのある顔ぶれが揃っていた。

正面の壇上、裁判官の席には制服姿のルシアが無愛想な表情で座っている。周囲の傍聴席は、顔見知りのハンター達や探索者協会の職員達、行きつけの店の店員さんなどで埋まっていて、ルシアの正面に立たされた僕を見ていた。

よくわからない状況に眼を瞬かせる僕に、ルシアがこんこんと小さな木槌で机を叩きながら言う。

「それでは、ただいまより被告人クライ・アンドリヒに対するハンター裁判を始めます。被告人クライ・アンドリヒは帝都ゼブルディアを訪れ五年余りで様々な人々を弄び帝国法をまるで濡れたティッシュペーパーのように破りました。被害者の方々、前へ――」

裁判官、公平じゃなくない？　濡れたティッシュペーパーのようにとか言わないでしょ、普通。

ルシアの言葉に、傍聴席に座っていた人々が立ち上がり、ぞろぞろと僕の周りを囲み始める。

最初に前に出てきたのは、最近関わる機会の多い帝国の重鎮、フランツさんだった。

相変わらずの厳《いか》つい顔。朗々とした声で僕を弾劾する。

「被告はその神算鬼謀を悪用し、帝国上層部を惑わした。あまつさえミュリーナ皇女殿下を仲間達に預け、大国の皇女として相応しくない教育を施した。これは全ハンターの模範となるべきレベル8として極めて不適切であり、全て土下座で済ませようとしている点、度々私をからかっている点を考慮しても極めて悪質であるといえる。以上の理由から、被告の罪は国家転覆罪に相当すると考え、ゼブルディア側の意見としては、被告を死刑に処すのが妥当だと考えている」

酷すぎる……からかっただけで死刑だなんて——っていうか、からかってないし！

呆然とする僕を他所《よそ》に、ルシア裁判官は真面目な顔で頷くと、涼やかな声で言う。

「弁護人、弁論をどうぞ」

「はい。弁護人のシトリーです」

その言葉に、端の席にいた、スーツ姿で眼鏡をかけたシトリーが立ち上がった。

後ろには同じくスーツを着たキルキル君を連れている。もうそれ、法廷侮辱罪じゃない？

シトリーはこちらを見てにこりと笑うと、きっぱりと言った。

「この件については、被告に非はありません。被告の悪ふざけ程度で転覆しそうになる国が悪いのです。以上です」

「なん……だと!?」

ちょっと……何の反論にもなっていないんだけど！

だが、ルシアは大きく頷くと、仰々しい動作で、木槌で机を叩いた。

「判決を言い渡します。被告人は――無罪。理由は悪くないからです。裁判所はそんなくだらない案件に構っている暇はありません。被害者が渋滞してるので」

なんか凄く頭悪いな……てか、冷静に考えて、被害者が直接僕を弾劾しているのおかしくない？

「続いての被害者の方、どうぞ」

崩れ落ちるフランツさん。それを無視して出されたルシアの言葉に、つい今まで僕の弁護をしていたシトリーが崩れ落ちるフランツさんを押しのけると、目尻に涙を浮かべながら叫んだ。

「被害者のシトリー・スマートです。被告は私という伴侶がありながら弟子だのハンターだの様々な女性に手を出し、全く家に帰ってきません。最近はベッドも共にできず――叱ってください！」

もうやりたい放題だな……流れも要求もめちゃくちゃだ。そして凄く身に覚えがない。

さすがのルシア裁判官もこれにはしかめっ面《つら》である。

「…………弁護人、弁論をどうぞ」

「あぁ？　誰が伴侶だ、クライちゃんはてめえのものじゃねえッ！　リィズちゃんのに決まってんだろッ！」

スーツ姿のリィズが弁護人席から身を取り出し、眉を歪め甲高い声で叫ぶ。隣ではティノがぷるぷる震えていた。全く弁護になってないし、一体何なんだ！

キルキル君がどこからともなく取り出したシンバルをしゃんしゃん鳴らし、シトリーが叫ぶ。

「見ましたか、ルシア裁判官！　弁護人が私を恫喝していますッ！　泥棒猫ですッ！」

「静粛に、弁護人も被害者も静粛に！」

ルシアが力いっぱい木槌を叩きつける。透き通るような目で法廷を見回すと、宣言した。

「双方の言い分はわかりました。判決を言い渡します。弁護人と被害者は――死刑」

こいつは……とんでもない裁判だな……。

ルシアの指示で現れたアンセムとルークが暴れるシトリーとリィズを捕まえ、法廷から連れ出していく。

そして、裁判官の席にいたルシアは僕の前まで歩みを進めると、大きく深呼吸して言った。

「被害者のルシア・ロジェです。被告は余りに怠惰で義理の妹である私や周りに酷い迷惑を――」

法は死んだ。


自分のうめき声で目覚める。どうやら、執務机に突っ伏して眠ってしまったようだ。

「なんかヤバい夢見た気がする……」

頭をぐらぐら揺らしながら言う僕に、ソファに座っていたルシアがむすっとした表情で言った。

「変な姿勢で眠るからですよ」

なんだか暗いね、クライ君

「おはようございます。…………あれ？　どうかしたんですか？　暗い表情ですが」

「あぁ。ちょっと悪いニュースがあってね」

エヴァの問いに、クラン《始まりの足跡《ファースト・ステップ》》のクランマスター、未来予知と評される程の神算鬼謀を誇るレベル８ハンター、《千変万化》のクライ・アンドリヒはアンニュイなため息をついた。

《始まりの足跡《ファースト・ステップ》》の副クランマスターであるエヴァの役目はいつも何かと多忙なクライの片腕となり、クランの運営のサポートを行う事だ。そして、だがしかし、そのサポートは、時にほんの少しクラン運営から逸脱することもある。

数年の付き合いで既にクライの神算鬼謀があらゆる方面に繋がっている事を知っていた。

その憂鬱そうな表情に思わず顔を顰《しか》める。神算鬼謀を誇るクライは同時に、その内容を余り周りに話さない。エヴァは自然とその表情の裏を読むようになっていた。

「悪い…………ニュース、ですか…………？　なんですか？」

「……いいや、なんでもないんだ。エヴァが気にするような事じゃない。ごく個人的な事でね……昨日の夜、思い出して――でも、もう遅かったんだ。残念だな」

そんな言い方をされて気にならないわけがない。

悪いニュース。

エヴァの知る《千変万化》は悪く言えば傍若無人、よく言えば泰然としていた。

『白剣の集い』に招待された時も、バカンスで国際的に指名手配されていた盗賊団と対決した時も、皇帝の護衛に裏切り者を二人も連れて随行した時も、悪いニュースなどという単語を使った事はなかった。そもそも、帝都で最年少のレベル８ハンターであり、泣く子も黙る《嘆きの亡霊《ストレンジ・グリーフ》》のリーダーであるクライに対応できない事などそうはないのだ。

そんなクライ・アンドリヒが言う……悪いニュース？

「…………………かいですか？　それとも……うりですか？」

エヴァ・レンフィードは商人だ。あちこちに投資をしている。

帝都を揺るがす大事件を何の情報もなく予知するクライは余り信用できないが貴重な情報源だ。

おずおずと言葉を濁しながら確認するエヴァに、クライは目を瞬かせると、のんびりと言った。

「え……？　下位というよりは上位かな」

「え？？？　え？？？」

「それに…………エヴァは面白いなあ。確かにうりと言えなくもない」

「うり…………売りですね！　わかりました」

確かに、クライが悪いニュースと言うほどのニュースなのだ。帝都に皇帝暗殺未遂以上の激震が奔る事は間違いない。

この状況で株を保有しておくのは余りに危険だろう。何が起こるのかは教えてくれないだろうが、知り合いにも警戒を呼びかける必要がある。

早足で出ていこうとするエヴァに、後ろからため息と共に声がかかる。

「まぁ、期間限定のパイだからもう遅いと思うけど……」

「や、やってみないとわからないでしょう！」

限られた期間でのパイの奪い合い……つまり、急いで売りだ。


「支店長、エヴァから連絡が来ました。かの《千変万化》から、悪いニュースだ、と。売りらしいです」

「…………何？」

部下の言葉に、ヴェルズ商会の帝都ゼブルディアでの商売を総括する支店長は思わず蓄えた髭を撫で付けた。

ヴェルズ商会は世界各国に手を広げる最大手と称される商会の一つだ。中でも、帝都ゼブルディアに存在するこの支店の利益は支店の中でもトップクラスに位置づけられる。

その活躍を陰から支えているのが、かつてヴェルズ商会に所属していた商人――エヴァ・レンフィードから不定期で齎《もたら》される情報だ。

ゼブルディア帝国は隆盛を誇ると同時に、『白剣の集い』での襲撃事件然り、昨今、きな臭い大事件が連続で発生している。商会としても無視できない程度にはその情勢は不安定だ。実際に小さな商会の中にはその状況に嫌気が差し、帝都を脱出した者だって存在している。

ヴェルズ商会だって、かの『狐』の暗躍が囁《ささや》かれた時には流石《さすが》に慎重な判断が求められた。

だが、ゼブルディア帝国はおいそれと手を引けるような小さな国ではない。宝具の仕入れ先としても、この国は重要な立ち位置にあるのだ。

格安でクランに品を卸す見返りとして齎される情報は、その判断を少しだけ正確にしてくれた。

エヴァからの情報は占星神秘術院の予知内容のように曖昧だ。だが、それでもありがたい事には変わりない。何か悪いことが起こると知っていれば打てる手もある。覚悟を決められる。

オークションの時は情報がなかったが、エヴァ・レンフィードは今はもう《千変万化》側だ。恨むのは筋違いというもの、ヴェルズ商会側もレベル８ハンターの恨みを買うつもりはない。

売り。その言葉が示すのは、つまりゼブルディア全体の情勢が悪化する可能性があるという事。

早速、最近ゼブルディア全体で何らかの動きがないか確認する。

「具体的な情報はあるか？」

「いえ……いつも通り曖昧な情報なのですが、期間限定で――上位だとか。もう遅いかもとも」

「期間限定……上位……いや、上意、か！」

ちょうど、思い当たる節がある。支店長は目つきを鋭くし、部下に言った。

「確か、ちょうど帝国貴族から急ぎで用意して欲しいと言われていた物があったね？」

「はい。既に用意済みです。…………ですが、食材ですよ？　娘の誕生パーティーで出したいから、と。確かに入手困難な食材もいくつか混じっていましたが――」

「食材、食材、か…………確かに、貴族からの依頼だ。入手に失敗すれば商会の信頼失墜に繋がる、が――わからんな」

「その案件以外に、貴族から変わった依頼は受けておりません」

部下が断言する。ヴェルズ商会は一人で把握できる程小さくはないが、重要な取引は全て支店長の耳に入ってくる。貴族との取引は商売に於《お》いて特に慎重さを求められる案件だ。

支店長はしばらく目を瞑っていたが、すぐに判断を下した。

「……やむを得ん、背に腹は代えられん。警備を倍――いや、三倍にしろ。依頼された品もいつもより余裕を持たせておけ。余ったら、くれてやればいい」

売りという事は、平たくいえばヴェルズ商会の価値が下がる可能性があるという事。

ゼブルディア帝国の貴族はトップに立つ皇帝陛下の気風のせいか、寛容な家が多い。

娘の誕生パーティーで出す食材の入手に失敗したからと言ってそこまで大それた問題になるとは思えないが、備えをするに越したことはない。


「《始まりの足跡《ファースト・ステップ》》から、悪いニュースが？」

「はい。いつも通り、詳しい情報はないのですが——どうしましょう？」

困ったように頬に手を当てるカイナに、ガークは眉を顰め、唸り声をあげた。

エヴァからの情報はありがたいが、判断が難しい話だった。

《千変万化》の情報精度については、クライの事をハンターになったその日から知っているガークは痛い程理解している。だが、同時にそのトリッキーな性格もよく知っていた。その男には人をからかう良くない側面がある。

何より支部長であるガークは絶大な権限を持つと同時に、責任がある。

探索者協会は基本的に依頼を斡旋するだけの組織だ。所属するハンターは探索者協会の従業員というわけではなく、相応の報酬がなければ動かす事はできない。

有事に備えてハンターを待機させておくのにも金はかかるし、何も起こらなかった時、その費用は探索者協会の持ち出しになる。確固たる情報もなくそのような判断を下すなど本来探索者協会の支部の長としてはあってはならないことだ。現役ハンター時代にはわからなかった苦労である。

ましてや、今回は必要な人数も事案の性質もわからないのだ。クライをとっちめても何も出てこないのは目に見えているし、備えるならあらゆる事案に備えて高レベルハンターを揃えるしかない。

恐らく、《千変万化》の神算鬼謀にここまで踊らされているのはガークくらいだろう。

動くべきか、静観か。出ない結論に頭をがりがり掻き毟っていると、ふと職員の一人が小走りでやってきた。

「支部長。ヴェルズ商会が依頼していた警備の数を増やして欲しいと！　三倍です！　信頼できるハンターを揃えて欲しい、と」

「何⁉　あのヴェルズ商会が、だと⁉」

思わず立ち上がる。ヴェルズ商会と言えば、帝都屈指の規模を誇る大きな商会だ。探索者協会にとってはお得意様であり、有する情報網はハンター達を統括する探索者協会に勝るとも劣らない。

事前に要請されていた警備を三倍にするなど、尋常な事ではない。

持ち込まれた依頼内容に目を通し、思わず眉を顰める。

「食材……？　宝具でも宝石でもなく、食材の警備に、上級ハンターを六十人？　利益出るのか？　食い物だぞ⁉　何が起こるんだ⁉」

「支部長、ただの食材ではありません。高級食材です。ほら、これなんて――大地の縞《しま》宝石とも呼ばれる――」

「ただのフルーツだろ⁉　食った事くらいあるわッ！」

いくら考えてもわからない。相手はヴェルズ商会だ、その倉庫にはもっと貴重な品も腐る程あるだろうに、よもや食材に上級ハンターを六十人とは――。

同じ消え物でもポーションなどなら理解できた。同じ嗜好品でも貴金属ならば理解できた。だが、食べ物とは――そもそも、いくら高級とは言え、食べ物を狙う賊がこの帝都にそういるだろうか？

リストに記載されていた食材は確かに高級品ばかりだが、そこまで奇異な品はない。

ガークはしばらく目を皿にしてリストを見ていたが、すぐにため息をついて言った。

「仕方ない、ヴェルズ商会は上客だ、レベル５以上のハンターをピックアップして連絡しろ。一応、リスクがある事は念入りに伝えておけ。クライの言葉もある、何がおこるかわからん」


帝都ゼブルディア。退廃都区に存在する酒場の一角で、強面の男達が顔を近づけて話し合っていた。

「ヴェルズ商会が厳重に守ってる倉庫がある。貴族から依頼された品を保管しているらしい。探索者協会がレベル5以上のハンターを数十人動員するという噂もある。物は食べ物らしいが、ただの食材にそんな厳重な守りをつけるわけがねえ。何を守っているのか、気にならねえか？」

「あぁ。その話、俺も聞いたぞ。なんでも、あの《千変万化》が奪取を警戒しているらしい、と。その話を聞いて、大手組織がいくつか手を組んで、狙ってるらしい。レベル8が警戒するような物だ。相当貴重な品に違いない…………荒れるぞ」


「…………ますたぁ、今日、なんかどんよりしていませんか？　どうしたんですか？」

クランマスター室。いつもの定位置でぐだぐだしていたら、ティノが恐る恐る尋ねてきた。

なんか朝もエヴァに似たような事を言われたのだが、もしかして僕、顔に出やすいのだろうか？

思い当たる節は一つしかない。それは——昨日の夜の事だった。

「あぁ、大したことじゃないんだけど、ちょっと悪いニュースがね……」

「わ、悪いニュース!? な、なんですか？」

ティノが大げさに驚き、場を和ませてくれる。いい子だな。

だが、あいにくそんな深刻な話ではない。いや、僕の中では上位の悪いニュースなんだけどね。

行き付けの洋菓子店で期間限定販売していたスイカのパイが昨日までだったのを思い出しただけだ。

水分量の多いスイカを使ってどんなパイを作るのか、どうやって作るつもりなのか気になっていたのだが、うっかりしていた。隠れ甘いもののハンター、失格である。

「やれやれ、僕も焼きが回ったかな……甘さが仇《あだ》になったか」

「!? ますたぁに、一体何が…………」

そう、スイカのようにね…………ふふ。

余りの下らなさにアンニュイな笑みを浮かべていると、ティノが時計を見て慌てて言った。

「あ、私、ヴェルズ商会で警備の仕事があるんです！ 行ってきます！ 食材の警備らしいんですけど、なんだかハンターを大勢集めてるみたいで…………リスクがあるとか言われたのですが、その、心当たりとか、ありますか？」

「いや、ないね。でも……警備なんだからリスクはあって当然なんじゃないかな？」

リスクのない警備なんてないでしょ。その手の依頼で何事もなく終わった事なんてないぞ、僕は。

「無事任務を達成できたら現物支給もあるみたいです。ますたぁ、何か食べたいものありますか？」

現物支給…………？ 随分変わった依頼だな。

しばらく考え、首を傾げて言う。

「んー…………スイカ？」

「スイ……………カ？」

意外だったのか、ティノが目をパチパチと瞬かせる。

まぁ、普通に考えたらスイカなんて守ってるわけないよね。まだシーズンじゃないし……逆にシーズンじゃないのにスイカのパイなんて販売していたから気になってたんだよ、僕は。

ひらひらと手を振り、勤勉なティノを笑顔で見送る。

「いってらっしゃい。警備、頑張って！　気をつけてね」

「は、はい！　行ってきます！」

ティノは顔に浮かべていた困惑を頭をぶんぶん振って振り払うと、元気のいい声を上げると、クランマスター室を出ていった。

冬の《千変万化》争奪戦

冬も深まり、いつも賑やかな帝都ゼブルディアもどこか落ち着いた雰囲気に包まれていた。

土地の気候にもよるが、トレジャーハンターは冬季の活動を自粛することが多い。宝物殿が季節の影響を受け特性を変化させるためだ。特に、冬季の場合は足場が凍りついたり、対策を取りづらい冷気系攻撃を行う幻影《ファントム》が現れるなどハンターにとって不利な変化が起こる事が多いため、探索者協会でも警戒を呼びかけている。

もちろん平気で活動するハンターもいるが、少なくとも僕は冬はなるべく外に出ない派だった。

昨晩雪が降ったせいか、クランマスター室から見下ろす帝都は一面、雪景色に変わっていた。

眼下の大通りでは、雪かきをしている姿が何人も見える。

この時期の探索者協会には雪かきの依頼が並ぶ。もしかしたらその中にも、一時閉店し暇を持て余したハンターが交じっているのかもしれない。

僕はゼブルディアの冬が好きだった。

外に出ず暖かい部屋の中にいるのが大前提だが、一望する白銀に染まった帝都は美しかったし、いつも騒がしいハンター達が少しだけ静かになるのも好みだ。温かい物も美味しいし、ラウンジに行けばいつもあまり見ないクランメンバー達がたむろしているのも少しだけ楽しい。

小さく感嘆のため息を漏らし、副クランマスターの淹れてくれたお茶を飲みながら目を細める。小さな幸せを噛み締めていると、いきなり勢いよく扉が開いた。思わずびくりと肩を震わせる。

「クライちゃん！　グラティア山脈にアブソリュートグレイシャルドラゴンが出たんだって！　狩りにいこ!?」

駆け込んできたのはリィズだった。冬でもリィズは元気いっぱいで、格好も夏と変わらず日に焼けた肌を大きく露わにしている。白い吐息を漏らしながら、眼をきらきらと輝かせていた。

僕と違ってリィズは冬の活動を自粛しない派のようだ。

グラティア山脈とは、帝都を出てずっと北に行った所に連なる大山脈である。標高数千メートル、季節関係なく山頂付近には雪がつもり、強力な魔物が跋扈《ばっこ》している夏でも行きたくない場所だ。

「アンセムやルークに頼みなよ」

「アンセム兄とルークちゃんは精神修養で滝に打たれてるからダメなの！」

このクソ寒い中何をやってるんだか……。

「……ルシアに頼みなよ」

「ルシアちゃんは今の魔力《マナ》で帝都中の雪を溶かせるか試すって」

僕の幼馴染達はじっとしてられないのだろうか……。

リィズが机の上に両手をつき、僕の方に身を乗り出す。多分尻尾があったらブンブン振られていただろう、そんな表情だ。やだよ、なんでこのクソ寒い中命懸けで登山しなくちゃならないんだよ。

「…………シトリーに頼んだら？」

リィズには悪いが、僕は冬の間はクランハウスを一歩も出る気はない。あからさまにやる気のない態度を見せつけたところで、再び扉が開いた。

「クライさん！　前々から網を張っていたラトゥム湖にアイスエレメントが大量出現しました！　千載一遇のチャンスです、もしお暇でしたら採取しに行きませんか!?　…………お姉ちゃん？」

丁度話題に出ていたシトリーだった。

ラトゥム湖とは帝都を出て南にずっと行った所にある巨大な湖である。美しいことで知られているが周りを森と山に囲まれており、魔物が掃いて捨てる程出るので開拓も進んでいない場所だ。冬になると気温が下がり湖が一面凍りつくらしい。グラティア山脈程ではないが、間違えても冬に行く場所ではない。しかしリィズとシトリーは本当にそっくりだな。

「はぁ？　クライちゃんは、私とアブソリュートグレイシャルドラゴン退治に行くんだけど？　邪魔しないで？　シトは一人寂しく行ってくれば？　あ、ティーの事貸してあげる」

行かないよ……。

僕の声なき声も無視し、リィズが牽制を始める。シトリーの表情から笑みが消えた。

「アグドラ？　お姉ちゃん何を考えてるの!?　あれはレベル7のパーティが全滅したレベル8認定の竜でしょ!?　冬のアグドラに挑むなんて――一人で行くなら止めないけど、クライさんを危険な事に巻き込まないで！　クライさんは私と一緒にアイスエレメントの採取をするんだから！　今の時期にしか採れないんだからッ！」

しないよ……。

「はぁ？　確かにアグドラは強敵だけど、クライちゃんと一緒ならきっと勝てるしぃ！　大体、冬の雪精だって同じくらい危険だろーが！　あいつら腐っても神の末裔だし、魔導師《マギ》抜きで挑むなんて頭いかれてんじゃないの？　氷漬けになるのがオチでしょ!?　無謀な探索するくらいなら、クライちゃんもアグドラに挑む方がいいよね？　ね？」

採取とか言ってたから勘違いしてたけど、アイスエレメントって生き物かよ。どっちも嫌だよ。

「ただのアイスエレメントじゃないもん！　とっても貴重なハイアイスエレメントなんだもん！　私一人では無理かもしれないけど、クライさんと一緒に一ヶ月くらいじっくり時間かけて相手取れば十分な勝算はあるの！　長丁場になるのも想定済みで近くに拠点だって作ってあるんだから！　ティーちゃんはいらないから、一緒にアグドラでも狩ってれば？」

凄い。完全に僕とティノの意思は無関係のようだった。激しく言い合う二人に、ため息が出る。

元気なのはいいけど、そもそも僕が行っても何の助けにもならないと思うよ。

リィズが鼻息荒く、指をシトリーに突きつける。そして、とんでもない事を言った。

「わかった。クライちゃん、決めて？　それなら恨みっこなしでしょ？　ねぇ、クライちゃん。シトより私の方がいいよね？」

「…………わかった。クライさん、お手数ですが、このいつも迷惑を掛けているお姉ちゃんにはっきり言ってやってください！　私と一緒にいたいって！」

シトリーが僕の腕を取り、潤んだ目でぎゅっと抱きしめてくる。そして、戦いが始まった。

リィズが眼をきらきら輝かせ、僕の背中から首に手を回ししなだれかかりながら力説してくる。

「ねぇ、クライちゃん。冬のグラティア山脈、絶対綺麗だよ。クライちゃん、雪景色好きでしょ？　あそこはほとんど登頂した記録のない神々の住む山だし、少しは寒いかもしれないけど、凄くロマンチックだと思わない？　そりゃ冬のアグドラは竜種でも最強クラスらしいし危険はあるけど、二人で倒せたら絶対に自慢できるよ？　でねでね、確かにアグドラは今の私では勝てないかもしれないけど、実はそれでもいいの！　想像して？　吹雪で一メートル先も見えない中、傷つき意識を失った私を、アグドラを撃退したクライちゃんが背負って運んでくれるの！　そして、命からがら雪山の洞穴を見つけて、そこで私を横たえるの！　体温が下がって完全に凍りつく寸前になっちゃった私を見て、クライちゃんは躊躇《ためら》いなく私の服を脱がせて肌と肌を重ねて暖を取るの！　私はかろうじて意識を取り戻して、クライちゃんの顔を見て安心するんだぁ！　ねぇ、そういうのすっごく良くない？　大冒険って感じがするし、ロマンチックじゃない？　ねぇ！　いいよね？」

シトリーが僕の腕を軽くこちらに引き、まるで名案でも思いついたかのように言う。

「ラトゥム湖だって綺麗ですよ！　冬のラトゥム湖は水面が完全に凍りついて、鏡のように輝いているんです！　その上を無数の雪精が踊る様はこの世ならざる美しい光景だって。それに、私の方はお姉ちゃんと違って準備も万端なんです！　夏の間に苦労して往復して、近くに素敵な家を建てたんで

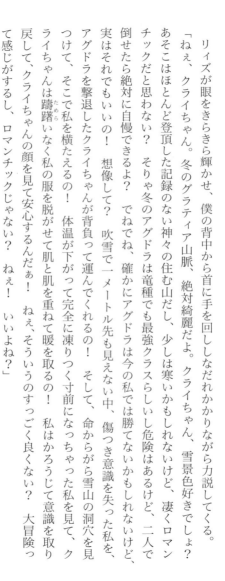

す！　暖房完備、食料だって三ヶ月は優に過ごせるだけ備蓄してありますし、何の不便もないんですよ？　お風呂だってあります。ベッドもふかふかです。そりゃハイアイスエレメントの群れはアグドラと同じくらい危険で、優秀な魔導師《マギ》でもまず手を出さない対象ですが、クライさんと一緒なら絶対にうまくいきます！　滞在中のお世話は私がします。クライさんの好きな料理も作りますし、背中だって流します！　お望みなら私を好きにしてくれても構いません！　ちょっとした休暇だと思っていただければ――」

熱が入りすぎじゃないだろうか。熱烈なスカウトを聞き流していると、再び部屋の扉が開いた。

遠慮がちに入ってきたのはリィズの弟子――さっきから所有権がふらふらしているティノだった。伏し目がちに尋ねてくる。

「あのぉ……ますたぁ。雪が降ったので……その、一緒に雪だるま作りませんか？」

やれやれ、人気者かな？　僕は三人を順番に見て、目を見開き力を込めてはっきりと言った。

「寒いからヤダッ!!」

《千変万化》の宝具図鑑

宝具。それはこの世界に存在する神秘の中でも最たる物である。

世界各地に存在する宝物殿から産出されるそれは、マナ・マテリアルによる過去の再現であり、そのほとんどは現代技術ではとても再現できない（あるいは再現しようとは思わない）摩訶《まか》不思議な力を内包している。

再現される過去文明は太古、既に滅び去り資料すら残っていない物ばかりだから、宝具は実用面でも学術的な側面でも非常に価値の高いものだ。

危険な宝物殿から命がけで宝具を持ち出すトレジャーハンターという職業がごく一般的に成り立っているのも、恐らくその宝具の魅力に取り憑《つ》かれる者が多いためだろう。

僕こと《千変万化《せんぺんばんか》》がトレジャーハンターとなったきっかけは、子供の頃に出会ったトレジャーハンターの冒険譚を聞き、自分もそんな冒険をしてみたいと子供らしい漠然とした憧憬《どうけい》を抱いた事だったが、実際にトレジャーハンターになり才能のなさが露見した今も一応その枠組に引っかかっているのは、宝具の魅力にやられてしまったからだ。

僕の趣味は宝具のコレクションだ。その数はハンターになった当初から右肩上がりに増え続け、一時期は宝具用の倉庫を借りるまで至ったこともある。泥棒に入られてやめたけどね。

あらゆる方法を使い、シトリーから借金までして蒐集《しゅうしゅう》した宝具は現時点でも数百点存在し、取るに足らない品がほとんどではあるが、かなりのコレクションであると自負している。普通、トレジャーハンターは魔力《マナ》チャージと習熟度の観点から多くても四、五個の宝具しか持たないから、多分帝都のトレジャーハンターの中では僕が一番宝具を集めている男になるはずだ。

博物館だってここまでの数の宝具を集めたりはしない。匹敵するのは、宝具鑑定師であると同時に宝具コレクターでもある僕の師匠――宝具店『マギズテイル』のマーチスさんくらいだろう。

今日は僕がトレジャーハンターになって集めた役に立ったり役に立たなかったりする愉快で楽しい宝具の数々をご紹介しよう。


本日ご紹介するのは鎖型《チェーン・タイプ》の宝具だ。

一般的に鎖というのは馴染みのない物かもしれないが、宝具に鎖型《チェーン・タイプ》の物はかなり多い。太古、日常的に様々な鎖を使い繁栄した文明が存在したためだと言われているが、ちょっと大きな宝具の店に行けば間違いなく一コーナーが割かれている。それくらい鎖型《チェーン・タイプ》は種類が豊富で産出量も多い。

大抵の鎖型《チェーン・タイプ》宝具の力は「拘束」だ。投げて当てると勝手に巻き付き敵を拘束する、それが基本。そこに有用な付加価値がつくと値段が高くなっていく。

鎖型《チェーン・タイプ》の宝具はハンターの中では余り人気のないジャンルだ。

一見すると鎖型《チェーン・タイプ》宝具は犯罪者を拘束するのに使えたりするような気もするが、拘束するだけならばそもそもあえて宝具を使う必要がない。

ロープで縛ってもいいし、市販品のただの鎖で縛ってもいい。手錠を使っても力ずくで昏倒させてもいいし、その上、大抵の場合——そちらの方がはるかに安上がりだ。拘束術は熟練のハンターにとっては基本だから、数少ない手持ち宝具に鎖を選択しないのは理に適っている。

だが、僕はその考えに異を唱えたい。鎖型《チェーン・タイプ》の宝具のいいところは近づかなくても敵を拘束できる事である。その強みが生かされる事は滅多にないが——。

例えば、これは僕のコレクションの一つだ。

銀色の鎖に、先についた洒落た分銅。僕が最初期に手に入れそれからずっと大事に愛用していることの鎖の銘を——『狗の鎖《ドッグズ・チェーン》』と言う。

能力は自律行動だ。この狗の鎖《ドッグズ・チェーン》は起動すると狗《いぬ》の姿を模し、主の指示した対象に飛びかかりそれを拘束する。拘束以外にも指定した物を持ってきてもらう事もできる。牙や爪はないが、なかなか頼りになるやつだ。

生物型の鎖は鎖型《チェーン・タイプ》宝具の中のおよそ半分を占めるポピュラーなものだ。どうやらこの鎖型《チェーン・タイプ》宝具の起源である文明は、鎖で多種多様な生き物を生み出し共存していたらしい。そんな物を生み出した理由は今となっては知る術もないが、こんな鎖でできた狗でも長く使えば愛着が湧くのだから、もしかしたらペットにでもしていたのかもしれない。

狗の鎖《ドッグズ・チェーン》は細い鎖だが、中には腕程の太さの鎖で構成された『獅子の鎖《ビッグキャットドズ・チェーン》』や、拘束のみならず対象をそのまま絞め殺す『蛇の鎖《スネークズ・チェーン》』、僕も持っている気まぐれでいたずらっ子な『猫の鎖《キャットズ・チェーン》』など面白おかしい鎖が沢山存在する。その余りのバリエーションに、トレジャーハンターの中には宝物殿で鎖の宝具を見つけると眉を顰《ひそ》める者もいるらしい。

もう一つの特徴として、生物型の鎖は主を識別し、懐く。餌は食べないし排泄もしないが、頻繁に起動し可愛がってやれば芸を仕込むこともできる。

僕の鎖も最初は余り言うことを聞かなかったが、ルシアがしっかり躾《しつ》けてくれたおかげで今では忠実で頼りになる相棒だ。余り知られていない、というか誰も興味を持っていない知識だ。

もしかしたら……その辺りの面倒臭さも鎖《チェーン・タイプ》型宝具が余り人気のない理由なのかもしれない。僕は僕以外のハンターが生物型の鎖を使っているのを見たことがない。

そうだ。もう一つデメリットがあった。生物型の鎖はとても燃費が悪い。

少し歩かせただけでもすぐに魔力《マナ》切れでただの鎖に戻ってしまう。激しく暴れる対象を拘束し締め付けようとするのならば、一回使っただけで魔力《マナ》切れになることを覚悟しなくてはならない。

狗の鎖《ドッグズ・チェーン》は勝手に飛びかかって勝手に戻ってくるが、途中で魔力《マナ》切れになったら当然戻ってこないので注意が必要だ。

さて、生物型の鎖の話をしたが、鎖《チェーン・タイプ》型宝具にはそれ以外にも様々な物がある。

例えばこの百メートル以上ある長い鎖。途中に百六個の手錠がつけられた鎖は『服従の権威《クライム・パレード》』と呼ばれる宝具だ。

元は囚人を拘束するための鎖なのだろう。起動すると手錠に繋がれた対象に抵抗を許さず、尖端を持った者に続いて歩かせる事ができる。

一切抵抗できなくなるというのだから、強いて言うのならば精神操作系の宝具に属するだろうか。それだけ聞くと強力に思えるかもしれないが、しかしこの宝具には一つの致命的な欠陥がある。

全ての手錠に人を繋げないと、起動できないのだ。おまけに、全員繋がない限り手錠の鍵すらかからない。『服従の権威《クライム・パレード》』には百六個五十三対の手錠があるから、五十三人の囚人が必要となる。まともに運用できるかかなり怪しい品だ。おまけに魔力《マナ》が切れても効果がなくなるから、余りにも使い道がない。

宝具にはこういった意味不明な制約を持つ物が多く存在する。マナ・マテリアルは過去の文明を再現し宝具を生み出すが、完全に再現するわけではないのだ。生み出された宝具は上っ面だけ模倣したものなのである。

『服従の権威《クライム・パレード》』の人数制限は十中八九、かつて太古の文明で存在していた頃はなかった制約だ。だって、わざわざ全員繋げない限り効果が発揮されないようにする理由がない。恐らく、この鎖が再現しているのはかつて存在していた『服従の権威《クライム・パレード》』それ自体ではなく、元となったその道具が生み出していた『光景』なのだろう。

だが、実はこの宝具、厳密に言えば五十三人の人間を必要としない。

手だけでなくうまいこと足に繋げても認識されるので、頑張れば一人で四個の手錠を使う事ができる。つまり、必要な囚人は二十七人（一人は両腕にだけ手錠をつける）という事になる。どちらにせよ使い勝手は最悪なのでその事実が広まった所でこの宝具が再評価される事はないだろうが……。

ああ、安心して欲しい。ここまで聞くと鎖型宝具《チェーン・タイプ》はろくでもない物だ、みたいな認識を抱くかもしれないが、もちろん、鎖型宝具《チェーン・タイプ》にも強力な物はある。

こちらの美しい鎖をご覧頂きたい。

この蔦《つた》のような意匠をした一見鎖に見えない、黒い鎖。これはあの宝具鑑定師、マーチス・カドルの元秘蔵品だ。一目惚れして、どうしても欲しくてティノを連れていって譲ってもらった物である。

一見、芸術品にも見えるこの鎖型宝具《チェーン・タイプ》の名を、『眠り茨《スリーピング・ビューティ》』と言う。

鎖型宝具《チェーン・タイプ》のほとんどは二束三文で投げ売りされているが、唯一高値で取引されるものがある。

それが――状態異常を齎《もたら》すタイプの鎖だ。

この鎖は脆く美しく対象を自ら拘束する力もないが、縛ったものを深い眠りに導く事ができる。それも、睡眠薬などに耐性を持つハンターにもほぼ通じる強力な眠りだ。

鎖の力で眠りに導かれた者は決して自ら目覚める事はない。生命機能はまるで凍りついたように完全に停止し、誰の助けもなければ、眠ったまま悠久の時を生きる事になる。もちろん実際は宝具には魔力《マナ》切れがあるので永遠に生き続ける事はないだろうが、定期的に外からチャージしてやれば数年くらいは眠らせたままにすることができるだろう。

犯罪にも使える恐ろしい宝具だ。僕はマーチスさんからこの宝具を譲ってもらう条件として、決して無闇に使わない事を強く言いつけられた。実際に僕がこの宝具を使ったことは数える程しかない。

だが、幸いなるかな、この宝具には実用性を著しく貶《おとし》める制約がある。

それが僕がこの強力な宝具を自室に飾ったままいつも持ち歩かない理由であり、恐らくマーチスさんがこの宝具を譲ってくれた理由でもあるのだが、一つ目として――この宝具は動いている相手に効果を発揮しない。二つ目として、横たわった相手にしか効かない。三つ目として、眠らせた相手は揺すったくらいでは目覚めないが、身体を移動させようとするとすぐさま目が覚めてしまう。

かなり限定的な宝具だ。ここまで強い制約があると探索では使いづらい。さすがマーチスさんのコレクションなだけの事はある。

マーチスさんはこの宝具の説明をする時、古代の人間にも良心があったのだろうなどと言っていた。

だが、僕の見解では少し違う。

この宝具を譲ってもらってから検証し幾つか新事実を発見したのだが、僕の見解では――恐らく、古代人はロマンチストだったのだろう。

この宝具、対象を移動させると効果を失ってしまうのだが、唯一、横にしたまま優しく抱きかかえた場合――俗に言うお姫様抱っこした場合は目が覚めないのだ。そして、動かさない限り対象が自然と目覚める事はないが――唯一、キスをしても目覚めさせる事ができる。

これもまた一つの奇妙な制約と呼べるだろう。条件はまだ幾つかありそうだが、僕はそこで検証を止めてこの宝具を永久に保存する事にした。

ちなみに、眠っている相手に性的なイタズラをするのは不可能だ。許容しているのはキスだけで、それ以上は鎖に毒の棘《とげ》が生え、外から触れた者を激しく傷つけるらしい。リィズとシトリーがボロボロになったのが検証をやめた理由でもある。

さて、長く話してしまったが今回の紹介はこれで終わりだ。まだ僕の秘蔵品は沢山あるが、その全てを語り尽くそうとしたら一月あっても足りはしない。

宝具には様々な能力があり、制約がある。宝具鑑定師の鑑定結果以外の予想外の性質を持つ事もあり、一筋縄ではいかない。ハンター達が多くの宝具を持たず信頼のおける数点だけを使いこなす事を選ぶのも、少し残念だが、当然と言えるのかもしれない。

だが、宝具は凡人が英雄になりうる唯一の方法でもあるのだ。

今回出した宝具はほんの一例だ。だが、それを聞いて宝具の魅力について少しでもご理解いただけたら幸いである。

クライ・アンドリヒの一日

気持ちよく目覚めるコツは眠くなくなるまで寝ることだ。ハンター時代は早朝に活動することが多かったが、睡眠をたっぷり取れるようになったのはクランの運営に注力するようになってよかった点の一つである。

大きめのベッドの中で自然と目を覚ますと、大きく伸びをしながら明かりをつける。時計を確認するとお昼ちょっと前だった。シャワーを浴び、身支度を整える。一通り着替えを終えると、最後に鼻歌まじりで寝室にずらりと陳列しているものから装備する宝具を選んだ。

今日は外出予定はないので、身につける宝具は能力よりも最近気に入っているものにしよう。

最後に姿見を覗くと、どこかぱっとしない青年の姿が映っていた。

『転換する人面《リバース・フェイス》』が残っていれば顔も変えられたのに……一瞬そんな事を思ったが、もう終わってしまったことを言い続けても仕方がない。もとより見慣れた自分の顔である。僕は妥協することにした。

今日もいつも通り、いい朝だ。

「おはようございます、クライさん」

「ああ、おはよう」

クランマスター室の机につくと、まるで見計らったかのようにエヴァが入ってくる。

後ろで結われた髪にぴしっと糊のきいた制服。いつも通り完璧な副クランマスターだ。

僕と違って寝起きではない。クランマスターと違って副クランマスターには仕事が多いからな……。

今起きたばかりの僕の姿を見ても、エヴァは嫌そうな顔一つしなかった。

僕が彼女をクランに迎えられたのは何かと運が悪い僕にとって珍しい幸運だと言えるだろう。

椅子に深く腰をかけ、エヴァに確認する。

「今日はなんか予定があったっけ？」

「加入申請が七パーティ分来ています」

クランマスターの仕事は少ない。

その数少ない仕事の一つが、新たなクラン参加希望のパーティの審査だ。

《足跡》はいつの間にか押しも押されぬ大クランになってしまった。それはエヴァや事務員さん達の尽力によるところなのだが、そのせいで加入を希望するパーティは後を絶たない。

クランの加入条件は所属メンバーの推薦と僕の審査である。

それは僕が最初に適当に決めた条件だった。

クランを作った時にはここまで大きなクランにするつもりはなかった。

幼馴染の社会性向上を目的としていた関係で評判のパーティは集めこそしたが、僕はクラン運営は素人だったし、自信もなくコネもなかった。

土下座して大きな商会で働いていたエヴァを引き抜いたのだって確固とした理由はなく、最低限クランとしての体面を保つのには有能な人が必要だというぼんやりとした考えによるものだったし、当然エヴァがここまでやってくれるとは思っていなかった。やってくれるとも思っていなかったし、そしてあろうことか――やってほしいとも思っていなかった。

もちろん副クランマスターが有能なのはいいことである。だが、あまりにも有能過ぎた。

最初に、エヴァがいない時に決めたルールが足枷になっていた。クラン加入で審査必須にしたのは、変な連中が来た時への最低限のセーフティネットだった。もしもこんなに沢山、加入申請が来ると知っていたらそんな条件はつけなかった。

うんざりしながら、机の上に置かれた加入申請メンバーのリストを確認する。そこにはずらりと各パーティの能力に評判、実績が並んでいた。

知名度の高いクランにとって所属メンバーの不祥事はなんとしてでも避けるべきことだ。その事は良く理解しているが、正直こんなに沢山申請がくると一つ一つ吟味してられない。

もともと、所属メンバーの推薦が前提にある以上、変なパーティが来たりはしない。

僕はじっと側に佇むエヴァに腰を低くして伺いを立てた。

「加入条件は変えるべきだと思うな」

「駄目です。クランの力は所属ハンターの力です、一番大事なところを怠るわけにはいきません」

「…………」

毅然とした態度で断られたので、仕方なく中身を見る。面接までやるのは書類選考を通った者だけだ。

もうクランは十分大きいのでこれ以上メンバーを入れる必要はない。全部落としてしまおう。

リストの中には、以前何度か落としたパーティの名前もあった。巷では一度落ちても欠点を直してもう一度くれば受かる可能性があるとか、そんな噂が流れているらしい。そんな事ない……と思うけど、どうやら本当に落とした事を忘れて次に入れてしまった事があったようだ。

ラウンジで感謝されたことがある。僕の目は節穴であった。

「そういえば、最近メンバーを入れていませんね」

エヴァが日常会話のような雰囲気で圧力をかけてくる。どうやらクランは人数によって国から様々な優遇を受けられるらしく、エヴァはクランの勢力増大に非常に精力的だった。こうなると僕が折れるしかない。

もうクランを設立した目的は既に達成している。後はできる限り波風立たないように運営を続け、いずれエヴァにクランマスターの座を譲って引退するだけだ。ぱらぱらとリストを捲《めく》ると、僕は一番人数が少なく一番失敗した時の影響が小さそうなものを指した。

ソロパーティの加入申請だ。問題パーティを誤って入れてしまえば取り返しのつかない事になりそうだが、ソロならば問題を起こしたとしても大したことはないだろう。

「この人、面接しよう。後は却下で」

「……知名度のあるパーティの加入申請もありましたが……理由を伺っても？」

エヴァが目を瞬かせ、尋ねてくる。彼女はまだ僕が適当にリストを捌《さば》いている事を知らない。そろそろ……察してもいいと思うけど。

僕は深刻そうな表情で頷いた。

「まぁ色々理由はあるけど――簡単に言うと、気に入らなかったんだ」

「承知しました。…………では、この方の面接の予定を――」

適当極まりない答えにも、真面目なエヴァは何も言わなかった。

エヴァが僕のスケジュール帳を捲り始める。僕が忘れっぽいせいで完全に秘書みたいになっていた。

そこで僕は気が変わった。面接……自分で言っておいてなんなんだが、面倒くさいな。人間じゃなくてチョコレートと面接したい。

どうせ推薦があるのだ、もうそのまま入れてしまっていいのではないだろうか。

これまで適当にやってきたのだ。今更、少し手を抜くことを躊躇うわけがない。

僕は指を組み、ハードボイルドな表情で言った。

「いや、待った。面接はいらない。合格通知出しといてよ」

「……え？　正気ですか？　まだ会ってもいないのに？」

正気？　正気だよ。僕はいつだって正気だ、まともな能力がなくて少し面倒くさがりなだけで。

僕はリストをばんばんと叩き、力説した。

「いや、会わなくてもわかる。ソロだとか知名度がないとかも関係ない。そりゃ欠点もあるかもしれないけど、総合的に見たら悪くない。合格だ、合格だよ」

エヴァは僕の仕事したくない一心で出した言葉に、鳩が豆鉄砲を食ったような表情をしていたが、やがて小さく頷いた。

「は、はぁ………そういう事ならば……」

よし、仕事が一個減った。

クランマスター室の置物になっていると、時間がすごい勢いで過ぎていく。

宝具を磨き、貰い物のチョコレートを食べ、世界地図を眺めて冒険した気になったり、本棚に入っていた強い武器事典や宝具事典を眺めたりする。

既にクランマスター室に篭もるようになって二年あまり。外に出ずに過ごすのにも慣れていた。

色々用意してあるので暇つぶしには事欠かない。もしもどうしてもやることがないのならば、訓練場に行ってクランメンバーの訓練を眺めたりしてもいいのだ。

エヴァが早足で駆け込んでくる。焦ったように口を開きかける。

「クライさん、リィズさんが――」

「ふむ……久しぶりに僕が土下座する時が来たか」

「――が、こちらでなんとかしておきます」

エヴァが何故《なぜ》かあっさり踵《きびす》を返し出ていく。

リィズが何をしたのかわからないけど、せっかく最近習得したスターダスト土下座（星屑のように儚《はかな》く輝く土下座）を披露できると思ったのに……。

僕はのんびり座っているだけだが、エヴァは忙《せわ》しない。

事あるごとに用事を告げに部屋に入ってくる。ある意味彼女が僕に来る仕事のフィルターになっているると言えるかもしれない。

今度時間を作って労《ねぎら》おう。

「ガークさんが来ています」

「僕はいない、いいね？」

「事務員を増やそうと思うんですが……」

「任せる。全部任せるよ。予算が足りなくなったら言って」

「…………何故か新作のチョコレートケーキの試食依頼が……何かの間違いだと思うんですが――断っておきます」

「！　ちょっと待った。市民と交流を深めるのもクランマスターの仕事だ。甘い物は苦手だけど、受けるのはやぶさかではない」

「後、遺物調査院から呼び出しがかかっています。見慣れぬ幻影《ファントム》が見つかったらしく、見解を聞かせてほしいと。場所も近いですし、ついでに済ませては？」

「――と思ったけど、忙しいし試食依頼はティノに回そう。遺物調査院からの依頼はアークが適任だ」

「《聖霊の御子《アーク・ブレイブ》》は探索に出ていて不在です」

「なら……スヴェンだ」

「《黒金十字《くろがねじゅうじ》》も護衛依頼で帝都を出ていていません」

「……仕方ない、聞かなかったことにしよう。どうせ時間経過で解決する案件だ。僕は……その、少し忙しい」

「わかりました。そう伝えておきます」

やれやれ、皆僕を頼りすぎだ。……勘弁してください。

僕はエヴァが消えるのを確認すると、最近のマイブームである『狗の鎖《ドッグズ・チェーン》』に芸を仕込むことにした。


すっかり日も暮れ、夜がやってくる。時計の短針が八と九の間を指した辺りで、いつも通りエヴァが部屋にやってくる。

どれほど忙しくても、彼女は毎日この時間にここにくる。だから僕も用事がない限りこの時間は部屋にいるようにしていた。

エヴァは昼間と変わらない制服姿だった。丸一日、ずっとクランマスター室に座っていた僕とは違って動き回っていたはずなのにその表情に疲労はない。

「今日もお疲れ様でした」

「お疲れ」

軽く労いを入れると、エヴァが今日の仕事の報告を始める。僕はぼんやりしながら聞き流す。

どうやら、今日も概ねうまく乗り切れたらしい。お疲れ様とか言っているが、僕は忙しいと言いつつぼんやりしていただけなので全てはエヴァの実力だ。

賞与には色をつけることにしよう。…………賞与の額を決めるのもエヴァの仕事だけど。

「部屋の掃除はしておきました」

「……エヴァさ、働きすぎじゃない？　少しくらい手を抜くべきだ。僕みたいにね」

エヴァを酷使したいわけではない。

部屋の掃除ぐらい自分でできる。この間、試しにやってみた時には、もう掃除されている事に気づかれずにもう一度掃除し直されたけど。

色々心配になって出した言葉に、エヴァは一瞬目を丸くして、小さく唇を持ち上げ笑った。

「いえ、これは私の仕事です。好きでやっていますからお気になさらず」

本当に物好きだ。


時計が夜十一時を示している。

今日も一日が終わる。宝具を片付け、シャワーを浴びて寝巻きに着替える。ベッドの中に入ると、すぐに眠気がやってきた。疲れていなくてもすぐに眠れるのは僕の数少ない自慢できる点だ。

何もない一日だったが、平和な一日だった。どうか明日も平和でありますように。


「クライちゃん、おはよー！　あれ、もう寝てるの？　もー、せっかく来たのに、早すぎ…………まぁ、いいや。私も寝よっと…………」

クライ・アンドリヒの恋愛事情

「あれ？　どこかお出かけですか？」

「いやぁ………ちょっと、この間、凄く可愛い子を見つけてさ……」

この上なく上機嫌なクライの言葉に、シトリーは抵抗の余地なく凍りついた。

「今日もちょっと会いにね。急がないといけないから、また後でね――」

笑顔のまま固まるシトリーを一切意に介す事なく、クライがデレデレとだらしない笑顔で出ていく。

結局、仕事を持ってきたエヴァに肩を揺すられるまでシトリーは立ち尽くしたのだった。


「き、緊急嘆霊《ストグリ》会議ですッ！　大変です、クライさんが浮気をッ！」

「はぁ？　何言ってんの、あんた。こんなに大勢人集めて――」

完全に冷静さを失っているシトリーを見て、リィズは馬鹿を見るような目で言った。

狭い会議室には《嘆きの亡霊《ストレンジ・グリーフ》》のメンバーを含め何人ものハンター、クラン職員、探協職員、ティノ、その他がひしめいていた。シトリーが慌てふためき集めたメンバー達だ。
無数の迷惑そうな視線の中、シトリーが状況を説明する。

話を聞き、集められたメンバーの内の一人、スヴェンが呆れ声で言った。


「ああ？　いきなり呼び出されたから何が起こったかと思ったら……クライだって人間なんだから好きな奴くらいできるだろ」

「これは紛うことなき浮気ですッ！　クライさんには私がいるし、借金だってあるのにッ！」

「…………………………バカねぇ、シト。クライちゃんがぁ、浮気なんてするわけねえだろッ！　このリィズちゃんがいるんだからッ！　泥棒猫はてめえだけで十分だっつーのッ！」

「…………クライの奴、浮いた話一つ聞かないと思ったら……安心したぞ。なんで俺が呼ばれたのかわからんが」

「……確かに最近機嫌がいいとは思っていましたが……しかし、いつの間に？　クライさんはいつもクランマスター室にいますし、外に出かける時はいつも誰かと一緒で――」

「れ、冷静に。冷静になりましょう。つまり、ガークさんとエヴァさんの証言によると――クライさんは私がいるから浮いた話がなかった。そして私のおかげで最近機嫌が良かった。外に出る時はいつも誰かと――もしやッ……この中に、裏切り者が!?」

「……………………シト、落ち着いて。兄さんに付き合える人なんてそういるわけないでしょ」

「待て待て……人とは限らないぞ。もしかしたらなんかいい剣でも見つけたんじゃねえか？　俺だっていい剣を見たら凄く人が斬りたくなる」

「あのー……さすがに無機物を可愛い子とは言わないのでは？　貴方じゃあるまいし」

「!?　いい剣……もしや——男？　女じゃなくて、男ができたんですか!?　だから私じゃ駄目だったんですか!?」

「ッ……落ち着け、馬鹿シトッ！　クライちゃんは絶対絶対、浮気なんてする人間じゃないからッ！　思い当たる節も…………………………」

「りゅりゅりゅーりゅー、りゅーりゅりゅりゅ！」

「キルキル」

「にゃーにゃー」

「うむうむ……」

「お、おい待てッ、貴様らッ……な、どうして、俺を呼んだッ!?　なんだこの空間は！　この《豪雷《ごうらい》破閃《はせん》》を何だと——俺は貴様らの敵だぞ!?」

「アーノルドさん、諦めましょう。こいつら、頭がイかれてる」

「……………猫です」

「!?」

「ますたぁは……浮気なんて、しませんッ！　その可愛い子ってのはきっと、猫ですッ！　そこのノミモノみたいに、にゃーにゃー鳴くだけのキメラじゃなくて、可愛い小さな子猫ですッ！」

「にゃ!?」

「…………確かに、ヨワニンゲンがただのニンゲンに恋するとは思えない、です。だって、このクランには私含め精霊人《ノウブル》が六人もいるし、普通恋するならその誰かのはずだ、です」

「うむう…………？」

「それは、ありえませんッ！　クライさんは別に猫派じゃありませんし、そもそも、ご存じでしょう⁉　猫みたいなルシアちゃんへのいつもの扱いは！」

「⁉　は、はぁぁぁぁぁ⁉　ね、猫みたいって、扱いって、誰が——」

「うぅ……ルシアちゃんにお見合いの話が来た時は僕よりレベルが高い人じゃないと認めないとか無茶振りしたくせに、自分だけ勝手に浮気するなんてそんな——私はどうしたら——」

「じゃあ、猫じゃないならきっと犬です！　きっともふもふで白くて大きな犬です。ますたぁは、浮気なんてしませんッ！　ますたぁは神。私は——信じますッ！」

「あんぎゃあッ！」

「ふむ……まぁ浮気かどうかは置いておいて、確かに気になるな。少々下世話な話だが、全く相手がイメージできない」

「アークさん……………もう帰りましょう。時間の無駄みたいですし——」

「認めない……認めません。少なくとも、私よりお金持ちの人じゃないと‼」

「………………シト、あんた、それでいいの？」

「犬でもなければ兎か狐ですッ！　きっと、耳と尻尾でますたぁの心を射止めたんです！　ますたぁは、浮気しませんッ！　白いカラスです。ますたぁは、白！」

「狐の耳と尻尾…………」

「白…………！　そ、そうだ！　全て白紙！　借金を全て白紙にすれば――――狐!?　狐の耳と尻尾!?　ルシアちゃん？　ま、まさか――――妹の癖に、子どもの頃のおままごとでプロポーズしてOKを貰った時の事を本気にして!?」

「!?　はぁぁぁぁ!?　シトぉ、いい加減にッ、しなさいッ!!!」

「剣士《ソードマン》か!?　もしかして凄腕の剣士《ソードマン》なのか!?　クライが選んだんだろ!?　剣士《ソードマン》だろ！」

「お……落ち着いて！　どうか、冷静になって、皆！」

「ル、ルーダの言う通りだ！　こんな所で話し合ってても仕方ない。真実を知りたいなら、尾行でも何でもすればいいだろ！」

「ッ…………グレッグは、何もわかってないッ！　レベル８に尾行なんて通じないッ！　ますたぁがそれを隠そうとしたなら絶対に私達は気づけない。つまり、ますたぁ……まだ、行っちゃ駄目です」

「ティノまで……案外あいつ、人望なぎゃッ!?」

「!?　ギルベルトおおおおお!?」

「ッ…………チッ。こんなところでうだうだしててもしゃーない。シトはつかえねーし、ちょっとクライちゃんに確認してくるッ!!」

「!?　ちょ、ちょっと待って、お姉ちゃん！　まだ心の準備が――」

「あれ？　どうしたの？　こんなに大勢、小さな部屋に集まって――ガークさんまで……」

「!?　ククク、クライさん!?　おかえりにゃさいにゃあ！　なんでもないにゃあ！」

「⁉　ああ、ただいまシトリー。それより見てよ、さっき言った可愛い子なんだけど、とうとう買っちゃったよ。マーチスさんの店でこの間見つけて、どうしても欲しくて……このハニワの宝具。特に役に立つわけではないんだけど、起動すると歌いながらダンスをするんだ、すっごく可愛くて――あ、ルシア。チャージお願い！」

「ッ…………兄さん、ちょっとそこに正座してください」

登場人物／クライ、シトリー、リィズ、スヴェン、ガーク、エヴァ、ルシア、ルーク、クロエ、リューラン、キルキル、ノミモノ、アンセム、アーノルド、エイ、ティノ、クリュス、温泉ドラゴン、アーク、イザベラ、ルーダ、グレッグ、ギルベルト。

全員わかった貴方は嘆きマスター！(完)

《嘆きの亡霊》は引退しました

——こうして僕は惜しまれつつも無事、引退を果たした。

元レベル８ハンター、クライ・アンドリヒの朝は遅い。予定など入っていないからだ。日も高くなってから目覚めると、行きつけのカフェに向かい朝食を取る。

クランハウスを退去し、新たに帝都の端に建てた（というか、シトリー達が建ててくれた）家は豪奢ではないが住み心地がよく、余生を過ごすには十分なものだ。庭もあり、ガーデニングも出来る。今は、理由がない限りほとんど毎日やってくるシトリーやルシアがハーブなどを育てているが、いずれ僕も暇になったら試してみるつもりである。

僕に仕事はない。《始まりの足跡《ファースト・ステップ》》のクランマスターはハンター登録をしてレベル５まで上げたエヴァに引き継ぎ、溜め込んでいた宝具のほとんどは寄付した。トレジャーハンターをやめてしまった僕には必要のないものだ。その大部分はまだ僕の私室だった元宝具庫に飾られているらしい。

貯金はほとんどなかったので引退前はどうなるか不安だったが、案外なんとかなっていた。

引退したと言っても交友関係はなくなったわけではないし、ルーク達《嘆きの亡霊《ストレンジ・グリーフ》》のメンバーは割と頻繁にやってくる。アークを始めとしたクランのメンバーやティノが遊びに来ることも少なくない。一人暮らしなのに寝室がたくさんあったりやたら部屋があったりするのはそのせいだ。

ルーク達は金銭感覚が麻痺しており、頻繁に貴重な『お土産』を持ってくるので、恐らくそれを売るだけでも生きていけるだろう。

だが、僕にも仕事とまではいかないが、小金を稼ぐ手段くらいはある。

引退する時、僕はゼブルディアを出るつもりだったが、それは許されなかった。

《始まりの足跡《ファースト・ステップ》》のクランハウスがあるのはゼブルディアだし、エヴァは副クランマスターとして優秀この上なかったが、マスターとしては新米だ。僕が残ったところで何の役に立つのかはともかくとして、エヴァにいざという時のためにしばらく残って欲しいと言われてしまえば断るわけにはいかなかった。それに、幼馴染であるルーク達にも立場がある。ルークは大丈夫でも、僕が引っ越したら一緒について来てしまいそうな子もいる。慣らしの時間が必要なのだ。引退を強行したからこそ、これ以上迷惑を掛けるわけにはいかない。

僕の今のアルバイトは話を聞くことだ。エヴァとくだらない雑談をしたり、シトリーとくだらない雑談をしたり、たまにガークさんがやってくる事もある。何故か見知らぬ人から相談を受ける事もあるし、パティシエから相談を受ける事もある。マーチスさんから宝具関係の相談が来る事もある。そして、僕のアドバイスで奇跡的にうまくいったら何かしらの報酬が入る事もある。

人の縁というのはそう簡単に切れないというものだろう。どうやらハンターが元ハンターになったところで、彼らにはあまり関係ないらしかった。

本を読んだりお昼寝したりジグソーパズルをやったり甘いものを食べに行ったり、シトリーと雑談したりべたべたしてくるリィズをあしらったりハンターをやめた後も「ますたぁ」呼びが抜けないティノと遊んだり（そしてたまにルーク達と外にピクニックに行ってひどい目にあったり）していると、すぐに日が暮れる。代わり映えのない毎日。

だが、僕は幸せだった。

そういう穏やかな生活こそ――僕がずっと求めていたものなのだから。

「……それって今の生活と何か違いますか？」

「…………え？」

エヴァは僕が昨晩見たそんな夢の話を聞き終えると、額を手の平で押さえ、じとっとした眼で言った。

突撃！《始まりの足跡》

「イメージアップ作戦を決行します」

「はぁ……？　何言ってんだ、お前？」

力を込めて宣言する僕に、《嵐撃《らんげき》》のスヴェン・アンガーが眉を顰めた。

クラン《始まりの足跡《ファースト・ステップ》》。その二階に存在する会議室に今、クランに所属する上位パーティの面々が集合していた。《黒金十字《くろがねじゅうじ》》に《聖霊の御子《アーク・ブレイブ》》。他にも幾つものパーティが集まり、広々とした室内も手狭になっている。

「昨今のハンターのイメージダウンは甚だしい」

「イメージ下げてんのはクライのところのやつだろ」

正論はいらない。隣のエヴァも呆れ顔だ。僕は笑みを浮かべて肩を竦めた。

トレジャーハンターはもともと、一般市民に怖れられるものである。何しろ強面で人外じみた力を持ち、協調性がなく粗野な者も多いのだ。ゼブルディアはハンターの聖地と呼ばれ、それなりに受け入れられているが、その事実に変わりはない。

そして僕はその事実を常々憂慮していた。

名実共に《足跡》のトップハンター。アーク・ロダンが柔らかな物腰で尋ねてくる。

「何でいきなり言い出したのかは知らないけど、それで、作戦って何をするんだい？　人助けとか？」

話が早くて助かる。僕はぐるりと我が精強なるクランメンバーを見回すと、笑顔で言った。

「つまり…………メンバーのファングッズを作って売り出すことにしました」

「!?　は？　え？？　……なぜ？？」

「ファンサービスもします。握手会とかね」

なぜかって……？　それはもちろん……最近平穏で何もやることがないからである。

《始まりの足跡》《ファースト・ステップ》を運営しているのはエヴァだ。クランの通常業務に僕が立ち入る事はほとんどない。

つまり、特に何か起こらない限り僕は暇になる。暇は大歓迎だ、ずっとごろごろしたり甘い物を食べたりして過ごせれば幸せだ。だが、ここが問題なのだが――僕の幼馴染達はそう思わないらしい。

彼らは（主にリィズやルーク）は僕が長い間、暇をしていると、可哀想に見えてしまい、サプライズで宝物殿に拉致ってくるのだった。これは冗談ではない。前例だってある。

想像して見てください、ベッドで寝て起きたら仄暗い宝物殿の中にいるという状況を。

退屈そうで可哀想だったからなんて、完全に大きなお世話である。そして、彼女たちはいくら僕がいらないと言い聞かせても半年もすれば綺麗さっぱり忘れて、僕が平穏な生活に飽きリスクを求めているように見えてしまうらしい。平穏を好んでいるのが謙遜に見えるって、どういう事？

「トレジャーハンターのイメージアップは探索者協会の悲願でもある。僕たちにも出来ることがあるはずだ。大丈夫、君たち顔はいいいし、格好を変えて露出が増えればすぐに人気が出るよ」

「だからってファングッズって……ハンターってそういうもんじゃないでしょ!?」

「さすがにクランマスターの権限を越えている。協力するつもりはない」

《聖霊の御子《アーク・ブレイブ》》の見た目麗しい（そして僕にあたりの強い）メンバー達が憤りの声をあげる。アークは苦笑いだ。

だが、どうやら他のパーティのメンバーも同じ意見らしい。男性陣は割と乗り気のようだが、対岸の火事だと思っているからだろう。皆、こういうお祭りが大好きなのだ。

僕は一通りの意見をうんうんと聞き流し、そこで言った。

「ハンターアイドル化計画。第一弾の対象はスヴェンとアークです」

アークの表情が苦笑いの状態で凍りついた。スヴェンが慌てたように反論してくる。

「!?……は？　…………はぁ？　何でだよ!?　俺よりマリエッタだろ普通！」

「ちょ!?　スヴェン!?」

「そ、そうだよ。スヴェンじゃないが……どうせやるなら私じゃなくて、女性メンバーの方が華やかじゃないか？」

アークの出した言葉に、パーティメンバーのイザベラ達が珍しくぎょっとしている。

うんうん、そうだね。でも、確かに華やかだけど……僕には彼女たちを説得できる自信がない。

というか、仕事しているパフォーマンスをリィズ達に見せたいだけだから、成功は二の次だ。

うーん……そうだな。僕は肩を竦め、ハードボイルドに言った。

「まあスヴェン達がそう言うなら別に女性メンバーでもいいけど…………それなら説得は任せたよ」

「!?」

「楽しみだなぁ。明日から君たちがうちのクランの広告塔だ」

スヴェンとマリエッタの視線が、アークとパーティメンバー達の視線がぶつかり合う。

「騙したな、クライッ！」

「どういうプロデュースをするかは任せたよ。君たちのリーダーの魅力を伝えるんだ」

「クランのためだし、仕方ないわね……アークさん。大丈夫、アークさんならきっと私達よりも華やかになれるわ」

イザベラの迫力ある笑みに、さしもの最強ハンターの顔も引きつっていた。

別に騙してないよ。ハンターのイメージアップが必要なのは本当の話だ。

まぁこの計画を考えたきっかけは暇つぶしだが。今日の僕は……冴えてる？

侃々諤々《かんかんがくがく》の論争が起こる。仲間割れしなければいいけど……。

と、そこで、会議室の扉が勢いよく開いた。

入ってきたのは今回の会議に呼ばなかった上位パーティ、《星の聖雷《スターライト》》のメンバー、クリュスがずかずかと入ってきて、憤りの声をあげる。

後ろから静かについてきたラピスが相変わらずの怜悧な眼差しで会議室の面々を見回した。

「こら、ヨワニンゲンッ！　何で上位パーティの会議に、私達を呼ばないんだ、ですッ！」

「…………呼ばなかったのは悪かったよ。いや、今回の作戦には不適切かなーと思ってさ」

だって、精霊人《ノウブル》はほとんどが人里にいないくらい、人間嫌いだ。

確かに眉目秀麗で珍しい精霊人《ノウブル》は黙ってにこにこしているだけで人気が出るだろうが、人を見下しているのにアイドルになんてなれるわけがない。

肩を竦める僕に、クリュスが大声で喚いた。

「はぁ!?　ニンゲンにできて私達にできないことがあるわけがないだろ、ですッ！」

「その通りだ、クライ・アンドリヒ。いくらクランマスターと言えど、我々を侮って貰っては困る」

ラピスも声こそ静かだが、同意見のようだ。周りが生贄を見るような眼で見ている事に気付いてもいない。そして、ラピスが言った。

「クリュス、命令だ。貴様が、やるのだ。精霊人《ノウブル》の誇りにかけて、我らの力を見せつけてやれ！」

「おう。任せろ、ですッ！　さぁ、ヨワニンゲン、作戦とやらを言ってみろ、ですッ！」

前から思っていたのだが、この人、クリュスで遊んでないだろうか？

結局、僕が半ば暇つぶしに立てたイメージアップ計画はクリュスのプライドを犠牲にした活躍もあり、一部の層から熱烈な支持を受け、予想外の成功を見せる事になる。

そしてその全てを、ルークがファンを斬って台無しにしてしまうのだが、それはまた別の話。

最初のレベル10ハンターが誕生したから、五月三十一日はハンターの日！

平日休日関係ないトレジャーハンターにも一年でたった一日だけ、祝日が存在する。

それが、五月三十一日。最古のレベル10ハンターが誕生した事に因《ちな》み制定されたこの日は普段二十四時間年中無休の探索者協会も扉に鍵をかけ、ほとんどのハンターが仕事を休む。トレジャーハンターで構成されるクランもお休みとなり、暗黙の了解でこの日を跨《また》るような依頼は出されない。

そして、その日は僕があらゆる責務から解放される貴重な日でもあった。

「うおおおおおおおおおおお、僕は自由だああああああああああッ！」

清々しい朝日を浴び、しんと静まり返ったクランハウスで咆哮《ほうこう》をあげる。

ハンターの日は《始まりの足跡《ファースト・ステップ》》も当然、お休みだ。いつも事務のために持ち回りで詰めている職員たちもおらず、いつもほぼ休みなしに見えるエヴァもお休みである。

と言っても、僕は常日頃大した仕事をしているわけではないのでいつもとあまり変わらないのだが、公的なお休みには無意味な爽快感があった。

ハンターの日にクランハウスにいる者など、クランハウスに住み着いている僕くらいしかいない。

ハンターの日はいつも無料で軽食や飲み物を提供してくれる《足跡》自慢のラウンジもお休みだ。

だが、今日この日のために僕は昨日の内に、すぐに食べられる食料品やお菓子、飲み物などを大量に買い込み部屋の冷蔵庫型宝具の中に保存していた。いつも罪悪感に苛まれながらダラダラしている僕だが、今日は思う存分何の柵《しがらみ》もなくダラダラできるのだ！

非日常感と解放感に、無意味にいつもやらない体操をしていると、その時、不意に扉がノックされた。

「おはようございます、クライさん。………………何してるんですか？」

「エヴァ………それはこっちの台詞《せりふ》だけど。今日はハンターの日だから休まないと駄目だよ」

入ってきたのは、クランマスター室に立ち入ることが許されている数少ない一人、エヴァだった。だが、格好はいつもの制服ではない。私服…………私服だ！　きっちりしているのはいつも通りだが、シックなワンピースに、眼鏡もかけていないので全く印象が違う。

「昨日は今日休むために泊まりで仕事したので……」

「ふーん、お疲れ様。なんかエヴァの私服姿って新鮮だな」

クランマスター室からほとんど出ない僕が会うエヴァはほぼ制服姿だ。休日も取るようには言っているし一応取っているはずだが、いつ取っているのかは知らない。

つま先から頭の先までじろじろ見ていると、エヴァが深々とため息をついた。思わず感想を言う。

「……おはようからおやすみまでエヴァー」

「!?　唐突に意味わからない事言わないでください！　さ、クライさん。ラウンジに行きましょう。いくら休日だからって身体に悪いものばっかり食べてはいけませんよ」

「……いや、ラウンジお休みだし」

いつもエヴァに助けられているせいか、きっぱり断れない。

なんとなく言い訳する僕に、エヴァがきっぱりと言った。

「大丈夫です。昨日、貴方が大量にお菓子を買い込んでいるのを見て、食材を買っておきました。私が作ります」

休んで……土下座するから休んでください。


「クライちゃーん！　買い物いこー！」

ラウンジでエヴァのお相伴《しょうばん》に与《あずか》っていると、リィズが弾丸のような勢いで飛び込んできた。格好は私服だが、その身から迸《ほとばし》るエネルギーはいつも以上で、笑顔も輝いている。

どうやら祝日を満喫しているらしい。僕はフォークを咥《くわ》えたまま、リィズに視線で訴えかけた。

リィズちゃん、今日は祝日だよ。お休みだよ。買い物は平日行こうよ……。

「私ねぇ、今日の日のためにかんっぺきなデートプラン練ってきたの！」

プランは練ったのに付き合う僕に事前に情報が来てないのおかしくない？

そうこうしている間に、私服のシトリーがそろそろとラウンジに入ってくる。

「クライさん、せっかくのお休みですし、久々にうちに来ませんか？　いつもお疲れでしょうし、マッサージしてあげます！」

「あぁ？　なんでてめーがいるんだよ、シトおお！　今日は私がデートするって言ったでしょッ！」

「確かに言ってたけど、それが私に何か関係ある？」

出会って三秒で火花を散らし合うリィズとシトリーを見て、僕はお茶を飲んだ。

そのプランも僕、初耳。

「うおおおお、今日はハンターの日だ！　クライ、新しい剣技を思いついたんだ、アンセムで試し斬りするから見てくれ！」

「うむうむ」

「兄さん、たまには実家に顔でも出しに――――!?」

「あのー、ますたぁ……もしよろしければッ!?　なんでこんなにたくさ――い、いや、なんでもないですッ！」

集まってきた幼馴染達にルシアが固まり、危険を察知したティノが逃亡する。

エヴァがジト目で僕を見た。

「クライさん、大人気ですね」

なんで昨日の内に声かけにこないの？　いや、昨日の内に声かけにきても意味なさそうだけど。

お休みなのになんでそんなに元気なの？　せっかくの記念日なんだから家でゆっくりしなよ。

げんなりしていると、ルークが腕捲《ま》くりをして獰猛《どうもう》な笑みを浮かべて言った。

「よし、わかった。誰がクライ権を得るか、バトルロワイヤルで決めようぜ！」

クライ権なんて言葉存在しないし、バトルロワイヤルでも決めません！

僕は一日、エヴァとゆっくりするのだ（無許可）！

リィズが立ち上がり、拳を握りしめる。可愛らしい私服なのに随分剣呑だ。

「よっしゃ、決まりッ！　久々に誰が一番上かはっきりさせてあげる」

「…………むう」

「……まったく、お姉ちゃん、暴力的なんだから――一番強いお兄ちゃんを味方につけてる私が一番に決まってるでしょ！」

「むう!?」

《不動不変《ふどうふへん》》のアンセムを動揺させられるのは妹達だけ！

「仕方ない、さっさと終わらせましょう。リー……兄さん、帰省の準備をしといてください」

ルシアが呆れたと言わんばかりにため息をつくが、どうやら参戦に意欲的っぽかった。

帰省なんて絶対しないぞ、僕は！　今日はエヴァと、まったりカードゲームするんだ（無許可）！

リィズ達がやる気満々でラウンジから出ていく。なんか放っておくとまずそうなので仕方なくついていく。

――だが、僕はこれが悪夢の始まりである事を知らなかった。

「なんだと!? クライの奴を一日こき使える権利!? 面白え」

「スヴェン、首突っ込むとまた痛い目見るわよ」

「全く、ヨワニンゲン、祝日なのに何考えてるんだ、ですッ！ こき使ってやる、ですッ！」

「絶対に負けるな、クリュス。これはルシアを手に入れる好機だ、我らの力を見せつけよ」

「一年に一度のハンターの日にバトルロワイヤル、か。また、面白い事を考えるな」

「アークさん、公然とリィズ達をぶっ飛ばせるチャンスです。参加しましょう！」

「休みの日になんてこと考えるんだ、あいつは！」

「支部長、今日は業務はお休みです」

「りゅりゅりゅりゅーりゅりゅりゅー！」

そこには地獄があった。止める間もなく、戦いの火蓋は切られた。

どこからともなく噂話を聞きつけたクランの仲間が、外様《とざま》のハンターが、ガークさんが、アンダーマン（本当にどこから来たの？）が、ぞろぞろ訓練場に降りてくる。

スタートの合図もなく始まった余りに凄惨な戦いは新たな参加者が次から次へと現れた事により長期戦の泥沼と化した。普通なら単体最強のアークやルーク達が勝つはずだが、参加者同士協力もできるバトルロワイヤルだから勝負が付かない。飛び交う魔法に、剣に、怪我人に、頑丈な訓練場がみるみる内にぼろぼろになっていく。エネルギーあり余り過ぎだろ、こいつら。

というか、途中参加ありとかバトルロワイヤルじゃなくない？

結局、バトルロワイヤルが落ち着き、人もだいたい帰った時には夜もすっかり更け、ハンターの日が終わっていた。最後に立っていたのが隅っこで僕と一緒に戦いを見学していたエヴァ(仏頂面)だったのは皮肉だろう。

次の日のエヴァの最初の仕事がクランハウス内でのバトルロワイヤル禁止のルール追加だったのは余談である。

《始まりの足跡》創立記念日

帝都の中心部に聳《そび》える《始まりの足跡《ファースト・ステップ》》のクランハウス。その最上階に存在するクランマスター室の定位置で今日ものんびりだらだらしていると、エヴァがふと思い出したように言った。

「そういえばそろそろ、《始まりの足跡《ファースト・ステップ》》の創立記念日ですね」

「あー…………もうそんな時期か」

トレジャーハンターの聖地とも言われる帝都ゼブルディアには、ハンターの集まり――クランが多数存在している。中には帝都ができた当初から存在している歴史の長いクランもある程で、その中では数年前にできたばかりの《始まりの足跡《ファースト・ステップ》》は新興中の新興だ。

そして、新興故に、このクランは有望な若手ハンターを引き入れるための斬新なシステムを有していた。クランマスターを多数決で決める制度然《しか》り、軽食が無料で食べられるラウンジを始めとした豊富な設備然り、そしてもちろん――定期的にイベントだって行っているのだ。お祭り好きの幼馴染達を楽しませるために職権濫用したとも言い換えられる。

幸いな事に、設立以来クランはずっと右肩上がりで成長を続けている。皆ずっと忙しいし僕自身も頻繁に事件に巻き込まれる事もあって、創立記念日の事がすっかり頭から抜け落ちていた。しっかりスケジュール管理してくれるエヴァには本当に頭が上がらない。

「えーっと……去年は何をやったんだっけ？」

僕の問いに対して、エヴァは仏頂面で答えた。

「はい。皆で狩りのイベントをやりました」

「あー……酷い目に遭ったね」

「……まぁ」

思い出した。前回は街の外で一周年記念バーベキューパーティーを行ったのだ。あれは酷かった。

計画時点では、街の外の山の中（もちろん比較的安全な場所）で食材を現地調達し行う如何《いか》にもハンターらしいイベントで、普段なかなか一堂に会さないクランメンバー達の交流の場とする事が目的だったのだが、いつの間にか会場から趣旨まで僕が想定していたものとはかけ離れたものになってしまっていたのだ（おまけに僕がその事に気づいたのは現地につきしばらく経った後だった）。

どうやら情報伝達に齟齬《そご》が発生したらしい。今思い返しても、何をどうすれば楽しいバーベキュー交流会が、どきどき秘境でサバイバル大会になるのかさっぱりわからない。

後からそれとなく調査した限りではルークが勝手にイベントを曲解して広めてしまったという説が濃厚だが、信じる方も信じる方である。ハンターの矜持《きょうじ》を刺激したのかそこまでクレームが出なかった事と、リィズ達は大喜びだった事だけが不幸中の幸いだろう。

今年はもっと穏便で、曲解しようのないイベントにしたいな……賑やかなのも楽しいが、普段から大騒ぎしているのに記念日まで騒ぐ事はないだろう。

そこで、ふといいアイディアを思いつき、僕は大きく手を打って言った。

「よし、今年は僕からプレゼントでもしようかな」

「え？　プレゼント……？」

「まぁそんな大人数には配れないけど……いつもクランのメンバーには迷惑をかけているし、感謝の気持ちを込めて、さ」

去年よりはだいぶ地味だが、これならば穏便だし曲解などしようもない。

「当日僕と遭った人に先着であげようかな……」

そうだ、それがいい。先着順に僕を捕まえた人にプレゼントにすれば少しハンター要素も含まれているし、僕にしては悪くない案だ。

エヴァは僕の案にしばらく黙り込んでいたが、やがて少し低い声で聞いてきた。

「……………プレゼントって、何をあげるんですか？」

「そりゃ…………人によるさ。あ、でも、リィズ達《嘆きの亡霊》《ストレンジ・グリーフ》のメンバーは除外だ」

「…………なぜですか？」

エヴァが深刻そうな表情をしている。何かおかしな事でも言っただろうか？

「なんでって……身内を入れたら忖度《そんたく》していると思われるかもしれないじゃん？　それにリィズ達にはプレゼントくらい、いつでもあげられるしね。あぁ、大丈夫、プレゼントは僕が用意するからエヴァには迷惑はかけないよ」

予算を気にしているのかと思って付け足すが、エヴァの表情は変わらない。

「…………創立記念日ですよ？」

「？　あぁ。それに相応《ふさわ》しいイベントにしないとね。楽しみだな……」

念押しするように確認してくるエヴァに、僕はハードボイルドな笑みを浮かべ答えた。

「おい、大変だ、皆！　今度のクラン創立記念日イベント、鬼ごっこらしい！　《千変万化》に捕まった不甲斐ないハンターにはペナルティとして千の試練が与えられるんだと!!」

「え!?」

穏やかな時間の流れていたラウンジに、悲鳴が響き渡った。

クライ・アンドリヒの夏休み

「海辺に別荘が完成したんです……よろしければ、遊びに来ませんか？」

冷房の効いた涼しいクランマスター室。シトリーがニコニコしながらそんな提案をしてきたのは、夏も本番、強い日差しと高い気温に、滅多に外に出なくなって久しい、そんな時分だった。

ぐったりと椅子に預けていた身体を起こし、今日も元気なシトリーちゃんを見る。

シトリー・スマートは《嘆きの亡霊《ストレンジ・グリーフ》》でもトップクラスのお金持ちだ。お金もあるし、多方面に顔が利くし、別荘も持っている。そして、貧乏で莫大な借金まである僕にも優しくしてくれるのである。

「海洋研究のために作ったんですが……人もいませんし、とっても静かで……海も綺麗なんです。設備も、いざという時に隠れ家に使える程度には揃えてあります」

シトリーがうっとりしたように言う。相変わらずやる事のスケールが大きい。僕がぼうっとしている間に凄まじい勢いで進化している。

「海かぁ……最近行ってないなぁ」

「海水浴をしてもいいし、釣りをしてもいいと思います。星を見てもいいし、夕焼けもきっととってもロマンチックですよ」

口がうまいな。だが、そう言われると、確かに海というのも悪くない気がしてきた。せっかくの夏だし、いくら暑いからといってずっと室内にいるのも不健康だと思っていたところだ。宝物殿に行こうなどと誘われたのならばともかく、遊びの誘いならば大歓迎だ。

「水着も……新調したんです。少し胸がきつくなってしまって……」

シトリーが少し恥ずかしそうに言う。いつもローブに隠れているからわかりづらいが、シトリーはけっこうスタイルがいい。僕に言う事じゃないと思うが。

でも、海って危険だからな……特に深海は何が出るかわからない未知の世界だ。おまけに大きさも陸棲の生き物と比べて大きいときている。まぁ、そんな事言ったら何もできないんだけど。

「それに、最近クライさんと一緒に遊んでいませんし……ひと夏の思い出を作れれば、なんて……」

思い出か……いいね。わざわざこの暑い中、危険な海に行くだけの事はある、と思う。

「そうだね……最近ずっと引き篭もってたし、行こうか」

「！　やたっ！　約束ですよ!?」

シトリーが花開くような笑顔で小さく拳を握る。もしかして、僕って付き合い悪いと思われてる？　誘われればそりゃ遊びにくらい行く。以前、シトリーの家に誘われた時は時間を忘れてだらけてしまったので少し心配だが、別荘ならまあ大丈夫だろう。それに僕は、山よりも海派である。

シトリーが楽しい思い出を作れるように万全の対策でいかなくては……僕は久しぶりに気合を入れると、ルーク達に暇かどうか確認しに行く事にした。

降り注ぐ強い日差しの中、見渡す限りコバルトブルーの海が広がっていた。帝都からほど近い海岸は穴場らしく、他に人の影は見えない。砂浜に作られたお洒落で近代的なシトリーの別荘は唯一の人工物だったが、不思議と風景に調和していて違和感がなかった。

広々とした砂浜のど真ん中で、パンツ一丁の赤髪の男――ルーク・サイコルが咆哮を上げる。

「うおおおおおおおおおおおお！　海だああああああああっ！」

「ふーん。シトにしては、なかなかのチョイスじゃん」

「わぁぁ！　素敵な場所です、ますたぁ」

水着になってもいつもとあまり露出の変わらないリィズと、涼やかな色でリボンのついた可愛らしい水着姿のティノが追従する。そして、朝からずっと仏頂面だったシトリーがようやく大声を上げた。

「なんで……なんで、皆いるんですか、クライさんッ！」

「え……？　皆で行くんじゃなかったの？」

シトリーの手間を少しでも減らすつもりで僕が誘ったのだが……これまでも大体皆で活動していたので勘違いしていた。シトリーが小さく身を震わせ、昔、内気だった頃を思い出させる表情で言う。

「今日は二人っきりが……良かったのに……」

「それは……ごめんよ。でも、ほら……海って危険だからさ」

「一番危険なのはシトリーな気もしますが……」

憮然とした表情で義妹のルシアが腕を胸の前で組む。だが、格好はリィズ達と同じように夏仕様で、普段ローブで隠された白い肌は大きく露出し陽光を反射し輝いている。

まだ暑苦しいローブ姿なのはシトリーだけだ。悪い事をしてしまった。

「……エリザさんとお兄ちゃんの姿が見えませんが……」

「アンセムは……ちょっと用事があるから、二人で楽しんでこいって」

エリザは行方不明で見つからなかった。

「…………そうですか。私の味方はお兄ちゃんだけですか……」

そんな事はない。皆、悪気はないんだ。皆、悪気なく海に来たかっただけなのだ。

大体、僕と二人で海に来るより皆で来た方が楽しいよ。とか言うが、僕のミスなのは変わらない。

後ろに回り、海に誘いに来た時の笑顔が消えてしまったシトリーの肩を揉み、機嫌を取る。

「シトリーの新しい水着、見たいなあ。楽しみにしてたんだ」

「…………」

「大体、ルーク達は護衛みたいな感じだから。ほら、海って危険だし……」

「護衛!?　今、護衛って言ったか!?」

シトリーに話しかけているのに、海辺を走り回っていたルークが砂埃をあげ、こちらに駆けてくる。

ルークは真っ赤な海パンを穿《は》いていた。全裸になろうとして止められたのだ。

相変わらず元気がいい。目を輝かせて言う。

「俺の敵はッ！　誰だッ！　なんでもぶった斬ってやるぞッ！　今日はとても、腕が疼《うず》いてる」

「…………えっと……亀かな……島みたいにでかいやつ」

「う……うおおおおおおッ！　それは、斬りがいがありそうだッ！」

楽しそうだなあ。

「リィズの相手は……鮫《さめ》ね」

「えぇ!?　私も、クライちゃんと遊びたーい」

「ティノは……イカかな。大きなイカ」

「!?」

「リーダー、冗談はやめてくださいッ！　縁起でもないッ！」

ルシアが血相を変え、止めに入る。ああ、ただの冗談だよ……そんな怒らなくても……。

賑やかな様子を見て機嫌を取り戻したのか、シトリーが少しだけ和らいだ表情で言う。

「一緒に思い出、作ってくれますか？」

「もちろんだよ。作る作る」

「…………サンオイルも、塗ってくれますか？」

「それは、私が塗ってあげますッ！」

上目遣いで甘えてくるシトリーに、ルシアが間に入り、高い声で答えた。

そら……きれい。うみ……きれい。ドリンク……おいしい。

うみ……さいこう。すき。

「おらー、クライッ！　この亀であってるか!?　なんか小さくないか!?　亀違いか？」

「クライちゃん、鮫ってこれ!?　これだよね!?　ねぇ、お仕事終わりでいいよね!?」

ルークが亀の死骸を引きずり意気揚々と持ってくる。リィズもそれに続き、数メートルもある鮫を持ってくる。一体どこで狩ってきたのか、僕にはもう何もわからない。

「はぁぁぁぁ？　そ、そんな卑猥な水着でッ！　サンオイル!?　信じられないッ！　ちょっと胸が大きいからって――兄さんに、何をするつもり!?」

「ル、ルシアちゃんには、関係ないでしょッ!!　大体私は、クライさんとゆっくり過ごすために別荘を作ったのッ！　邪魔しないでぇッ！」

別荘の方では、ルシアとシトリーが言い合いをしていた。取っ組み合いを始めそうな雰囲気があるが、彼女たちは喧嘩友達のようなものである。シトリーちゃんがつけていたのは白いビキニだった。色は地味だし、下品ではないが、確かに布地はだいぶ少ないように見える。

シトリーも普段の様子からは奥ゆかしいように見えるけど、意外と大胆だな。

「ああ、わかりました。わかりました。たっぷり塗ってあげますッ！」

「ひゃッ！」

ルシアが上ずった声を上げ、シトリーを押し倒すと、無理やりその背にオイルを塗りたくり始める。

屈辱に顔を真っ赤にしているシトリーの背中にくまなく、塗りたくると、再びたっぷり手に空け、口元を引きつらせながら言った。

「わかってます。ええ、わかってますとも。シトリー、どうせ兄さんに——前も塗ってとか言うつもりだったんでしょう？」

「え!?」

「私が、代わりに塗ってあげますッ！　このッ！　このッ！　変態ッ！」

「ッ!?」

シトリーの黄色い悲鳴が浜辺に響き渡る。ルシアの両手が容赦なくシトリーの細い腹を撫で、胸元、水着の下に侵入する。水着がはらりと落下し、オイルのついた手で双丘を揉みしだかれシトリーが身を捩《よじ》る。顔が真っ赤だ。反面、ルシアの目は据わっている。

「ちょ……ダメぇッ！　そんな所、日に焼けないからぁッ！」

「このッ！　いつもいつも、兄さんを、誘惑してッ！　ふらふら、近づいてッ！　そういう所から、パーティが崩壊するのッ！　もう二度と、そんな事、考えられなくしてやるッ！　兄さん、こっち見ないッ!!　誰のためにこんな事やってると思ってるんですかッ！」

「………………仲いいなぁ」

別にオイル塗るくらいで目くじら立てなくても……こっちが塗って欲しいくらいだ。

視線を背け、嬌声を聞くだけに留める。少なくとも、僕の前でする事ではない。

と、その時、波打ち際の方からティノの悲鳴が聞こえた。

「ますだぁッ！　無理ッ！　これ、私には無理です、ますたぁぁぁぁッ!!」

ティノが触手に巻かれ大きく吊り上げられていた。ティノを振り回しているのは、身の丈十メート

ル以上あろうかという巨大な――タコだ。イカじゃなくてタコだ。

リィズが手を叩いて大喜びし、ルークが真面目くさった表情で可哀想なティノを眺めている。

ティノは必死に身を捩っているが、どうやらその救援要請は師匠には通じていないようだ。

「あはははははははッ！　なにそれティーッ！　それ、イカじゃなくてタコだからぁッ！　イカとタコの違いもわからないの!?　おっかしぃッ！」

「いや、待て……クライの言葉が本当ならば、アレがイカである可能性もある。俺は知ってるぞ、触手が十本あったらイカなんだ。真面目に数えるぞ」

唯一、声は通じていても実力のない僕は椅子の上に深く腰を下ろしたまま、指示だけ出した。

「悪いけど、誰かティノの事、助けに行ってあげて」


なんで海に遊びに来ただけでこんな目に遭うんだ。

昔から運は悪かった。くじ引きなど当たった事はないし、じゃんけんも凄く弱い。ハンターになってからもその運の悪さは悪化の一途を辿っている。……が、僕もそれなりに慣れてきた感がある。

海が危険だって事くらい知ってるさ。亀や鮫やタコ（イカ？）くらい想定内だ。だから、ルーク達を連れてきたのだ。僕は意地でも遊ぶぞ！　……海には入らないけどね。

「ますたぁぁぁぁぁぁッ！　怖かったですッ!!」

シトリー特製トロピカルジュースを飲みながら黄昏《たそが》れていると、無事助け出された水着ティノが飛び込んでくる。触手にぐるぐる巻かれ振り回されていたのに、髪が少し乱れているだけで傷はない。

大概、ティノもたくましい子だ。水着を着直したシトリーがこちらを見て悲鳴のような声を上げる。

「ほらッ！　ルシアちゃん、見て、見てッ！　ティーちゃんもずるいでしょッ!?　私だけじゃないでしょッ!?　私の事ばっかり邪魔してッ！　噛み付くならもっと別の相手がいるでしょ!?」

「ティーは……妹みたいなものですし、そういうつもりじゃないので」

「!?　言っとくけど、ティーちゃんは妹キャラなだけで、ルシアちゃんみたいに本物の妹じゃないからッ!!　油断するとかっさらわれるからッ！　ほら、ちゃんと見て！　媚びッ媚びでしょッ!?」

「……黙れ」

媚び媚び呼ばわりされた後輩は、確かに媚び媚びと言われても仕方のない仕草をしていた。

リボンとフリルのあしらわれた水着は少し子供っぽいが、十分可愛らしい。胸元も少し強調しているし、擦り寄られたらついつい頭を撫でてあげたくなってしまう。師匠の悪い影響を受けているのだ。

頭を撫でやすい場所に置き、そわそわしているティノにどう対応すべきか迷っていると、巨大タコを素手で八つ裂きにしたルークとリィズの野生児コンビがのしのしと戻ってきた。

「やっぱり腕が沢山あっても、剣を持っていなければ、話にならないな」

「シト、今夜は海鮮でよろしく。あ、ティー、あんたは遊んでる暇ないから。修行やり直しね」

彼ら二人組に怖いものはないのだろうか。

リィズは悲鳴を上げるティノの首根っこを捕まえると、目の前でくるりと回って見せた。

赤色のビキニ。健康的に焼けた肌はどこか形容し難《がた》い色気があった。太陽のような笑顔で言う。

「どう？　クライちゃん、似合ってる？」

「とっても似合ってるよ。いつもとあまり変わらないけど」

「おい、クライ。俺も似合ってるか？」

……張り合うなよ。リィズ達の水着姿は眼福だが、ルークの水着はさすがにどうでもいい。

「帯剣できないよね」

「あぁ、さすがに邪魔だからな。だが、この状態で訓練する事によって、俺はいつでも無敵の剣士《ソードマン》になれると思うんだ」

ルークが真剣な表情で言う。相変わらず何を言っているのかよくわからない。

「まぁ、海で遊んできたら」

「ああッ！　せっかくの機会だ、軽く遊んでやるぜッ‼　うおおおおおおおおおおッ！」

まるで猪のように海に飛び込んでいくルークを、僕は笑顔で見送ってやった。彼に負けた剣士《ソードマン》は皆その性格とあまりの剣の冴えに粉々に自信を砕かれるらしい。剣士《ソードマン》じゃなくてよかったと心底思う。

続いて、まだシトリーと見合っているルシアに声をかける。いくら仲がいいと言っても、せっかく海に来たのに一度も海に入らないなんて勿体《もったい》無い。

「ルシアも、遊んできたら？」

「え……でも……」

「水着、似合ってるよ。ついでに晩御飯捕まえてきて欲しいな。このままじゃ、ご飯が怪獣になる」

「…………はぁ。わかりました。本当にマイペースですね、リーダーは……」

ルシアがぶつくさ言いながら海に入る。リィズやルークは魔物でもなんでも食べるから、昔から少しマシな食材を集めるのはルシアの仕事だった。

解放されたシトリーがようやく笑顔になり、僕の隣に座る。いつもローブに隠されている白い肌が眩しい。ルシアにたっぷりサンオイルを塗りこまれたせいか、どこか艶めかしい輝きがある。

「いやー、ごめんね。人いっぱい呼んじゃって」

せめて先に確認すべきであった。まさか内緒にしているとは思わなかったのだ。

「いえ……私も予想して然るべきでした。でも、これはこれで楽しいので……」

僕達は遠慮するような仲ではない。シトリーの表情に嘘はなかった。

どうやら、台無しというわけではないらしい。

「それに……まだ昼間ですし……ルシアちゃんを何とかすれば、夜は――」

「シトリーは海に入らないの？」

「海はベタベタするので好きじゃないんです……」

シトリーが満面の笑みを浮かべ、近寄ってくる。その格好で擦り寄られるとさすがの幼馴染の僕でも大変困るのだが、どうしてそれなら海辺に別荘なんか……海洋研究のためにとか言っていたか。

シトリーがニコニコしながらジュースのおかわりを渡してくれる。真っ白なビキニが目に眩しい。

胸が成長したというのも嘘ではないらしく、注意しないと胸元に視線が吸い寄せられてしまう。

同じ遺伝子を持っているはずなのに、姉との差異は明白だった。マナ・マテリアルの力だろうか。

「クライさん……似合ってますか？」

「とっても似合ってるよ………大胆だね」

僕の言葉にシトリーが照れたように笑い、僕の腕に腕を絡めてくる。柔らかく滑らかな感触が腕に押し付けられる。サービス精神も抜群だ。別にサービスを求めたわけじゃないんだが、そう笑顔を向けられると嫌とも言えない。…………嫌じゃないし。

素晴らしい天気だ。眩《まばゆ》い太陽に、潮の香り。水着ではしゃぐ幼馴染達（と弟子）。シトリーを始め、女性陣の水着姿は新鮮で見慣れた僕でも見惚れてしまうくらいだし、とても甘い特製ジュース付きとなればこれ以上言う事はない。別荘もお洒落で、生簀《いけす》なのか、大きな水槽まであった。

と、そこで、僕は不自然な物を見つけ、シトリーの腕を振りほどき身を起こした。

目を凝らす。水平線の向こう。空と海の境界線から、黒い染みのような物が広がっていた。それは瞬く間に広がり空を埋め尽くし侵食するかのようにこちらに向かってきている。

雲だ。陽光を完全に遮断する濃い雨雲。稲光が瞬き、遅れて強い音が響いてくる。

嵐がやってくる。こんなに快晴なのに……嵐？

「…………なんか、ごめんね……」

実は僕は雨男だ。普段はそこまででもないのだが、こういう時は高確率で嵐を呼んでしまう。考え過ぎかも知れないが、確かな実績があるのである。そして、シトリー達はいつも巻き込まれるのだ。これじゃ、せっかく誘ってくれた海水浴が台無しだ。サンオイルも無駄である。

申し訳なさそうな僕に、しかしシトリーは何も言わず、目を丸くして水平線の彼方を見ていた。

僕もそちらを見る。大きな波に何か黒い物が紛れている。僕の視力ではよく見えないが――。

それは雷雲と暴風を伴い、あっという間にこちらに近づいてきた。何あれ……。

海の中に入り食べ物を探していたルシアが、慌てたように戻ってくる。両手を上げて逃げるティノを、リィズが追い回している。ルークは……ルークは、どこ行った？

まるで矢のような勢いでルークが海から飛び出し、僕の元に来て興奮したように叫んだ。

「おい、クライ、見ろッ！　イカの大群だッ！　お前の言う通りだッ！」

イカ!?　あれ、イカなの!?　……僕の知っているイカとは違う。

……イカはイカでも、イカの魔物か。外の世界、危険すぎである。あるいは僕が魔物に好かれるフェロモンでも出しているのだろうか……どうせ好かれるなら、女の子に好かれたかった。

本当にシトリーには申し訳ない事を――。シトリーが大声で叫ぶ。

「違いますッ！　あれは――ただのイカじゃありません。海底人ですッ！」

たまにシトリーってよくわからない事言うよね。

ぽつりと顔に雨粒が落ちる。広がった黒雲がこちらまで届いたのだ。

雨はすぐに勢いを増し、黒い空に連続で稲光が瞬く。皆は僕と違って結界指《セーフ・リング》を装備していないので雷が直撃したら大ダメージなはずだが、全く気にしている様子はない。水着姿でも気にせず宝具で完全武装している僕の方がずっと雷を怖がっている。実際に落ちた事あるからな……。

荒れ狂った波が大きく砂浜を飲み込み、波打ち際で駆け回っていたリィズとティノが飲み込まれる。

そして、ようやく僕はルークが言っていたイカの姿を目の当たりにした。

それは、先程ルークが切り刻んだ巨大なタコより一回り小さい、しかし、十分巨大なイカだった。

ただし、ただのイカとは違い、十本ある触手にそれぞれ武器を持っていて――頭についた二つの大きな瞳がこちらをしっかりと見据えている。そこからは確かな知性が感じられた。

しかも一匹ではない。まるで波に紛れるような形で無数に押し寄せて来ている。やばい。

何あれ……やばい。やばいしか言えない。椅子から立ち上がり、呆然とする。シトリーの別荘はとてもお洒落だったが、特別防衛能力が高いようには見えなかった。中でやり過ごせるだろうか？

この急な悪天候は、雷は、この怪物達が連れてきたのか？

一際巨大なイカが波から勢いよく飛び出し、砂浜に這い上がる。凄まじい威圧感だ。

そして、あろう事か……耳障りなキーキーした声を上げた。

「キサマラカ、ワレラノ、カミヲ、ヤツザキニ、シタノハッ！　オオ、ナントオイタワシヤ……」

喋っただけでも驚きなのに、巨大なイカはルークが先程八つ裂きにした巨大なタコの脚を見て触手をくねらせ、おんおん泣き叫ぶ。もうめちゃくちゃだ。どうして良いのかわからない。

「ユルサン……ユルサンゾ、ソノトガ、ソノイノチデ、ツグナッテモラウ」

イカ達が海から次から次へと上がり、各々手に持った武器をこちらに向ける。

ルークが目を輝かせ、空手を構える。そういえば前、剣の腕を上げるために手が沢山ある剣士《ソードマン》と戦いたいとか言ってたね……よかったねえ。……土下座したら許してくれないだろうか。

イカ達がずるりずるりと這いつくばるようにして僕達を囲む。……もうお家《うち》帰りたい。

シトリーちゃん……ごめん。心の中でひたすら謝罪していると、バケツをひっくり返したような雨の中、黙っていたシトリーが声を震わせ叫んだ。目が輝いている。

「わ、私が、研究したかった、海底人ですッ!!　この辺にいると聞いて別荘を建てたんですが、まさかこんなに早く見つかるなんてッ!! クライさん、本当に……本当にありがとうございますッ!」

たまにシトリーってよくわからない事言うよね……何言ってんのか、本当にわかんねえ。

シトリーの後ろで待機していたキルキル君が唸り声を上げ、最寄りのイカに飛びかかる。それを合図にルークが徒手空拳で突進し、ルシアがイカの大群の真ん中に雷を落とす。

「あッ! あッ! ダメ、ダメですッ! 生きたまま捕らえて──なるべく無傷でッ!」

シトリーが慌てたように叫ぶ。ああ、あの別荘の水槽……そのために作ったんだね。

……………次は山に行こう。やっぱり海は危険だ。

僕はいきなり始まった漁に目を細め、コソコソと別荘に退散する事にした。

千の試練の作り方

トレジャーハンターはこの世界で最も自由な職業の一つだ。

有するスキルや目的、活動内容もハンターそれぞれで異なるし、ハンターを取り纏《まと》める一大組織である探索者協会への加入だって必須ではない。

そして何より、トレジャーハンターはこの世界を自由に歩ける数少ない存在だった。

街の外は危険でいっぱいだ。魔物だって生息しているし、世界中を血管のように巡っている地脈の上には強力な幻影《ファントム》だって出現する。都市間は整備された街道で接続されている事が多いが、それだって絶対に安全という訳ではない。一般市民が街の外を移動する際は護衛をつけるのが必須であり、自由に世界を歩き回ったりはできない。

街の外には思わず目を見張ってしまうような風光明媚な土地や、古代文明の遺跡などがあちこちに存在している。自分の好きなタイミングでそれらの場所を訪れる事ができるのはある意味、ハンターの醍醐味と言えた。もちろん危険である事は言うまでもないが、ハンターというのは大体好奇心が強いので外を出歩くときにリスクを重視したりはしない。

好奇心。トレジャーハンターとして活動を長く続けたいのならばそれとのうまい付き合い方を学ばなくてはならない。

危険に踏み込み過ぎればハンターはその代償を、身を以《もっ》て支払う事になる。ハンターを殺すのは好奇心のみ、という言葉がある。ハンターというのは常にエゴとの闘いを強いられていると言えるかもしれない。

《嘆きの亡霊《ストレンジ・グリーフ》》のメンバーも高レベルハンターの例に漏れず好奇心が旺盛だ。

街道に強力な魔物が迷い込んで来たと聞けばすぐさまその魔物を見に行き、ついでに倒す。森の中に厄介な賊が住み着いたと聞けば騎士団に先を越されるかと言わんばかりに、万全の警戒で待ち受ける賊に奇襲を掛ける。それを少人数でやるもんだから、リーダー兼お留守番係の僕としてはひやひやしっぱなしだった。

《始まりの足跡《ファースト・ステップ》》クランマスター室。いつも通りお留守番しながら分厚いノートと向き合って万年筆を滑らせていると、ちょうど報告に来ていたエヴァが声をかけてきた。

「書き物とは、珍しいですね……仕事ですか？　私にできる事なら代わりますが――」

「ああ、ありがとう、大丈夫、全然仕事とかじゃないから。ちょっと魔物図鑑を作っていたんだよ」

「…………え？」

字が綺麗な事は僕が誇れる数少ない取り柄だ。そして、ハントにはまず役に立たないそのスキルも使いようによっては武器になる。

興味津々な様子なので、エヴァの方に作成中の図鑑を差し出す。勉強家でいつの間にかすっかりハンター事情にも詳しくなっているエヴァは図鑑をぱらぱら捲《めく》ると、訝しげな表情を作った。

「…………なんだか、聞き覚えのない魔物ばかりですね」

「普通の魔物が載った図鑑ならいくらでもあるだろ？」

知らない魔物ばかりなのは当然である。これは、《嘆きの亡霊《ストレンジ・グリーフ》》用の魔物図鑑なのだ！

中にはこの世のものとは思えない強力な魔獣、一度は見てみたい奇異な特徴を持つ不思議な幻獣や、幻影《ファントム》など、他の魔物図鑑には絶対載っていない不思議な生物達が目白押し！

まだ書きかけだが、きっとルーク達もこの図鑑には大いに好奇心を刺激される事だろう。

エヴァが感心したような真剣な表情で呟く。

「なるほど…………クライさんが遭遇した事のある魔物図鑑、ですか。私が知らないという事は、相当希少な魔物ばかりみたいですが、出すところに出せばかなりの高値が付きそうですね」

「いや、売り物じゃないけど」

そもそも、遭遇した事なんてあるはずがない。

だってこの図鑑、創作した魔物の図鑑だし。

これまで僕はルシア達に魔導書や剣術書や盗賊《シーフ》の極意書やポーションレシピなど、様々なオリジナル技術書を提供してきた。これはその、魔物図鑑版だ。

ルーク達は危険な魔物や幻影《ファントム》が大好きだ。それも、血湧き肉躍るような接戦をいつも望んでいる。

この図鑑はそんないつでも全力で活動するルーク達を少しでも休ませるために作ったものなのだ。

これらの魔物は世界中どこを探しても絶対にいない。いるわけがない。オリジナル剣術書や魔導書は再現できてしまったが、魔物の再現は絶対に不可能だ。

つまり、この図鑑の魔物を探している間、ルーク達は体を休める事ができるのだ。ルークが時折求めてくる試練？　とやらの代わりにもなるだろうし、完璧な作戦である。

「特徴だけで絵はないいんですね…………ナメルゴン……？　ドラゴンの仲間ですか？」

「あぁ、それ自信作」

「…………え？　今なんて言いました？」

まぁ僕、字はそこそこ綺麗だけど絵は描けないからね……。

腑に落ちなそうなエヴァから図鑑を返してもらい、再び万年筆を手に取る。

魔獣や幻獣を創作するのもなかなか大変だが、僕にできる事はこのくらいだ。ルーク達のためにもうひと頑張りするとしよう。

気合を入れ直す僕に、エヴァが言う。

「その図鑑、後でコピーさせて貰ってもいいですか？」

「えー……秘密の図鑑だから駄目だよ」

万が一、本物の図鑑だと思われたら面倒な事になるからな。ルシアにあげた魔導書とかも、なまじルシアが記載されている魔術を再現してしまったせいで本物だったと思われているみたいだし、誤解を生むような事はしないに限る。

「魔物図鑑、完成したんですね」

「だいぶ大変だったけどね……とりあえず第一巻だ」

手製の魔物図鑑は僕が申し訳なくなるくらい大喜びでルークに受け入れられた。剣術書の時も受け取った時の狂喜乱舞っぷりにかなり申し訳ない気分になったのだが、我が事ながら学ばないものだ。

魔物を創造するのは僕が事前に考えていた以上に大変だった。何が大変って、分厚いノートを選んでしまったのでページ数を埋めるのが大変だ。一体や二体ならばまだいいが、それが十体二十体となると想像力も底をつく。後半に記載された魔物が既存の魔物の焼き直しで、序盤に楽しんで作った魔物と比べて手抜きになってしまったのはご愛嬌である。

エヴァがなんとも言えない表情で教えてくれる。

「ルークさん達、大喜びで連日連夜、血眼になって図鑑に記載された魔物を探しているみたいですね。ラウンジで噂になっているようです。図鑑の話題でもちきりですよ……ルークさん達が自慢しているから」

それは…………かなり予想外だな。一応ルーク達には妄《みだ》りに図鑑の話はしないように口止めしていたんだが、喜びが爆発してしまったらしい。

そして、連日連夜、図鑑の魔物を探し回っているのも少し予想外だ。一時的なものなのだろうが、そんなに全力を出したら休憩になってないじゃん。ちゃんと「図鑑に載っている魔物は希少でルーク達でもそうそう見つからないだろうから、時間がある時にでも探してみたら」と言ったはずなんだけど——その気力を少し分けて欲しい。

ため息をつく僕に、エヴァが恐る恐る言ってくる。

「それで……その……クランの他のハンター達も気になっているみたいで…………図鑑をコピーして欲しいと言っているのですが」

これは…………とても、面倒だな。

トレジャーハンターが興味を持った対象を突き詰める能力はかなり高い。ルークが大っぴらに自慢しているのだから、ここで拒否したところでいずれ図鑑は複製されてしまうだろう。そうなるくらいなら、こちらで情報の出し方をしっかりコントロールした方がまだマシだ。

腕を組み、もったいぶって言う。

「うーん、そこまで言うなら構わないけど——一応言っておくけど、希少で危険な魔物ばかりだから、生半可な実力で挑むのはやめておいた方がいいよ」

「!? クライさんが……そこまで言うほど、ですか」

「後、情報がクランの外に出ないように細心の注意を払って。秘密の図鑑だからね」

「わかりました」

エヴァがごくりと息を呑み、真剣な表情で頷く。

図鑑の中に記載されている魔物は存在していないので危険も何もないのだが、生息地はリアリティを考え危険な場所で設定しているし、素人がいもしない魔物の存在を鵜呑みにして探しに行って万が一にも死者でも出たら寝覚めが悪すぎる。

情報がこの《足跡》内部で留まるのであればきっと多分問題ないだろう。このクランのハンター達は精鋭揃いだし、僕の適当発言にも慣れている。今はルーク達がめちゃくちゃやっているから注目が集まっているだけで、探してみて何の痕跡も見つからなければ程なくして諦めるはずだ。

しかし、いくらなんでも影響出るの早すぎでしょ……もしかして暇なの？

そんな事を考えながらため息をついたその時、クランマスター室の扉が勢いよく開いた。

扉を蹴破らんばかりの勢いで入ってきたのは、全身泥でどろどろに汚れているルークだった。床の絨毯を盛大に汚しながらずかずかとクランマスター室の中まで踏み入ると、僕を見て喜色満面で報告してくる。

「クライッ！　ようやく図鑑に載っていた内の一体を見つけたぞッ！」

「!?　え？　マジで？」

「いやぁ、苦労したぜ。沼中ひっくり返して出てこなかったらどうしようかと……」

うんうん頷くルーク。僕は出てきてしまってどうしようって気分なんだけど――。

……ってか、本当に？　いないはずのものを見つけてくるとか、どんな魔法かな？

どうしていいか……わからない。本当に、何を見つけたの？

「それで、一応クライに確認して欲しいんだが……あの図鑑、絵がなかったし、外見的特徴とか生息地は一致しているから間違いないとは思うんだが……魔物博士にも確認してみたんだけど、見た事もない魔物だと言っていて――」

「そ、そうだね。ただのそっくりさんかもしれないし……」

結構適当に書いた魔物図鑑だったのに、世界は本当に広いな。

かなりお遊びを入れて作った図鑑の記載と生息地と外見的特徴が一致するならもうそれは図鑑に載っていた魔物だ。本当によく見つけたな。

「しかし、よく見つけたね……あそこに載っていた魔物は相当希少だったはずなんだけど、さすがルークだ。ところで、何を見つけたの？」

嘘から出た実《まこと》に動揺を隠し切れていない僕に、ルークが自信満々に言った。

「あぁ。あれだ…………ナメルゴン？　まさか探索し尽くしたと思っていた湿地帯にまだ見ぬ強力な魔物がいるとはな。ラウンジに運び込んだから、確認してくれ！」

ああ、ナメルゴン。ナメルゴン、ね。

ちょうど僕も見てみたいと思っていたところだ……実はナメルゴン、自信作だからね。

ルークの狩ってきたナメルゴンの死骸は僕のイメージとは全く違っていたが、外見的特徴は僕の記載と見事に一致していた。専門家に問い合わせたところ、その魔物は新種の魔物だったらしく、本当にナメルゴンという名前がつく事になった。

結局、オリジナル魔物図鑑第一巻の中で、図鑑の記載と特徴が完全に同じだったのはその一種だけだったし、幻影《ファントム》や魔獣入り交じるこの世界では新種など珍しくもないが、まさしく奇跡的な一致である。

それによって僕の作った創作魔物図鑑の信憑性が増してしまい、クラン内外で図鑑を巡ったごたごたが発生する事になるのだが、それはまた別の話――。

クランマスター室。大きく羊皮紙を広げ、万年筆で書き込みしている僕に、エヴァが聞いてくる。

「……クライさん、今度は何を書いているんですか？」

「宝の地図」

もちろん、オリジナルです。

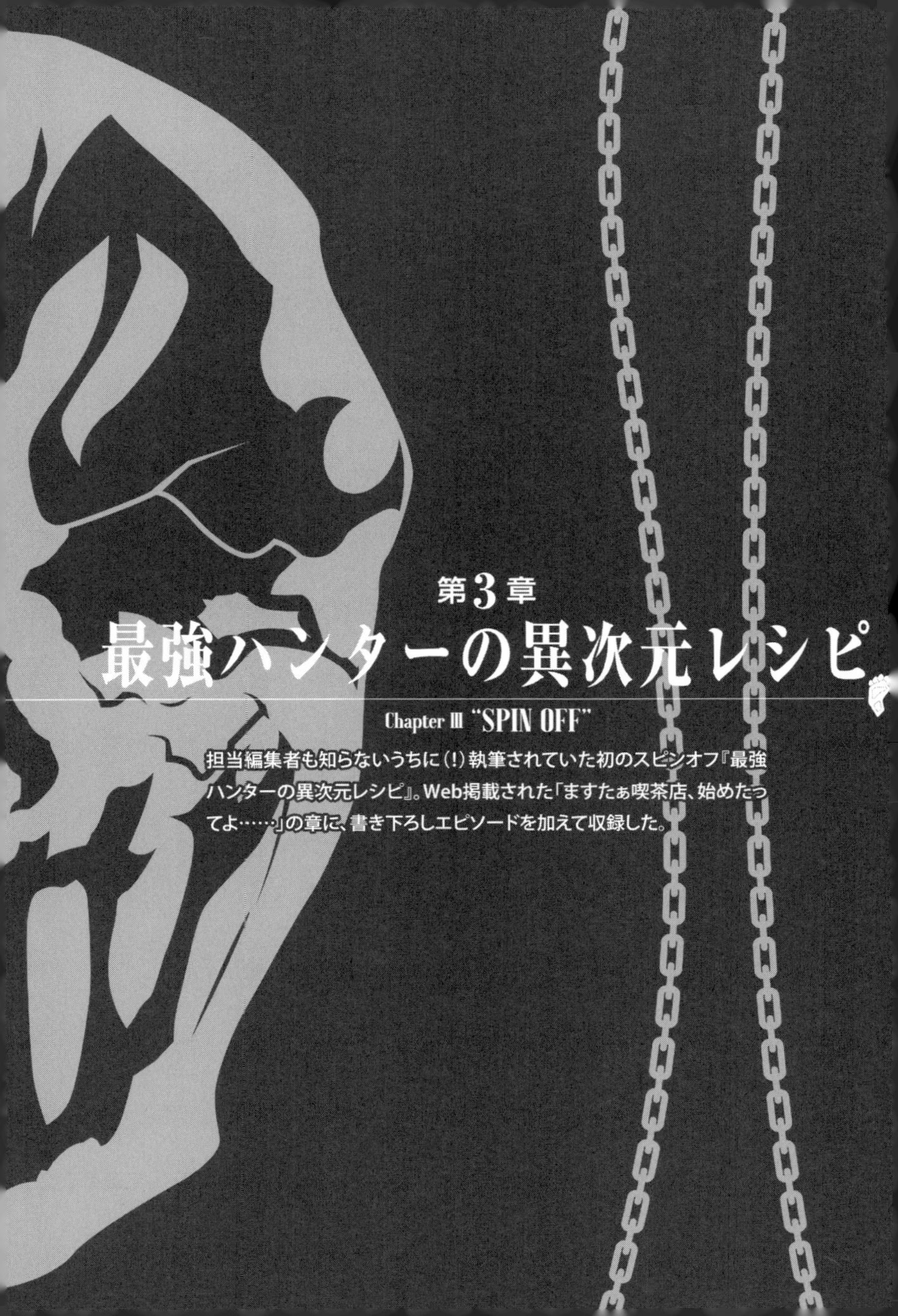

第3章
最強ハンターの異次元レシピ

Chapter III "SPIN OFF"

担当編集者も知らないうちに(!)執筆されていた初のスピンオフ『最強ハンターの異次元レシピ』。Web掲載された「ますたぁ喫茶店、始めたってよ……」の章に、書き下ろしエピソードを加えて収録した。

苺のショートケーキ

「喫茶店……『森羅万象』？　え!?　ますたぁ、喫茶店始めたんですか!?」

レベル４ハンター。十六歳。女。身長１６２センチ、体重45キロ。スリーサイズは秘密。

ティノ・シェイドは、その看板を見て目を見開いた。

それは、白い壁に赤い屋根の可愛らしい建物だった。小さな建物だが、帝都ゼブルディアの一等地にあるのだからきっと大金が掛けられている事だろう。

木製に見える扉は触れれば金属の硬い感触が返ってくる。扉を開けるとちりんちりんという可愛らしいベルの音がした。

店内には小さなテーブルが五つ。メニューはない。

カウンターの中にはティノが見慣れた黒髪の『ますたぁ』がにこにこ立っていた。エプロンではなく派手な柄物のシャツを着ているのが如何《いか》にもやる気がない。

トレジャーハンター。それは現代における花形の職業だ。

世界それ自身が生み出す遺跡――宝物殿に潜り、幻影《ファントム》の猛攻や危険なトラップを掻《か》い潜《くぐ》り、現代技術では再現できない奇妙な能力を持つ宝物を持ち帰る。命を落とす者も少なくないこの世で一番危険な職だが、大成できれば富、名誉、力、全てが手に入る事もあり、夢見る者があとを絶たない。

トレジャーハンターの聖地とも呼ばれる帝都ゼブルディアでは日々多くのトレジャーハンターが生まれ、そして散っていく。そんな中、彗星の如く現れたトレジャーハンターがいた。

クライ・アンドリヒ。

若くして、英雄と同義であるレベル8にまで至った天才トレジャーハンター。

帝都を拠点にする一流のハンター達の中でも間違いなく五指に入り、ティノが所属するクラン《始まりの足跡《ファースト・ステップ》》のクランマスターでもある男。

通称『ますたぁ』。

その力は空を裂き大地を割る。指一本動かさず犯罪組織を壊滅させるなど様々な逸話を持ち、探索者協会から《千変万化《せんぺんばんか》》の二つ名を与えられた最強のハンターの一人。

本来ならば天上人《てんじょうびと》である。達成困難とされていた依頼を次々と、しかも容易《たやす》くクリアするその男と、まだ中堅ハンターの域を出ていないティノの間に面識があるのは、ティノの師匠がクライ・アンドリヒの幼馴染だったためだった。時々、冒険に連れていってもらう仲である。

だが、そんな事は今はどうでもいい。

《千変万化》の二つ名の由来はクライ・アンドリヒがあらゆる物事に精通している点にある。

だが、それでもティノはこれまでますたぁが料理している姿を見たことがなかった。

恐る恐る誰もいない店内を歩くと、失礼を承知でますたぁに尋ねる。

「……ますたぁ……料理、できたんですか？」

「実は昔から喫茶店をやろうと思っていたんだ。むしろハンターよりもこっちが本命なんだよ」

「!?」

「店を作るのに時間がかかってしまってね。ティノが一番乗りだ。座って座って座って」

「は、はい…………」

促され、席の一つに腰を下ろす。

背筋をピンと伸ばし膝の上に手を置くティノに、ますたぁは爽やかな笑みを浮かべた。

「さぁ、お客さん。何食べたい？」

「えっと……メニューとかは……」

「メニューはまだないけど、食材は揃ってる。自慢じゃないけど、なんでも作れるよ」

ますたぁが自慢げに包丁を掲げてみせた。

思わずため息が出た。それはティノがいまだかつて見たことがないくらい美しい包丁だった。

金色の刃はティノの顔を反射する程磨きぬかれ、吸い込まれてしまいそうな輝きを放っていた。

いや――もはやそれは包丁の域にない。

一流のハンターだってここまでの刃物を持っている者はいないだろう。

まさに、英雄が持つに相応《ふさわ》しい包丁だ。

その包丁があるだけで、一見料理をする格好に見えないますたぁが一流のシェフに見えてくる。

「なんでも、ですか……」

「そうだ、ケーキ！　ケーキを作ってあげよう！　喫茶店だからね、好きでしょ？」

「は、はい……大好きです。ケーキ…………え？」

でもそれ、包丁使わないんじゃ――。

そんなつっこみを入れる前に、ますたぁがスキップしながらカウンター奥の扉の中に引っ込む。

トレジャーハンターは過酷な職だ。魔物の蔓延《はびこ》る地で野営をすることもあれば、その辺に生えている野草で料理を作る事もある。ティノも料理はそこそこ得意だが、一流のハンターともなれば万事に於《お》いてそつなくこなすものだ。

そんな一流を超えた超一流のトレジャーハンターが作るケーキとは一体いかなる味なのか？

緊張しながら待っていると、ティノの耳にふと奇妙な音が聞こえた。


とんとんとんとん。

「え……？？？？？？」

とととととととととと。

「？？？？」

どこか心地のいい音。だが、明らかに包丁を使っている音だ。

一体、ケーキを作る上でどこに包丁を使っているのだろうか？　チョコレートでも刻んでいるのだろうか？　いや、そもそも、これから焼くのだろうか……？

目を頻《しき》りに瞬かせるティノの前で、ますたぁが厨房から出てくる。

その手に乗せられたお盆の上には立派な苺の載ったショートケーキが――。


「え？？？？　え？？？？」

まだ厨房に入って五分しか経っていない。

目を丸くするティノの前に、ますたぁが見惚れるような笑顔でケーキの載った銀の皿を置いた。

「さぁ、できたよ。召し上がれ」

見れば見るほど見事なショートケーキだ。普通の喫茶店で出てきてもおかしくない代物である。

一流のますたぁ。一流の食器。一流のショートケーキ。

ティノは恐る恐る銀のフォークで苺を突っついた。

「…………あの。ますたぁ、今厨房で包丁の音――」

「ああ、ケーキ作ってたからね」

「？？？？　一から作ったんですか？」

「もちろん。できたてだよ」

どこか自信満々に『ますたぁ』が言う。ティノはもう一度皿を確認した。


一体どうやって……。


生クリームの苺のショートケーキは五分で作れるものだっただろうか？　そもそも包丁を使う工程はあっただろうか？

ティノだってお菓子くらい作る。

だが、五分でショートケーキを作れと言われたら……とても困るだろう。

ティノは甘いものが好きだ。苺のショートケーキも大好物だ。

敬愛する『ますたぁ』の手作りともなれば、是非もない。

だが、『美味しそう』の前に疑問がきてしまう。いつまで経っても手をつけないティノに、ますたぁは不思議そうな表情をしていたが、ぽんと手を打った。

「ああ、紅茶がなかったね。気が利かなくてごめん」

「え？」

「喫茶店だもんね。ちょっと待ってて」

ますたぁが再び厨房に消える。

椅子に座りじっとケーキを睨みつけるティノの耳に、またあの音が聞こえてくる。

とんとんとんとん…………とととととととと――。

「⁉　⁉　⁉」

ない。絶対に有り得ない。

ケーキに包丁を使う事はあるかもしれないが、紅茶に包丁を使うなんて――。

頬を引きつらせるティノの前に、ますたぁが戻ってくる。

その手のお盆には湯気の立ったティーカップが載っていた。

ティノの目の前にお茶が置かれる。

美しい銀のティーカップ。その中に注がれた液体も茶器と同じように美しい。

正真正銘の……紅茶だ。

「ま、ますたぁ？　紅茶に、包丁⁉　使うんですか⁉」

「？　うんうん、そうだね」

ますたぁの表情には一切悪びれた様子はない。だが、ティノは知っている。

天上人。最強のハンターである『ますたぁ』の常識はまだレベル4の、ちょっと有望程度のハンターであるティノにとっての常識ではない。

「…………その……ちなみに、材料は、なんですか？」

「んー……？　わかんない」

「そうですか。わかん――え？」

聞き捨てならない言葉に、思わずケーキを凝視する。

白いなめらかな生クリームに輝くような苺が一つ。

紅茶については目をつぶろう。苺のショートケーキに包丁が使われた事もまあ良しとする。

だが、苺のショートケーキなのだから苺は絶対に使われて然《しか》るべきだ。子どもだって知っている。

苺のショートケーキには！　苺が！　載っているのだ！

ティノは恐る恐るますたぁに確認した。

「…………苺は使ってますか？」

ますたぁは満面の笑みで答えた。

「使ってない。凄いでしょ！」

「!?　は、はい……す、すごいですね。…………………すさまじい……」

ではこの美しいショートケーキの上に燦然《さんぜん》と輝く赤い宝石のような大粒の苺は一体何なのだろうか……。

疑問が脳裏を埋め尽くすが、敬愛するますたぁはまるでティノがケーキを食べる姿を楽しみにしているかのような視線を向けてきている。

ますたぁが作った一流クランのメンバー。ますたぁの口利きでつけてもらった超一流の師匠。

そしてこれまでも散々ますたぁには助けて貰っている。その笑顔を裏切る勇気はない。

ティノは震える手でフォークを握り、ゆっくりと苺に突き刺し、慎重に持ち上げる。

覚悟を決めると、口に運んだ。

――見るからに甘そうな苺からは、一切甘い香りがしなかった。

「…………きゅう」

喫茶店『森羅万象』。

これは、料理を一切できない『ますたぁ』が、味見もせずに料理を出す、そんな喫茶店の物語。

名状しがたきビーフカレー

その金色の宝具――包丁型宝具を、『天包丁《てんほうちょう》シルエット』というらしい。

宝具――宝物殿に転がる摩訶《まか》不思議な能力を持つ宝物は、世界に満ちる不可思議な力、マナ・マテリアルが蓄積することによって再現された、過去の記憶とされている。

天包丁シルエットの起源は、記録すらほとんど残らぬ遥か昔、料理の腕だけで国を支配していた男が保持していた調理器具の一つだという。

その包丁の金色の刃は万象を切り刻み、あらゆる料理を再現することを可能とする。

ますたぁはそこまで話すと金色の包丁を持ち上げ、どこか憂いを帯びた笑みを浮かべて言った。

「僕は――この包丁を手に入れたから喫茶店をやろうと思ったんだよ」

「…………」

やろうと思わないでください、ますたぁ。

その言葉を、ティノはぎりぎりで飲み込んだ。

苺を口に運んだ瞬間から記憶が飛んでいた。味も覚えていなければ自分がどうなってしまったのかもわからない。激しい訓練の末、大抵の事には動じなくなったティノの記憶を飛ばすとは、そのショートケーキはまさしく魔物だった。

ますたぁ曰く、ティノは一口苺を齧《かじ》った瞬間、きゅうと小さな声を上げて倒れてしまったらしい。

普段なら恥じるべき醜態だが、悪びれなく話すますたぁを見ているとそんな気分でもなくなる。

というか、あらゆる料理を再現って、全然再現出来ていないんですけど？

少なくともあのショートケーキは甘い匂いがしなかったし、いちごの匂いも生クリームの匂いもしなかった。ティノの嗅覚はそれなりに鋭いので、間違いない。

……もしかして、その包丁って料理の形しか再現できないんじゃ――。

「シリーズでまな板とか色々あるはずなんだけど……傾国の調理器具シリーズは一度手に入れたら誰も手放そうとしないから、全然手に入らない」

「…………他の調理器具を手に入れたら、味もよくなるんですか？」

「それはもちろん…………使い手によるよ」

美味しくなかったですよと言外に告げるティノに、ますたぁがにこにこと答える。

ティノはその様子を見て、瞳を伏せた。

駄目だこのますたぁ。いつもティノに過酷な試練（もちろん、ティノの成長のためだ）を与えてくるが、今回も完全に確信犯だ。

「喫茶店やるって言ったらシトリーが店を用意してくれてね……ルーク達が食材を集めてくれている。いやぁ、持つべきものはいい友達だ」

ますたぁは最強のハンターだ。最強のハンターであるますたぁには最強の仲間達がいる。

生まれ故郷の幼馴染同士で組んだというそのパーティの名は――《嘆きの亡霊《ストレンジ・グリーフ》》。

ティノの師匠である『お姉さま』、リィズ・スマートも所属するそのパーティはゼブルディア近辺では敵なしの実力を誇っている。

「…………その……味は、食材によるんですか？」

恐る恐る尋ねるティノに、ますたぁはまるで可哀想な子でも見るような目で見て言った。

「ティノ、普通の料理はそうだよ」

「!?」

まったくもってその通りだが……それがわかっているのにどうしてこのますたぁは「わかんない」材料でショートケーキを作ってしまったのか。そして、ますたぁの料理は普通の料理ではないと思う。

ともかく、このまま放置してはおけない。ショートケーキはやばい完成度だった。

何がやばいって、味が全く記憶に残っていないのがやばすぎる。

このままでは死人が出かねない。だが、包丁を取り上げる事なんてティノにできるわけがない。

ティノは決意をした。まだ変な痺れの残る手を握り、宣言する。

「ますたぁ…………私も、食材を集めてきますッ！」

「え!?　いや……悪いよ。ほら、リィズ達も集めて来てくれるからさ……」

世界に満ちるマナ・マテリアルは力そのものであり、生物をより強く成長させる事で知られている。

マナ・マテリアルの流れる地脈の付近は強力な幻獣魔獣が縄張りとする魔境だ。そして、マナ・マテリアルの力で大きく強く成長したそれらの死骸は非常に高値で取引されている。

その素材の多くは武器防具や薬、魔法の道具などに生まれ変わるのだが、ティノは知っていた。

そういった幻獣魔獣は、非常に美味である事を！

余りにも勿体《もったい》ないので誰も食べたりはしないが、一般の食材とは比べ物にならない程の旨味を有している事を！

きっと、ますたぁのパーティメンバーはますたぁの異次元料理を見て、桁違いの旨味を持つ超高級食材を探す事を決意したのだろう。何を材料にすればあんな恐ろしい苺のショートケーキが出来上がるのか全く予想できないが、もう二度と犠牲者を出してはいけない。

きっとそれら高級食材さえあれば、ますたぁの料理もマシになるはずだ。先程の料理はこれまで課されてきた命懸けの千の試練と比べても遜色ないくらい辛《つら》すぎた。ただ料理を食べるだけなのに。

そこで、敬愛するますたぁが寂しげに言う。

「そんなに美味しくなかったかな……悪いね。料理なんて今までしたことないから……」

ますたぁ……あれを料理と呼ぶのは料理に対する冒涜《ぼうとく》です。

さすがのティノでも擁護できない味だ。

「うーん、甘みが足りなかった？」

「…………私では力不足です、ますたぁ」

ああ、何ということだろうか。ティノでは味の感想を言うことすらできない。覚えていないからだ。

一つ言える事があるとするのならば――過酷な地を探索するがゆえに大抵の物は食べられるよう訓

練を受けているハンターを一口で気絶させるというのは、相当だ。

なまじ店内がおしゃれで一見普通の喫茶店に見えるところがとてつもなく恐ろしい。

黙り込み包丁を見ているますたぁに恐る恐る進言する。

「あの……ますたぁ。まずは簡単なものから作るなど、どうでしょう？」

「簡単な……もの？」

物事には順序がある。そもそも苺のショートケーキもレシピさえ知っていればそう難しいものではないのだが、この世にはもっと簡単な料理もあるのだ。

たとえ苺ショートで記憶を飛ばされる程のダメージを受けても、ティノがますたぁに受けた恩はなくならない。ティノは指を一本立てて言った。

「カレーです。あれは食材を切って、市販のルーで煮込むだけでできるので、馬鹿でも作れます。ハンターの基本です」

カレーはいい。カレーはトレジャーハンターの強い味方だ。

トレジャーハンター向けの店ならば間違いなく固形のルウが売っている。現地で採った食材と一緒に適当に煮込めば美味しいカレーが出来上がる魔法のようなアイテムである。蛇でも蛙でも兎でも何でもカレーになるのだ。

ティノはカレーが好きだ。大好きだ。いつも外に出る際は大体食事はカレーになる。だから最近は半分飽きているが、それでもカレーは素晴らしい。

ますたぁはティノの進言に、目を見開き、ハードボイルドに指を鳴らした。

「なるほど…………その手があったか！」

「私、カレー好きです」

「カレーの嫌ぃなハンターなんていない！」

「いません!!」

今、ティノとますたぁの心は一つになっていた。敬愛するますたぁが格好良く拳を握る。

「ティノ、待ってて。すぐに最高のカレーを作ってみせる！」

「普通のカレーでいいです！」

ますたぁが厨房に引っ込む。

よかった……カレーだ。トレジャーハンター向けのカレールウは愚か者でもカレーを作れるようにできているこの世で最も偉大な発明の一つだ。

目をつぶり、感慨に浸るティノの耳に、心地の良い音が聞こえてくる。

とんとんとん…………とととととと――。

カレーは食材を刻むから、音が聞こえてもいいのだ。

「ティノ、できたよ！　お肉たっぷりのビーフカレーだ！」

…………ますたぁ…………煮込む音がしていませんよ？

ティノの目の前に差し出された銀のカレー皿。その上に盛られていたのは、ますたぁの言葉の通り、大きめに切られたお肉がごろごろ入ったビーフカレーだった。

見ているだけでお腹が鳴りそうな美味しそうなカレーだ。だが、ティノのお腹は鳴らなかった。

ますたぁが見惚れるような笑みを浮かべて言う。

「召し上がれ！」

「…………………い、いただきます」

ティノは質問をするのを諦めた。匙《さじ》を投げて、銀の匙を取る。

大丈夫、これはカレーだ。程よいとろみによく煮込まれた野菜、そして柔らかいビーフ。匙に掬《すく》ったカレーを鼻先に近づける。

カレーの匂いは――。

ティノはごくりとつばを飲み込み、ますたぁに恐る恐る確認した。

「……………ますたぁ、このごろごろ入ったお肉って、本当にビーフですか？」

本当は、聞きたいことはそれではなかった。ビーフかどうかよりも本当にそれがお肉かどうか聞きたかった。だが、ティノは諦めた。

ティノはますたぁに大恩あるハンターである。ますたぁがいなければ今のティノはいない。時には敗北必至の相手に勇猛果敢に立ち向かわねばならないこともある。それを、ティノはこのますたぁから学んだのだ。

これはカレーだ。これはカレーで、これはビーフだ。人参に玉葱にじゃがいもに――ご飯だ。これは、ビーフカレーなのだ。見るに明らかにビーフカレーなのだ。ビーフカレー以外の何物でもないのだ。ティノはトレジャーハンターだ、ビーフカレーを恐れるトレジャーハンターなどいない。

自己暗示をかけるティノに、ますたぁは目を瞬かせて言った。

「んー…………多分、まな板？」

ますたぁは私の事がお嫌いなのですか⁉

「いただきますッ！　………………きゅう」

【今日の教訓】

まな板はたとえどれほどビーフに似ていても食べられない。

ナメルゴンのブブベルベ

帝都の空は今日も雲ひとつなく澄み渡っている。

喫茶店『森羅万象』。最近帝都の一等地に建てられた店の扉にはクローズの札がかけられていた。

というか森羅万象は、実はまだ正式開店していない。食材も機材もまだまだ足りていないからだ。

ティノがこれまでお相伴《しょうばん》に与《あずか》ったのは、与ってしまったのは、ティノが身内だからである。

特別扱いするならもっと別のところでしてください。

急ピッチでオープン準備が進められているようだが、ティノは永遠にオープンしなければいいのにと思う。そして、店長であるますたぁ曰く、隠れ家的な喫茶店にしたいらしいがずっと隠れていて欲しいとも思う。なんと表現すべきだろうか、決して口にしないが、ティノは思うのだ。

食事とは幸福な気分になって然るべきものだ。試練であるべきではない、と。

まぁ、それはともかくとして、今日ティノが喫茶店を訪れたのは食事を取るためではなかった。

店の中に運ばれていく機材を眺めながらますたぁに尋ねる。

「？　なんですか？　ますたぁ、この機材——」

「ああ、これは——ドリンクバーだよ。この喫茶店は皆の憩いの場にしたいんだ」

「それは……」

考え自体は素晴らしいが、ビーフカレーとショートケーキを頂いた身としては賛成しかねる。

運ばれた立派な箱が台の上に設置されていく。蛇口のついたピカピカの箱はおしゃれで、普通の喫茶店では備えつけたりしないものだ。

恐らく、値段もかなりするだろう。ますたぁの喫茶店の儲けではとても購入できないと思われた。

何故《なぜ》ならば、喫茶店に入るお客さんの大半は試練を求めていないからだ。いくら一等地に店を構えてもリピーターがいなければいずれ喫茶店は赤字を垂れ流し閉店することになるだろう。

「いやぁ、何か足りないと思っていたんだよ。うんうん、いい感じだ」

「そう…………ですね」

だが、残念ながらこの喫茶店が赤字で閉店することはありえないだろう。

トレジャーハンターは危険だが儲かる仕事だ。レベル８ハンターともなればティノでは予想もつかないくらい収入があるだろう。以前ますたぁは十桁の借金があると言っていたが、そんな状態でもこうして並の喫茶店では手が出ない帝都の一等地に立派な店を建ててみせた事がその証明である。

「シトリーが開店祝いに買ってくれたんだ。やっぱり喫茶店と言ったらドリンクバーだよね」

おまけにますたぁには大金持ちのパトロンまでいる。

ティノの師匠の妹でもあるシトリー・スマートはますたぁのパーティメンバーの一人であり、一流の錬金術師《アルケミスト》だ。錬金術師《アルケミスト》は、戦闘能力こそ低めと言われているが、腕前次第で巨万の富を生み出す事ができる職だ。実際にシトリーお姉さまはハンターの域を超えたお金持ちであり、貴族にも顔が利く

《嘆きの亡霊《ストレンジ・グリーフ》》で一番敵に回してはいけない人であった。

そしてそのシトリーお姉さまはますたぁの『親友』であり、親友のためならばお金を湯水の如く使うのである。たまにティノは、『ますたぁ』はシトリーお姉さまにとって一番お金のかかる道楽なんだろうなあと思う事もある。

「…………」

「どうしたの？　黙って」

「……い、いえ」

ティノはブンブンと首を振ってその考えを振り払うと、よく磨かれたドリンクバーの機械を見た。

ドリンクバー。冷静に考えたら素晴らしい考えである。

「いいですね。ドリンクバー。ドリンクバー、最高。私も、大好きです！」

「そっか。ティノならただでいいよ。いつでも来てよ！」

「でも、機材のメンテナンスとか、大変なのでは？」

「大丈夫。それはシトリーが業者を手配してやってくれるから」

ますたぁも嬉しそうだ。ますたぁが嬉しいとティノも嬉しい。

ドリンクバー。ああ、なんといい響きだろうか。このドリンクバーに何が並ぶのかティノは知らない。だが、少なくともこのドリンクバーに並ぶ飲み物にあの『包丁』は介在しないだろう。

あの、とんとんたたたんというリズミカルな音も聞かなくていいのだ！

普通に美味しい紅茶を飲めるのだ！

最初に出されたケーキと紅茶。今でもティノは悪夢に見る。味は覚えていないが、あの体験が死屍《しし》累々《るいるい》の戦場を駆け抜けるのと同等以上の代物だったと、ティノの本能が覚えているのだ。

ティノは拳を握り、元気よく振り上げた。

「予言します、ますたぁ！　このドリンクバーは一番人気になりますよ！」

「ほんと？　今日の僕は冴えてる？」

「冴えてます、ますたぁ！　ちなみに、何が並ぶんですか？」

「並べる物はシトリーが手配してくれるんだ。えっと――回復薬《ポーション》、解毒薬《リカバリーポーション》、魔力回復薬《マナポーション》…………」

「…………」

どうやらシトリーお姉さまはこの喫茶店の実態を正確に把握しているらしい。そこまで把握しているなら止めてほしかった。

というか、回復薬と解毒薬はまあ百歩譲っていいとして…………魔力回復薬って……ますたぁ、貴方の料理は魔力《マナ》まで減るんですか……。

そのパトロンの支援内容が示す意味を微塵《みじん》も理解していない笑顔でますたぁが言う。

「あははは、僕は特製コーヒーとか出したかったんだけど、シトリーがドリンクバーは扱いが繊細なのでやめておいた方がいいですってさ。まぁポーション出すのも元トレジャーハンターのやる喫茶店っぽくてなかなか良くない？」

「そ、そうですね…………」

どうやらこのますたぁはもうトレジャーハンターをやめた気分でいるようだ。いつもなら指摘するところだが、もうティノの心は折れていた。

せめてドリンクバーで出されるであろうポーションが客の死を食い止める事を祈るだけだ。

ともあれ、今日ティノが来たのは手伝いのためだ。

ますたぁの指示を聞き、色々機材を動かしたりテーブルを動かしたりする。

ますたぁはレイアウトに気を遣うよりも先に料理の味を何とかするべきだと思うが、言わない。

あれはわざとだ。あれは昨今の軟弱なハンターに対する試練なのだ。そうでなければ、ますたぁは素で料理の腕前が壊滅的で、素でそれをティノに食べさせる鬼畜という事になってしまう。

機材はそれなりに重かったが、トレジャーハンターであるティノにとってはどうということもない。

ある程度機材を動かしたところで、ますたぁが満足げに頷く。

「ああ、ありがとう。こんな感じでいこう。助かったよ」

「いえいえ。お礼を言われるほどの事では――」

そう言いかけたその時、ますたぁがふと思い出したかのように手を叩き信じられない事を言った。

「あ、そうだ。ティノ、今日はいいナメルゴンが入ってるんだ。せっかく来たんだし、手伝ってくれたお礼だ。食べていきなよ」

「!?」

ナ…………ナメ…………なに？

ティノの頭の中にはない単語に一瞬思考がフリーズする。その間にますたぁがスキップしながら厨房に消える。

ナメルゴン……ナメルゴンって、何？

動物？　魔物？　植物って事は……ないだろう。

ティノはこれでもトレジャーハンターとして中堅だ。動植物の知識は秘境を旅する事もあるハンターにとって必須である。そんなティノが知らない――ナメル………ゴン？

とんとんとんとんとん………とととととととととと――。

どくんと、心臓が強く鳴った。何故だろうか、手足が震え、心臓が全力で十時間走った時のような速度で鼓動する。

呼吸が荒くなっていた。だが、どうしていいのかわからない。

頭の中がぐちゃぐちゃだ。時間よ止まれと、ティノは思った。

包丁の音が止まる。厨房の扉が開き、立派な銀の皿を持ったますたぁが出てくる。

ますたぁは自信満々に、ティノの前に皿を置いた。

お皿には膨らんだ銀の覆い（たしかクローシュと言っただろうか？）が被せられ、中身は見えない。にくい演出だ。今にも心臓が止まりそうだった。ますたぁが見惚れるような笑顔で言う。

「お待たせ！　今日のメニューは、ナメルゴンのブブベルべだ………冷めないうちに召し上がれ！」

⁉︎　？？　⁉︎　ナメ……ブブ………な、何？

ますたぁが蓋をゆっくり持ち上げる。

駄目です、ますたぁ……まだこの店にはドリンクバーが――ポーションのドリンクバーが入っていな――。

「……………………………………きゅう」

【今日の教訓】
ドリンクバーなしで創作料理を食べてはいけない。

天にも昇るプラチナペッパー

朝起きた時から、ティノは憂鬱な気分だった。

宝物殿に連れて行かれる前日や厳しい訓練を課される前日よりもひどい気分だ。

ティノはますたぁを尊敬している。大好きである。呼ばれれば自主練を放り出してすぐにますたぁの下《もと》に馳せ参じるし、頼まれればなんだってするが、今のティノの気分は最低にかなり近かった。

全ての元凶は『森羅万象』——とても喫茶店には思えない名前をした、ますたぁの始めたお店だ。

ますたぁの生み出す異次元レシピはたった数度でティノの心をばきばきに折りつつあった。

痛みよりも恐怖よりも、摩訶不思議な味が精神を削ることがある事をティノは初めて体感していた。

だが、呼ばれた以上は行かないわけにはいかない。ますたぁがティノを呼んでくれているのは完全に善意である。断って（もちろん断ったらお姉さまにぼこぼこにされるのだが）今後呼ばれなくなったらもはや何のためにハンターになったのかわかったものではない。

重い足を引きずり、ますたぁの店に行く。今日のティノは準備万端だ。

ちゃんと胃薬も飲んできたし解毒薬《リカバリーポーション》なども用意してきた。昨晩から食事を抜くことで空腹という調味料の準備まで試みた。これならばますたぁの手料理も今日こそ完食できるだろう。

喫茶店『森羅万象』の前にはメニューボードが増えていた。帝都の一等地にあるその建物は来る度に設備が増え、オープンの日が近づいている事を否応なく感じさせる。

帝都の一等地で始まる喫茶店。恐らく多くの人間が訪れる事だろう。そして、それらティノよりもお腹が丈夫じゃない人々はますたぁの試練に耐えきれないに違いない。

世界の終わりの日が近づいている。

ティノは呼吸を整え覚悟を決めると、ゆっくりと扉を開けた。もはやトラウマになりつつある美しいベルの音が耳に入る。

「こんにちは、ますたぁ」

「……ああ、おはよう、ティノ。今オープンに向けて準備があって……ごちゃごちゃしてて悪いね」

店内の様子は前回来た時から一変していた。

天井から吊るされた美しいシャンデリアに、壁に掛けられた高そうな絵。

木製の台の上に並ぶ曇り一つないドリンクバーの機械。つい先日まで空っぽだったカウンターの奥の棚には幾つもの瓶が並び、どうせ包丁を使って出す癖にコーヒーミルまで置かれている。

唯一、そこかしこに積み重ねられた木箱がこの店が未だ改装中である事を示していた。

……ずっと改装中だったらいいのに。

「とうとうメニューが完成したんだ！　ティノくらいの子にいっぱい来てもらいたいから、確認してもらえるかな？」

「…………」

完全に帝都の若手ハンターをふるい分けするつもりであった。完全に及び腰のティノに、ますたぁは満面の笑みでメニューを渡してくる。

木製の板に書かれたおしゃれなメニューだ。並んだ料理の数は一般的な喫茶店と比較しかなり多かったが、(使っている素材はともかく)特筆しておかしな料理名はない。

ティノは死んだような目でリストをざっと見ると、恐る恐る確認した。

「ますたぁ………ナメルゴンの、ブブベルベが載っていませんが……」

ナメルゴンのブブベルベ。つい先日ティノがごちそうになった料理である。

ナメルゴンもブブベルベも、どちらの単語も浅学なティノの辞書には載っていないものだった。

そして――実際にごちそうになった今でもそれが何なのかティノにはわかっていない。記憶が飛んでいるからだ！

ティノの疑問に、ますたぁはいつもの見惚れるような笑みで言った。

「ああ、あれは新鮮なナメルゴンが入らないと出せないからさ……食べたかった？　悪いけど今日は入っていないんだ」

「……ビーフカレーも新鮮なまな板がないと出せないのでは？」

思わず皮肉が口から出てしまう。即座に我に返り、しまったと思うが、ますたぁは目を丸くして気を悪くした様子もなく言った。

「いや、ビーフカレーはまな板じゃなくても作れるから」

……逆に普通はまな板では作れないんです、ますたぁ。

どうしてティノと一緒に喫茶店に行き、ティノと同じものを食べ美味しいねと言い合っていたますたぁが、人を成長させる喫茶店なんて酷い計画を思いついてしまったのか理解に苦しむ。

「今日は厨房の方の片付けをやろうと思うんだ。手伝ってくれる？」

「はい、もちろんです」

厨房……それは、ティノにとって未知の世界である。

もちろん、ティノの家にもキッチンくらいあるし、一般的な喫茶店やレストランの厨房を覗いたこともあるが、森羅万象のカウンターの奥にある厨房に立ち入った事はない。

ますたぁが訳知り顔で指を立て、ティノに言う。

「厨房は店にとって聖域だからね。特別だよ？」

「……ルシアお姉さまがいつもますたぁをパンチしている理由が今わかりました」

ルシアお姉さまとは、ますたぁのパーティメンバーの一人であり、ますたぁの妹である。凄腕の魔導師《マギ》であると同時に《嘆きの亡霊《ストレンジ・グリーフ》》では一、二位を争う常識人であり、ますたぁが何かしでかす度にパンチで諫《いさ》める実力者だ。

そもそもあなたもエプロンすらしていないでしょう！　厨房を語っていいんですか？

そんな神をも恐れぬつっこみが脳裏に浮かんだまま消えない。

ともあれ、浮足立ちながらもますたぁの後に続き、厨房に立ち入る。

そして、ティノは広がる光景に目を見開いた。

「どう？　凄いでしょ？」

「は、はい…………………さすがです、ますたぁ」

思わず声が下がる。ますたぁの厨房はこれまでティノが見たことがないくらい見事なものだった。

ピカピカの厨房は店内と同程度の広さがあり、棚には無数の調味料が所狭しと並んでいる。大きな業務用の冷蔵庫に立派なオーブンまであり、食器棚には銀の食器が綺麗に整頓されていた。

宝の持ち腐れだ。明らかに一人で回すようなキッチンではない。だが、何より目に付くのはキッチンの大部分を占める異様に広い台だった。台には溝があり、水で洗い流せるようになっていた。

「ルーク達が狩ってくる獲物は、ほら、大きいから……捌《さば》くためにもスペースが必要でね」

「なる………ほど？」

ますたぁ、このキッチンから出来上がる料理はちゃんとした物じゃなければ嘘です。

きっと《嘆きの亡霊》《ストレンジ・グリーフ》が狩ってくる獲物は普通の料理人なら喉から手が出るほど料理したい代物だろう。一流の料理人でも料理したことがないものが連なるに違いない。

そして、それら超高級食材からますたぁは異次元料理を繰り出すのだ。

実際にますたぁのメニューには高価な幻獣魔獣の名前が並んでおり、それぞれの値段は時価となっていた。時価の料理を出す喫茶店……ますたぁ、貴方は何を目指しているのですか。

そしてどうやら、私が頑張って美味な高位魔獣を狩ってきても意味はなさそうですね……。

ますたぁが自信満々に磨き上げられたコンロを示す。

「見てよ、ついさっきなんだけど、特製のコンロも入ったんだ！　これで火も使える」

ますたぁ、貴方は火を使わずにビーフカレーを作ったことにどうして疑問を抱かないのですか……。

ティノは脳内に過《よぎ》る様々な疑問を全て押し留め、きょろきょろと厨房内を見回した。

「ますたぁ、レシピとかはあるのですか？」

「レシピは全部ここにあるよ」

とんとんと、ますたぁが頭を人差し指で叩いてみせる。

駄目だ、このますたぁ……完全に人を殺すつもりだ。

引きつった顔で見上げるティノに、ますたぁは冗談交じりの笑みを作って言う。

「冗談だよ。まぁ僕には天包丁シルエットがあるからね……レシピなんていらないんだ」

「そ、そうですか……」

「包丁一本で何でも作る料理人。格好良くない？」

「!?　それらの料理人は別に包丁一本しか使わないわけじゃなくて、ちゃんと鍋とか使ってると思いますッ!!」

そもそもますたぁが作っているのは料理ではなく試練だ。……いや、逆に、本職だって記憶を失う料理なんて作れないのではないだろうか？　やはりますたぁは凄まじい。

ティノの言葉に、ますたぁがふっと憂いを帯びた笑みを浮かべる。

「並の料理人なら、ね。シルエットは、傾国の包丁なんだよ。国を傾けるって意味だ。この宝具は、国を傾ける程の腕前を持った傾国の料理人が使った包丁を起源にしている。その人は、包丁一本であらゆる料理を生み出したらしい」

……それって、どういう意味で国を傾けたんですか？

ティノは首をぶんぶん振ると、話を変えた。

「しかし、随分広いキッチンですね……」

「飽きたら誰か雇おうと思ってね」

「⁉」

本気か冗談なのかわからないことを言うますたぁ。もしも本気なのだとしたらティノとしては一日でも早く飽きる事を願うばかりだ。

ますたぁの指示に従い、雑用をこなす。冷蔵庫に詰め込まれた肉塊に驚き、箱にぱんぱんに詰まった新鮮な野菜に目を丸くする。ドリンクも随分豊富だ。ワインセラーまであるらしい。儲けが出る見込みもないのに、シトリーお姉さま、お金を使いすぎであった。

調味料の数も凄まじい。棚に並んだ瓶の数は尋常ではなかった。それぞれ几帳面にラベルが貼られている。塩や砂糖、胡椒などティノもよく使う物もあるが、大部分はティノが見たこともない物だ。

喫茶店で出す料理にこんなに必要なのだろうか？

「随分沢山集めましたね」

「料理は調味料が命だからね」

……それ、本当に使ってるんですか？

「それに、こう調味料の瓶が並んでいるとわくわくするよね！　まぁほとんど使わないんだけどさ！」

「そ、そうですね……」

どうやらますたぁは見た目から入る派らしい。だから森羅万象も見た目だけはちゃんとおしゃれな喫茶店なのだろう。と、そこで棚にあった一つの瓶が目に留まった。

輝くような白銀の粉が入った大きな瓶だ。ラベルにはプラチナペッパーと書かれている。

思わず目を見開いた。次に目を瞬かせ、最後に頬を抓《つね》る。痛い。夢じゃない。

「…………!?　え!?　？　プラチナペッパー？？　同じ重さの黄金よりも高値で取引されるプラチナペッパーが、こんなに!?」

「あー、すごいでしょ」

「す、すごいです…………すごく、もったいない……」

高さ三十センチはある大きな瓶のおよそ七割が満たされていた。

プラチナペッパーは世界で一番高価とされる調味料である。

その名の如くプラチナ色の粉末で、ペッパーなんて名前がついているが胡椒ではない。

その正体は――うま味調味料だ。一匙入れるだけであらゆる料理のポテンシャルを三段階上げ、ド素人の作った料理が一流料理人の味にまで昇華されるという、まさしく魔法の粉。

その分、需要と供給が釣り合っておらず、高級レストランでもなければまず使用されない。

噂ではプラチナペッパーを普段の食事に使えるか否かで貴族の格がわかるという話すらある。それくらい希少で高価な品なのだ。おそらく、この量でも小さな屋敷くらいは買えるだろう。

本来、絶対に喫茶店で使われるような事がない代物である。

だが、ティノは不思議と納得していた。

プラチナペッパーはお金を積めば手に入るような物ではない。大金持ちのシトリーお姉さまでも入手には苦労しただろう。だからこそ、その瓶からは涙ぐましい努力が伝わってくる。

プラチナペッパーは魔法の粉だ。

一流の料理人が有効活用すれば天にも昇る心地のする料理ができあがると聞くが、料理をやったことがないド素人でも入れればそれなりに美味しい物ができあがる。

余りにも勿体《もったい》ない話だし、喫茶店で出す料理に使って黒字になるとは思えないが、それでもそのシトリーお姉さまの配慮はますたぁの料理を人死にしないレベルまで昇華してくれるだろう。

プラチナペッパーをかければ机だって食べられると言われているのだ。ティノはむしろプラチナペッパーだけ舐めたい。

どうしてこんなにいいものがあるのに使わないのだろうか？

ティノはにこにこしているますたぁに真剣な顔で進言した。

「ますたぁ、あれはシトリーお姉さまからの好意です。少し勿体ないですが、プライドを捨てて使いましょう！　………………ますたぁの料理が、更に美味しくなりますよ！」

一般的なうま味調味料を嫌う料理人がいても、プラチナペッパーを嫌う料理人はいない。それくらい、味に隔絶した違いが出るのだ。

ますたぁは素材の味で勝負するべく使っていないのかもしれないが、まな板の素材の味を楽しむ人はいないだろう。本来ならばある程度美味しい料理を作れるようになってから使うべきだが、なりふり構っていられない。試練だとかもうどうでもいい。何とか使ってもらうのだ！

意気込むティノに、ますたぁが言った。

「もちろん、もう使ってるよ」

「…………へ？」

信じられない単語に思わずますたぁを見返す。ますたぁは変わらず笑顔だった。

もう使っている？　ならばどうしてティノはショートケーキもビーフカレーも、そしてブブルベの味も覚えていないのか？

プラチナペッパーである。料理の歴史を変えた最強の調味料である。神が涙した美味である。過去には王侯貴族がプラチナペッパーを一袋持ってきた商人に爵位を与えたなんて話まであるのである。プラチナペッパーを使っている高級レストランは一年先まで予約でいっぱいなのである!!

何がなんだかわかっていないティノに、ますたぁは悪気のない笑顔で言った。

「調味料を使いこなすのも料理人の腕前だからね。ほら、瓶が三割くらい減ってるだろ？　初めは上までいっぱいにあったんだよ。少しでも料理の質を高めてお客さんに楽しんで欲しくてね」

意味がわからない。ティノには料理を食べた記憶が残っていないが、ティノの本能にはますたぁの料理に対する恐怖がはっきり刻まれている。

余りのショックにティノは小さな声をあげることしかできなかった。

「きゅう」

【今日の教訓】

魔法の粉も更に強力な魔法には通じない。

目玉焼きレベル8

「え？　あの『ハンターズ・ブレイド』から取材が来るんですか!?」

衝撃的ニュースに、ティノは思わずますたぁの前である事も忘れて素っ頓狂な声をあげた。

『森羅万象』。帝都一等地に立てられたそのお店は今日も平和だ。

だが、その平穏も間もなく破られる。店内は既に営業していてもおかしくないくらい整っていた。

カウンターの向こうで、柄物シャツを着たますたぁがティノの言葉にいつもの笑顔で答える。

「いやぁ、どうしても取材したいって言うから断りきれなくてさ……どこから漏れたんだろう？　シトリー経由かな？　本当は隠れ家的な店にするつもりだったのに、全くシトリーには困ったものだ。まぁ僕の包丁さばきを見せてやるか」

「す、すごいですね……すごすぎる」

思わず顔が引きつった。何が凄いって、異次元レシピを平然とメディアの前に披露しようというますたぁの心臓が凄まじい。

ますたぁはレベル8認定を受けた神にも等しい超凄腕のハンターだ。そして、ますたぁは相手が貴族だろうがメディアだろうが大商人だろうが一切容赦したりはしない。

いや……さすがのますたぁも一般人にティノに出した料理を出したりはしないだろうか？　何しろ、一般市民に試練を与える意味などない。ますたぁはティノの師匠とは違うお優しい人なのだ。

一縷《いちる》の望みを掛けて顔色を窺うティノにますたぁは悪気のない笑顔で言う。

「何をごちそうしようかな……当日に新鮮なナメルゴンが入るといいんだけど……」

一体どこから仕入れているんですか……ナメルゴン。

『ハンターズ・ブレイド』はトレジャーハンター関係の情報をまとめた情報誌である。

トレジャーハンターの聖地である帝都ゼブルディアには似たような情報誌は幾つもあるが、『ハンターズ・ブレイド』はその最大手だ。ハンターは情報収集に余念がないため、ハンターのほとんどがその情報誌を購読しているし、ハンター以外の一般市民の中にも愛読者は沢山いる。

一等地に店を建てる時点で隠れる気なんて毛頭なさそうだが、『ハンターズ・ブレイド』の紙面に載れば知名度は爆発的に上がるだろう。

そして――きっと人が来なくなる。その味が知れ渡れば、お客さんが来なくなってしまう。

「ますたぁ……その、考え直したほうが……」

ますたぁの料理の味は人類には早すぎます。

確かに紙面に載らなくても客はいずれいなくなるだろうが、何も自らトドメを刺さなくてもいいのではないだろうか？

そんなティノの思考を知ってか知らずか、ますたぁはとても楽しげだ。

ますたぁはレベル８だ。顔も広いが、『ハンターズ・ブレイド』にも情報誌としてのプライドがある。

ましてや、ますたぁの料理の味は『人それぞれ好みはあるよね』なんて言葉で納得できる域にない。何しろ開店する場所が一等地なのだ、宣伝をしなくても客は少なからず来るだろうし、味なんてすぐに知れ渡る。となると、『ハンターズ・ブレイド』がますたぁの料理を擁護する可能性はかなり低い。

きっとひどい事を書かれる。

この世のものとは思えない味だ、とか、その辺で草食ってたほうがマシだ、とか、レベル8の料理は完食難易度もレベル8だったとか、ますたぁが傷つくような事を平気で書くに違いない。

なんとしてでも止めなくてはならなかった。ティノはこれまでますたぁに色々酷い目に遭わされてきたが、まだまだ恩の方がずっと大きいのだ。

「ますたぁ……『ハンターズ・ブレイド』はきっと、ますたぁがカラスは白いと言っても、カラスは白いとは書きません」

「何言ってるの？　ティノ、カラスが白いわけないだろ」

迂遠な表現で忠告するティノに、ますたぁは全く気づいている様子はなかった。

さすがクランメンバーからさんざん試練を課すのをやめてくれと言われても全く気にしていないだけの事はある。メンタルがオリハルコンだ。

どうやったらますたぁの事を止められるだろうか？

悩みに悩んだ結果、ティノは光明を見出《みいだ》した。顔を上げ、ますたぁの方を見て言う。

「ますたぁ、その……私に、その包丁の使い方を、教えてくれませんか？　ますたぁが出るまでもありません。私を『森羅万象』のコックにしてください」

ますたぁの料理が酷いのならば、自分がますたぁに代わって料理をすればいいのだ！

ティノの料理の腕前は平均よりちょっと上くらいだ。一流レストランで出すほどのものではないが、少なくともその辺に生えている草よりは美味しく食べられる自信がある。まさか、いつかますたぁに手料理をごちそうする時のために練習していたのがこんなところで役に立とうとは――。

ますたぁは目を丸くすると、腕を組み困ったように眉をハの字にした。

「…………え？　うーん、気持ちはありがたいけど…………遊びじゃないんだよ？」

「!?」

ますたぁ、食材やお客さんで遊んでいるのは貴方です。

その言葉をぎりぎりで飲み込むと、ティノはますたぁの手を引っ張って厨房に引きずり込んだ。


「ティノにはできないと思うけどね」

金色の包丁。傾国の調理器具、天包丁シルエットが静かに輝く。

その包丁は重すぎず軽すぎず、初めて握るはずのティノの手の平に吸い付くかのようだった。

強い万能感と自信が湧いてくる。

包丁は調理器具の一つに過ぎない。にも拘《かかわ》らず、今のティノには何でも作れそうな気がした。

ますたぁが腕を組み、見惚れるような真剣な眼差しでティノに言う。

「シルエットを使うのに必要なのは確固たる勝利のイメージなんだ。自分の料理を絶対的に信じる者にこそ、この包丁は応えてくれる」

「いいかい？　料理は化学だ。慣れない内はレシピ通りに作った方がいい」

言葉はとても立派でまったくもってその通りなのだが、プラチナペッパーでも敵《かな》わない料理を作る人が言っていい言葉ではない。

食材も調味料もそして器具も、あらゆる物が揃えられている。

残る必要なものは――腕前だけだ。

ますたぁはわかっていない。食事による試練がどれほど辛いものなのかを。

ティノの腕前に、『森羅万象』の進退がかかっている。

「じゃあ後は宜しく。僕は店内にいるから」

「え!?　見てて、くれないのですか!?」

思わず声をあげるティノに、ますたぁは呆れたように言った。

「ティノ、シルエットの起動条件の一つは――誰にも調理風景を見られない事、だ。己の料理に絶対の自信があるのならば、近くに誰かがいる必要はない」

なるほど……道理でますたぁの料理に誰も口出しできないわけだ。

妙に納得するティノに、ますたぁは厳かな口調で続ける。

「もう一度言うけど、絶対の自信を包丁に乗せればその宝具は必ずやティノの思いに応えてくれる。でもね、ティノ…………シルエットは実は――使えない料理人の方が多いんだよ。不思議だね」

ますたぁ……プロの料理人でもないのに自身の腕前にそこまで自信を持てるますたぁの方がずっと不思議です。

厨房の扉が音を立てて閉まる。最新鋭の厨房にティノはひとりぼっちだった。

包丁を握り、大きく深呼吸をする。大丈夫、いつもティノは猫の額ほどの小さなキッチンで料理を作っているのだ。大きな最新鋭のキッチンを使ってそれ以上の料理ができないわけがない。

大型の冷蔵庫を開け、中身を確認する。

冷蔵庫は肉用だったらしい。中には所狭しと、多種多様なお肉が入っていた。

思わず眉を顰《ひそ》める。これは……何の肉なのだろうか？

冷蔵庫に詰め込まれていた食材は今までティノが見たことがないカラフルな色味をしていた。

魔物の中には緑色の血を流す者などもいるが、中に入っていた肉はそのどれもが、明らかに一般のレストランで使われるような物ではない。

「…………………」

特に肉の種類などは書かれていなかったが、恐らく幻獣の肉だろう。きっとお姉さま達が狩ってきたのだ。《嘆きの亡霊《ストレンジ・グリーフ》》ならば高ランクの幻獣だって容易く仕留められる。

食材にはシトリーお姉さまも気を遣っているはずなので、きっと食べれば美味しいはずだ。

だが、ティノはとても、目の覚めるような青いお肉を使う気にはなれなかった。

まだだ……まだティノの心は折れていない。肉が駄目なら魚がある。

ティノは覚悟を決めると、続いて魚用の冷蔵庫を開けた。

緊張しながら銀の皿を運ぶ。ますたぁはカウンター席に座って待っていた。

「ま、ますたぁ…………お待たせしました。特製目玉焼きです！」

皿の上に載っているのは、ただの目玉焼きだった。上には塩胡椒が振りかけられていて、焦げもなく綺麗な見た目だが、ただの目玉焼きである。

結局、ティノに使えそうな食材は何もなかった。というか、途中から半ば自暴自棄だった。

そもそも、喫茶店でそう凝った料理など必要ないのだ。必須なのはコーヒーくらいだろう。

『ハンターズ・ブレイド』も喫茶店にそこまで大仰な料理を求めてきたりはしないだろう。ますたぁがレストランではなく喫茶店を開いたのは英断だった。

ますたぁは皿を見ると、拳を握り固唾《かたず》を呑んで見守るティノの前で、目を見開いて言った。

「ふむ、目玉焼きか…………………いいね。僕、目玉焼き好きだよ」

「ますたぁ！　確かに目玉焼きは単純な料理です。ですがそもそも喫茶店という形態を考えても、お客さんは余り重いものを求めてはこないと思います。目玉焼きは素材の味もいかせますしシンプルだからこそ料理人の腕前が重要な奥深い料理です。原価も安いですし、トーストと合わせて出せばますたぁのお店の看板メニューに相応し………………え？」

何か文句が返ってくるかと思っていたが、ますたぁの返答はあっさりしていた。

？？？　ますたぁ……厨房でのウンチクは一体何だったんですか……。

目玉焼きに包丁はいらない。レシピもいらない。ただフライパンの上に卵を割って焼くだけだ。

ティノ自身、少しばかり申し訳無さを感じていたのに——ますたぁはにこにことフォークで目玉焼きを刺すと、一口で食べた。

目を見開くティノの前でもぐもぐと口を数度動かし飲み込むと、ますたぁが大きく頷く。

「うん、美味しい美味しい。さすがティノ、料理もうまいね。いいお嫁さんになるよ」

「そ、そんな……大した、料理じゃないです……ますたぁのお口に合うようなものでは――」

謎のべた褒めに思わず顔を真っ赤にして身体を縮める。何か言われたら反論しようと思っていたのに、褒められるのは予想外だった。

結局シルエットも起動できなかった。もちろん、目玉焼きなど宝具の包丁を使うような料理ではないが、それとは無関係に――それはきっとティノが包丁を使うに値しない事を意味している。

打算に想定外の方法で対応され余りの恥ずかしさに震えるティノに、ますたぁが優しい声で言う。

「ティノ、色々言ったけどね――僕は料理をする上で一番大切なものは、相手に美味しい物を食べてもらおうという、そういう想いだと思うんだ。複雑なレシピの料理を作ったとか、いい調理器具を使ったのだとか、本質はそういうところにはない。この目玉焼きにはティノの想いが籠もっているよ。そういう意味で、ティノは『森羅万象』のコックとして合格だ」

「ますたぁ…………」

思わず言葉に詰まる。胸がいっぱいになる。

買いかぶりだった。ティノが料理中に考えていた事は、如何にますたぁを説得するかだけだった。ますたぁが美味しく食べられるようにとか、そんな事は欠片《かけら》も考えていなかった。特製目玉焼きなどと言ったが、ティノが作ったのは塩胡椒を振っただけのただの目玉焼きだ。もしもそれが美味しかったのならばそれはますたぁの用意した食材や調理器具が良いものだっただけで、ティノの腕前や想いなんて関係ない。

今更、理解する。ティノは――コック失格だ。

ますたぁの言葉を借りて言うのならば、料理の味とかではない一番大事なものを忘れていた。

これではシルエットが応えてくれないのも当然である。ティノはますたぁに負けていた。

腕前とかの前に、心構えで負けていた。謝罪したかった。だが、できなかった。ますたぁの透明な眼差しは既にティノの心の中を全て見通していた。ならば、すべき事は謝罪ではない。

爪が食い込むほどに拳を握りしめ、ティノは宣言した。

「ます、たぁ……私、精進します。シルエットを、使えるようになるまで」

次は――絶対に、美味しいものを作る。今作った目玉焼きなんて比べ物にならないほどの美味しい料理を作り、今度こそますたぁを喜ばせるのだ。

この『森羅万象』の進退はティノの腕前にかかっている。

ティノの覚悟を感じ取ったのか、ますたぁが柔らかく微笑んだ。

「うんうん、そうだね。ティノの目玉焼きはレベル４だ。ティノの探索者レベルと一緒だ」

「？？　は、はい。レベル４ですッ！」

「じゃあご馳走になりっぱなしだと申し訳ないし、次は僕がシルエットを使った本物の目玉焼きを見せてあげるよ」

「!?　え？　え？」

思いもよらぬ反撃に、目を見開く。

『森羅万象』のオーナーシェフは腕を組むと、自信満々に笑って言った。

「料理は愛情だ。ティノ、僕はね、料理を作って貰って文句を言うのは駄目だと思うんだよ。もちろんお金を貰っている以上は責任が発生するけどさ」

ますたぁがスキップをして厨房に消える。ティノは引きつった顔でそれを見送った。

とととんとんとんとん。

きゅう。

【今日の教訓】

愛情のスパイスに味はない。

『森羅万象』のフルコース

「今日はお客様が来るんだ。悪いんだけど、応対をお願いできるかな？」

「お客様、ですか……？」

喫茶店『森羅万象』。果たしてますたぁはいつハンター活動をしているんだろうと思いながらも朝から出勤するティノに、ますたぁがそんな事を言った。

お客様……この店はティノの記憶が確かならば、まだオープンしていないはずだ。だからこれまで客は一人も来ていなかったし、ますたぁの犠牲者もティノだけだった。

目を白黒させるティノに、エプロンを着たますたぁが見惚れるような笑みを浮かべて言う。

「まぁ、プレオープンみたいなものかな。僕の料理が皆にどれくらい通じるのかも知りたいし」

「!?　まさか……確信犯ですか？」

「？？　え？」

「い、いえ、なんでもないです。ますたぁは神、ますたぁは神……」

呟くティノを、ますたぁが純真無垢な眼差しで見ている。

だが、ティノは既に全てを理解していた。

間違いない、このますたぁ……料理の試し打ちをするつもりだ。

自分の料理が、まだ未熟な一ハンターに過ぎないティノ以外にも通じるか確認するつもりなのだ。

一体何が貴方をそうも駆り立てているんですか……。

「何人かに招待状を送ってみたんだよ。まぁ、何人来るかわからないけど」

「……まさか、《足跡》のクランメンバーに？」

「あははは、まさか。クランメンバーの味の好みは大体わかっているからね。今回は市場調査も兼ねているんだよ」

「!?」

まさか、このますたぁはあの料理がクランメンバーの好みの味だと思っているのだろうか？

というか、意識が飛ぶから全く味がわかりません！　いや……待った！

もしかしたら、美味しすぎて意識が飛んでいる可能性も――。

そこまで考えて、ティノは首を横にぶんぶん振ってその可能性を打ち消した。

味は覚えていないが、本能がますたぁの料理の恐ろしさを知っている。あれを美味しいなんて、いくらますたぁがカラスを白と言ったら白派のティノでも明言できない。

……………明言しなくていいなら、まぁ。

「じゃあお客様の案内よろしくね！」

「は、はい…………わかりました」

未熟にもテンションを上げきれていないティノの背中をますたぁはぽんぽん叩くと、晴れやかな表情で厨房に消えていった。

今日程気乗りをしない日は久しぶりだ。開店日を目前にして、もうほとんど片付けが済んでいるお洒落な店内を眺めながら、ため息をつく。

最初にますたぁが喫茶店を開くと聞いた時には、今こそこれまでの恩を返す時だと意気込んだものだが、まさかたった一週間程度でここまでティノの心をばきばきに折ってしまうとは、ますたぁの試練はつくづく恐ろしい。これまでもますたぁと一緒に行動をする上で幾度となく命の危機に見舞われその度に心が折れそうになったが、ますたぁが人の心を折るのに命の危機など必要なかったのだ！

しかし、プレオープンという話だが、ますたぁは果たして誰に声をかけたのだろうか？

ティノにできるのは少しでも頑丈なお腹の持ち主が来る事を祈るばかりだが……一般人があの料理を食べたらどうなるかわからないし。

戦々恐々としながら待っていると、その時、扉が開いた。初めてのお客さん。ベルのなる音が店内に響き渡る。入ってきたのは――筋骨隆々とした大柄の男ハンターを先頭にした一団だった。

「!?　アーノルド!?」

「ふん…………」

ティノを睥睨《へいげい》し鼻を鳴らしてみせたのは、霧の国ネブラヌベスからやってきたレベル7ハンター、《豪雷《ごうらい》破閃《はせん》》のアーノルド・ヘイル率いる《霧の雷竜《フォーリン・ミスト》》のメンバー達だった。

頬が引きつるのを止められない。アーノルドに続いて入ってきたその片腕、エイ・ラリアーが店内を眺め、ティノを見て言う。

「よう、嬢ちゃん。元気にしてたか？　なかなかいい店じゃねえか」

「俺達が入るような店じゃあねえがな」

後ろの仲間が物珍しそうに店内を見ている。ますたぁ、貴方は誰に声をかけているのですか。

アーノルド・ヘイル達はもともと確執のある相手である。バカンスを標榜《ひょうぼう》しアーノルドに追いかけられながら森を踏破したあの日を、そしてその逃げ込んだ先の温泉街で起こった出来事を、ティノは忘れない。確執は既に解消されているとはいえ、プレオープンで客に選ぶような相手ではないだろう。

「な、なんで、お前達が……」

ティノはアーノルドに二回ぼこぼこにされているが、声が震えているのはそのせいではない。

震えを抑えきれないティノに、エイがアーノルドを代弁して答える。

「あぁ？　聞いてねえのか。《千変万化》が、店を開くからぜひ来てほしいって連絡してきたんだよ。俺達も忙しいんだが、これまで色々迷惑かけたから謝罪を兼ねてフルコースをご馳走すると言われちゃあ、仕方ねえ。心の広いアーノルドさんはわざわざ足を運んでやったってわけだ」

「そ、そう…………」

「だが、アーノルドさんはこう見えてグルメなんだ。手を抜いたりしたら金は払わねえからな！」

「そ、そう…………」

腕組みをして憤る《霧の雷竜《フォーリン・ミスト》》の面々に、ティノは考えるのをやめた。

金を払うとか払わないとかうまいとかまずいとかそういうレベルではないのだが、まぁアーノルドならばますたぁの料理を食べても死ぬ事はないだろう。

てか、謝罪名目で呼んで料理を食べさせるとか、鬼ですか、ますたぁ。

しかもフルコースとか……何が出てくるのか想像がつかなくて恐ろしすぎる。

「ところで嬢ちゃん、《千変万化》の料理の腕はどうなんだ？」

「八名様ご案内。こちらにどうぞ」

「お、おう」

ティノはエイの言葉を無視すると、《霧の雷竜《フォーリン・ミスト》》のメンバー、計八名を奥のテーブルに案内した。


アーノルド達が無事席につき、すぐに再び扉が開く。ますたぁは何人来るかわからないとか言っていたが、どうやらますたぁのお客さんは随分義理堅いらしい。ティノは顔をあげ挨拶をしようとして、入ってきたその姿に絶句した。

「ここが《千変万化》が始める喫茶店かい。森羅万象……くく……悪くない名前だ」

「あーるん、見て見て！　可愛い制服！　私も着たーい」

「マリー、落ち着いて。クライさんがわざわざ呼んでくれたんだから……ちゃんとマナーは守らないと、《魔杖《ヒドゥン・カース》》の名前に傷がつくだろ」

扉をくぐるように入ってきたのは――この帝都でも屈指の有名人だった。

帝都の由緒正しき魔導師《マギ》系クラン《魔杖《ヒドゥン・カース》》のクランマスター。万物を焼き尽くす事で恐れられたレベル8ハンター、紅蓮の魔女、《深淵火滅《しんえんかめつ》》のローゼマリー・ピュロポス。ティノがまだハンターになる前から知っている、帝都最強の魔導師《マギ》の一人だった。

ますたぁ、貴方、ブレーキがついていないんですか。《豪雷破閃》も恐ろしいが、まさか《深淵火滅》をプレオープンに呼ぶなんて、たとえ神でも予想できまい。まぁ、神はますたぁなのだが。

先に席についていた《霧の雷竜《フォーリン・ミスト》》の面々も予想外の来客に愕然としている。

これまで様々な伝説を作り、皇城を半分焼き尽くした事すらある女ハンターが、ティノを見てニヤリと笑みを浮かべる。

「ひひ……面白いじゃないか。この私をわざわざ呼びつけるなんて、《千変万化》は相当料理の腕に自信があるようだねえ」

「一流ハンターは万能ですからね。どんな料理が出てくるのか予想もつきませんが……」

「フルコースらしいですよ、マスター！　しかもこのお店、とってもお洒落！」

ますたぁ、期待値高いですよ……本当に大丈夫ですか？

皇城すら簡単に焼いた《深淵火滅》ならこの喫茶店を灰にするなど朝飯前だろう。もしかしたら燃えてしまった方が世のためなのかもしれないが――。

ティノは戦々恐々としながらも、自分の責務を達成すべく、声をあげる。

「さ、三名様、ご案内！　席はこちらになります」

ティノにできるのは案内だけだ。料理を作るのはティノではないのだ。そ、それにまだ、ますたぁの料理が高レベルハンターからすると美味に感じる可能性もゼロではないし――そ、そうだ！　きっと、ティノではまだわからないだけでますたぁの料理は高レベルハンター用に調整されているのだ！

でなければますたぁが敗色濃厚のプレオープンをやるわけがないではないか！

よかった……不幸なお客さんは存在しないのだ。ティノも罪悪感を抱かなくていいのだ。

自分に言い聞かせながら《魔杖《ヒドゥン・カース》》の面々をテーブルに案内していると、ふと扉がぎぃと開いた。

「あんぎゃあ！」

「りゅー！　りゅーー！」

「!?」

狭い扉に身体をねじ込むように頭を出してきたのは、全体的に丸っこいファンシーな形をしたドラゴンだった。どこかつぶらな瞳に、水色の体皮。その後ろでは、全身灰色の亜人――最近帝都で勢力を増しているアンダーマンの女王がドラゴンの体を押し、店の中に入れようとしている。

喫茶店にはあまりにも相応しくない組み合わせだが、なんという事だろうか、どちらもティノには見覚えがあった。見覚えがあったのに、びっくりする事しかできなかった。

温泉街で出会った温泉ドラゴンの子供と、その地下で街を築いていたという地底人――アンダーマンの女王、リューラン。その姿に、席についていたお客さんも呆然としている。

「!?」

「？？？？？」

「あ、あぁ!?　？？？」

まさかあらゆる状況に対応できる高レベルハンターが混乱する事しかできないとは……てか、リューランはともかく、温泉ドラゴンなんで帝都にいるの？　二人共ますたぁに招待されてきたの？

てぃの、わかんない…………。

なんとか店の中に入った温泉ドラゴンとリューランに、ティノは身を震わせながら言った。

「に、にめいさま、ごあんない……」

「ぎゃあぎゃあ！」

「リュー！」

どうやら本人達はお客さんの気分でいるらしい。ないとは言い切れないのが、ますたぁの恐ろしいところだ。

ティノは頭を振り自分を奮い立たせると、二人の変わったお客様を案内した。

《豪雷破閃》率いる《霧の雷竜》《フォーリン・ミスト》。《魔杖》《ヒドゥン・カース》のクランマスターとその連れ二人。外を歩いていたら絶対に騎士団を呼ばれるであろう温泉ドラゴンと、最近帝都で調子のいいリューランのバカンスコンビ。

三組のお客さんが集まっただけで、店内は凄い空気になっていた。

まるで戦場のど真ん中にいるかのような緊張感。まだ料理も出てきていないというのに、これから何が始まってしまうのだろうか？

その時、厨房の奥から待望のますたぁがやってくる。ますたぁは店内の面子を見ると腹立たしい程朗らかな笑顔で言った。

「皆、喫茶店『森羅万象』にようこそ！　今日は楽しんでいってよ」

「!?　客か!?　このドラゴンは客なのか!?」

「……どうやら、随分変わった会合に呼ばれたみたいだねえ、私達は」

「りゅーりゅりゅー！」

立ち上がり抗議をする《霧の雷竜《フォーリン・ミスト》》のメンバーに、座ったままだが目が笑っていない《深淵火滅》。

ますたぁはその言葉に、黄金に輝く包丁を見せびらかすように取り出し、ハードボイルドに言った。

「僕の料理は――このシルエットは客を選ばない」

「ッ!?」

「そ、その包丁は、まさかあの伝説の…………ッ！」

ますたぁ、その包丁はずるいです。ティノはこの喫茶店で仕事をするようになって、凄い宝具が持ち主の凄さを保証しているわけではない事を思い知ったのだ。いや、ますたぁは凄いんだけど……今のティノにはますたぁが詐欺師のようにしか見えない。口が裂けても言えないが。

と、包丁を見せびらかし終えて、ますたぁは店内を見回して少し不満げに言った。

「あれ？　ケラーと妹狐達は？」

「え……？」

「クラヒ達やおひいさまも来なかったのか……まぁ、遠くにいるから仕方ないね。セレンも来なかったか……セレンにはお肉で作ったグリーンサラダを食べてもらいたかったのに」

ま、ますたぁ、セレンは皇女ですよ！　しかも伝説の都ユグドラの皇女だ。そんな礼を失したらどうなってしまうかわからない相手を招待した挙げ句、変なサラダを食べさせようなど、とんでもない話だ。ますたぁの人脈が凄すぎる。

……ケラー（と妹狐？）についてはもう言える事はありません。さすがのますたぁでも冗談だろう、多分。

ますたぁはしばらく何かを考えていたが、すぐに大きく頷いて笑顔で言った。

「まぁ、最低限のバリエーションはあるか。ちょっと待っていてね、すぐにフルコース作るから」

「きゅうきゅうきゅうきゅうきゅうきゅうきゅうきゅうきゅうきゅうぎゃあ」

「きゅうきゅうぎょえー」

「うきゅうきゅーん！」

【今日の教訓】

ますたぁの料理には凄腕ハンターもドラゴンも地底人も敵わない。

ウェルカムドリンクで全滅しました。これじゃあ『きゅう』のフルコースです。

嘆きの亡霊は冒険したい ～嘆きの亡霊は引退したい短編集～

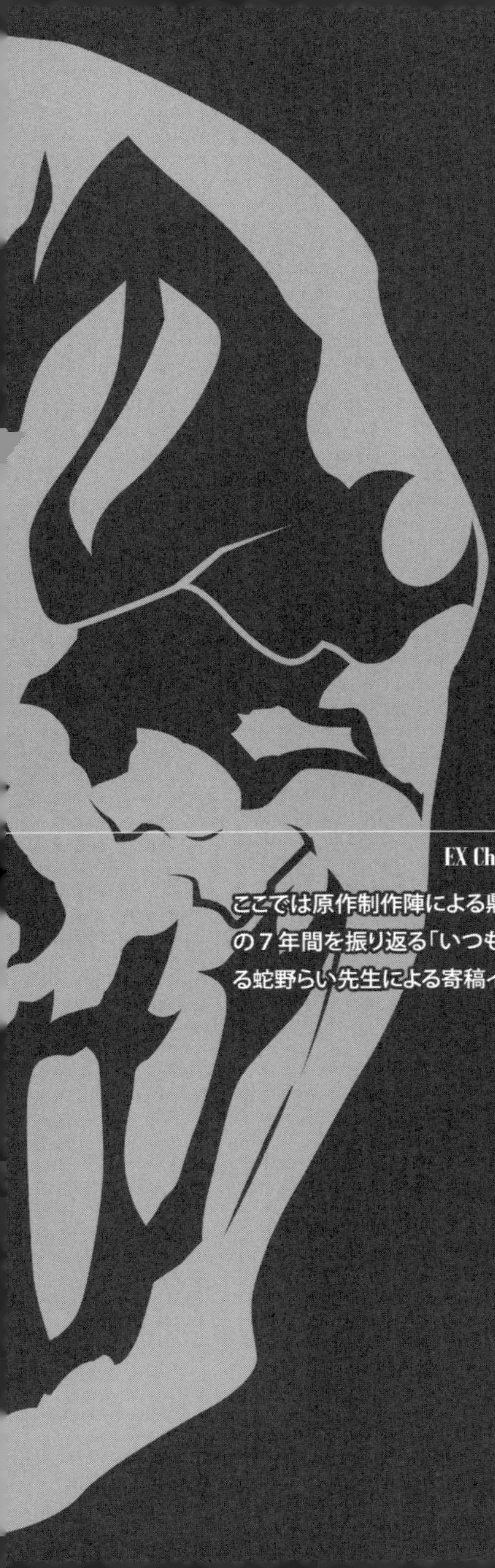

付録

EX Chapter “APPENDIX”

ここでは原作制作陣による鼎談を始め、槻影先生が書籍第１巻発売からの７年間を振り返る「いつもと少し違うあとがき」、コミカライズを担当する蛇野らい先生による寄稿イラストなどファン必見の内容をお届けする。

『嘆きの亡霊は引退したい』原作チーム鼎談

ここでは槻影先生、チーコ先生に担当編集者を加えた作品についての鼎談の様子をお届け。この面子でしか話せない〝ぶっちゃけトーク〟満載！

編集K（以下：K）：本日はお集まりいただきありがとうございます。こうして『嘆きの亡霊は引退したい（以下：嘆き）』を作っている面々が実際に集まってお話するのはかなり久しぶりですね。

槻影（以下、槻）：確か最後が2019年の末だったので……約五年ぶりですか。

チーコ（以下、チ）：そうですね。当時は年末に挨拶回りとかで上京するタイミングがあったので……。

K：それに合わせて一席設けていたんですよね。2020年からは新型コロナウイルスの件もあって、そういうのも難しくなってしまったのですが。

槻：そうこうしているうちに、今度はアニメの監修などもあって皆が忙しくなってしまってタイミングが合わなくなったり……ですね。しかし「小説家になろう（以下：なろう）」に『嘆き』を投稿開始したのが2018年1月だから、もう七年前のことになるんですね。

K：この七年、振り返ってみていかがですか？

槻：あっという間でしたね（笑）。でも楽しかったですよ、お二人のおかげで（笑）。

チ：いえいえ、こちらこそですよ（笑）。でも僕にとっても、あっという間でしたね。気がついたら10巻超えたりして……。

槻：巻数が二桁に到達したときは僕も感無量でしたね。ここまで続くのは初めてだったので……でも『嘆き』も結構厳しい時期はありましたよね？

Ｋ：あー……今だから言えますが、3巻ぐらいまでは「なろう」のブックマーク数と比べると……って感じで、色々と大変でしたね。

槻：書籍帯でのキャンペーンとか、色々やっていた時期ですよね。チーコさんに水着イラスト描いていただいたSS冊子をプレゼントするっていう。

チ：あぁー、あの。

Ｋ：ですね。アレはとんでもない数の応募があったんで、編集部で深夜アニメ見ながら、ひとりで発送作業してました（笑）。巻末のアンケートとかもそうなんですが、とにかく書籍を手にしてくれた読者さんからの反応は良い。ので、アンケートもフェアもこんなに来るんだから！　ね!?　って感じで社内では話してました。

槻&チ：（笑）。

槻：僕のほうでも「なろう」で活動報告を毎週アップしたりしましたし、紙書籍に初回特典SSを付けたり、キャラの人気投票やったり……途中から蛇野らい先生のコミカライズがスタートしたりもして盛り上がっては来ましたけれど、それでも当時はとにかく「なろう」の読者さんに書籍も手にしてもらおうと必死でしたね。なので、それらが実を結んだときは本当に嬉しかったです。

Ｋ：実際、あの頃の皆さんからの応援がなかったら、5巻のカバーで幼馴染が勢揃いすることはなかったかもしれないし、こうやってTVアニメになることもなかったと思います。

槻：あっという間の七年でしたが、改めて振り返ると色々ありましたね（笑）。でも、やってる最中は苦しくても、終わってしまえば全部いい思い出です。で、結論としては……

チ：アンケートは大事、ですかね（笑）。

K：本当に（笑）。

槻：カバーといえば、毎回読者の皆さんに好評ですよね「表紙詐欺」（笑）。その巻のストーリーと合っているようで合っていなくて、でも読み終わるとやっぱりほんのり合っている……みたいな。

チ：毎回大丈夫？　表紙詐欺過ぎない？　って思いながら描いています（笑）。他の作品でここまでストーリーとカバーが違うものってあります？

K：んー……まぁ、滅多にないですね。たまにありますが（笑）。

チ：まぁでも『嘆き』は勘違いものですからね。内容を真面目にカバーイラストで表現してしまうとネタバレになってしまうのもあって、1巻の頃からちゃんと意図してそうなるよう発注をいただいてますし、描いてもいるんですが……。

K：ここ最近はカバーの発注タイミングで原稿が完成してませんからね……！　『嘆き』は事前にプロットもらうわけでもないので、槻影さんからざっくり内容を教えてもらった後はほぼ想像で発注しています。掛け値なしに。

槻：それ、言っていいんですかね（苦笑）。

チ：12巻は「空中都市をクライとお姫様が観光する」「最終的に空中都市が落ちる」という話だったのでああしたんですが、上がってきた原稿を読んだら買い物とか買い食いするシーンはありませんでした（笑）。

K：槻影さんもラフチェックのときに言ってくれればいいのに！

槻：いやぁ……チーコさんのイラストが素晴らしいのでお任せでいいかなって（笑）。

チ：信頼が厚い。いやありがたい話ですが（苦笑）。

槻：実際、達人の域ですよ！

K：槻影さんからいただく新キャラクターの指定書も最初のころは結構細かったのに、巻が進むにつれてだんだんと「細部はお任せします！」みたいになってきていますもんね。

槻：最近はもう、チーコさんにどんなイラストを描いてもらうかでキャラクター決めているところもあります。Kさんからキャラの設定を聞かれても「チーコさんが答えを知ってます！」って答えたりとか（笑）。

チ：信頼の証として受け取っておきます（笑）。

槻：あとチーコさんが筋肉を描きたいだろうからマッチョなキャラを入れないとなぁ……とか。

チ：え？

槻：？　最初にKさんと打ち合わせしたときにチーコさんのドワーフのイラストを見せられて「この方は筋肉好きだと思うんで、ガークさんをいい感じに描いてくれると思います」と熱く語られたんですが。

K：かなり前のことなんで記憶が曖昧なんですが、確かに打ち合わせのときにそんなことを言ったような気がしますね。

チ：たしかに描くのは好きですが、最近は昔ほど重要視はしてないですよ（笑）。

槻：え（笑）。

K：（笑）。七年越しに情報がアップデートされましたね。

チ：なので、気は使っていただかなくて大丈夫です！

槻：……まぁ、チーコさんにデザインしていただいたティノが今、あれだけアニメの視聴者さんに人気なわけですからね。あの日の選択は正しかったということで（笑）。

チ：（笑）。最近はSNSとかでの流行もあって、ティノを描くときは太ももを大きく描くようにはしていたんですが、やはりあれだけ話題になったのはアニメの力がすごく大きかったと思います。

槻：おかげでアニメでティノの出番が減ると、「もっとティノを出してほしい！」ってＳＮＳで嘆かれちゃうことになりましたが（笑）。

Ｋ：せっかくアニメの話になりましたので。今回、お二人にはそれぞれの立場で『嘆き』のアニメにも大きく関わっていただいたわけですが……いかがでしたか？

槻：『嘆き』っていろいろな意味で映像化がすごく難しい原作だったと思うんですが、たかたまさひろ監督やシリーズ構成の白根秀樹さんを始めとするスタッフの皆さんにとても上手く料理していただけたな、というのが第一ですね。アニメも全部いい。

チ：ＳＳの内容までしっかりフォローしてもらえたおかげで、ルークたちにも出番がありました。

槻：チーコさんも五年前のクライたちのデザインとか映像のチェックの他にも、アフレコにもリモートでご参加いただいて。お忙しいのに（笑）。

チ：でも実際に参加してみると、アニメがどんな感じで進んでるのかがわかりますし、こちらとしてもありがたかったですよ。声優さんの演技を聞けたのも、とても良かったです。どのキャラクターもイメージとピッタリでしたね。

槻：クライ役の小野賢章さん始め、どなたも素晴らしかったですね。そのおかげで小説やコミックスを読んでなくても、出来上がった映像だけを観て声を聞くだけでちゃんと物語が伝わるようになっていて。あらためて映像の力を感じたというか……アニメーターさんや声優さんってすごいなって（笑）。

Ｋ：ですね。

槻：プロが沢山関わっているので、ある程度制作が進むと僕らの出番ってあんまりなくて。なので僕らはクライがカッコ良すぎるな……って感じた時に「もうちょっとカッコ悪くしてください」ってお願いするのが役目かなって最終的には思っていました。

チ&K：（笑）。

K：では最後に、お二人に読者の皆さんへのメッセージをお願いできれば。

槻：よろしくおねがいします！

K：……いや、槻影さんはもっと13巻の内容に触れてください（笑）。

槻：（笑）。現在書いている13巻はルシアをメインにした、ホラーになる予定です。あとは……次は前後編にせず一冊に収めたいなと思ってます。いや、でも収まるかな……？　作中で寄り道しなければ……？

チ：13巻は秋発売ぐらいですよね？　じゃあ、ホラーだし、カバーはハロウィンかな？

槻：ただ13巻の結末がまだわからないですからね……書いている僕がわからないのもおかしいんですが（笑）。……チーコさん、サメって描けますか？

チ：サメですか（笑）？

槻：あとは、アニメについても。実はもうすでに第2クールの制作も進んでいるんですが、原作を読んでいる方には1話目からアッと驚いてもらえるんじゃないかな？　と思っていますので、ぜひ第2クールにも期待していただければと思います！

チ：いやー、楽しみですね。よろしくおねがいします！

（2024年12月6日　GCノベルズ編集部にて収録）

いつもと少し違うあとがき

２０１８年春、東京都足立区西綾瀬。僕は駅前の喫茶店に向かっていた。Ｗｅｂで連載していた作品、『嘆きの亡霊は引退したい（以下：嘆き）』の書籍化の打ち合わせに向かうためだ。

同年一月から連載を開始していた『嘆き』は読者の皆様からも好評で、ランキングの上位にも載る事ができ、企業からも書籍化打診が三件来ていた。タイミングとしては、ちょうど書籍一巻分の連載が終わった頃である。

新しい作品を書くのはいつだって冒険だ。僕は自分が面白いと思ったものしか表に出さないが、それが読者の求めるものと一致するとは限らない。特に『勘違いもの』は僕がいつか書きたいとずっと考えていたジャンルであり、『嘆き』も連載開始まで随分練った作品だったから、読者に受け入れられたというのは一安心だった。

当時の僕は既に『堕落の王』『誰にでもできる影から助ける魔王討伐』『アビス・コーリング』の三作品を出版しており、『嘆き』で四作品目の出版だった。だが、それら三作品は読者の評判こそ良かったものの、あまり売上が振るっていなかった。趣味として小説を書いているだけならそれでもいいが、商業出版するのにこれではまずい。出版社にも迷惑がかかる。僕は何かしらの変化に迫られていた。

その結果、何故か僕は内容の改善ではなく、これまでお世話になっていた出版社とは別の出版社からのオファーを受ける事にした。作家としてのカラーを変えるのはすぐにはできないので、手っ取り早く変えられるところから変える事にしたのである。出版社に迷惑がかかるからと対策を考えていたのに出版社を変えては本末転倒な話だし、元の出版社との間に何かトラブルがあったわけでもなかったのだが、楽な方に逃げてしまうのは昔からの性格だった。

書籍化の打診を頂いた三つのレーベルは皆、名前を聞いたことがあるレーベルばかりだったが、僕は随分前にたった一回だけ参加した作家飲み会で聞いた評判を思い出し、即GCノベルズからのお話を受ける事に決めた。

十分前には店についたのに、既に打ち合わせの相手は待っていた。打診した本人であり、後に僕の担当につくことになる美少女編集K氏とGCノベルズ編集長のお二方である。

緊張しながら名刺を交換した事が記憶に残っているが、打ち合わせで何を話したのかは正直、よく覚えていない。唯一覚えているのは、(対談でも話したが)プリントアウトされたイラストを見ながらイラストレーター候補の話をしている時、チーコさんのマッチョなイラストを全面に推した褒め方をしていた事だけだ。今思うとかなり攻めた薦め方ではあったが、それは、チーコ先生がそれから七年間、年二回ペースで様々なマッチョなキャラのデザインをしたり、中身のわからない小説の表紙を描かされたりする事になる瞬間であった。

もともと僕は書籍化打診を受ける前提で打ち合わせに向かっていたので、話が終わった際にすぐに打診を受ける旨を伝えた。『嘆き』の命運がＧＣノベルズに託された瞬間であり、美少女編集Ｋ氏が今後散々苦労をさせられる事になる瞬間であった。もしも僕がテンションに任せた適当極まりない小説の書き方をしていたと知っていたら、Ｋ氏は僕に打診をしなかったかもしれない。だが、全ては後の祭りだ。チーコさんはともかく、Ｋ氏は自業自得であろう。

最後に今後の進め方について話をされ、何か質問がないか確認された。

笑顔で何もありませんと言い切る僕に、Ｋ氏は印税の話を忘れていましたと話し始めた。

あのファーストコンタクトの日から瞬く間に七年の月日が過ぎた。

創刊から四年目のレーベルだったＧＣノベルズは昨年、祝十周年を迎え、担当である美少女編集Ｋ氏はいつの間にか常時グラサンをかける副編集長になっていた。

僕には担当編集Ｋ氏の他に副担当さんとサポートさんがつき、『嘆き』は皆々様のご尽力の結果、アニメ化まで果たした。書籍は読まないけどコミックになったら読む、コミックは読まないけどアニメになったら観る、とずっと言い続けていた友人は、とうとうハリウッド映画になったら観ると言い出した。そして、作者である僕、槻影は相変わらず何も考えずに笑って読めるくだらない話を目指し、小説を書き続けている。

『嘆き』は小説が十二巻、コミックが十巻まで刊行された。

本書籍『嘆きの亡霊は冒険したい』はこれまで発刊された『嘆き』書籍の初回特典ＳＳと店舗特典ＳＳやら外伝やらをいい感じに集めたものだ。それはつまり、初回特典や店舗特典ＳＳやＷｅｂで連載した外伝やらやらやらだけで単行本一冊分の厚さになったという事である。

そして、短編集①とあるように、一冊分では入らなかったＳＳの類がまだそれなりの数存在している。つくづく沢山書いたと思うと同時に、ここまで沢山書かせて頂いた事にただただ感無量だ。

短編を書くのは本編を書くのとは少し勝手が違う。本編はいくらでも長くできる（長くなりすぎたら土下座して分冊にしてもらう）が、ＳＳは短くオチをつけなくてはならない。本編に踏み込みすぎた内容にすると後で自分の首を締めるし、離れすぎるとつまらない。サービスシーンを書いてもイラストがつかないし、油断をすればマンネリになる。そして会心のネタは本編で入れたいので使えない。

僕の場合は、いい短編は短時間で書き上げられる傾向がある。つまらないものほど時間がかかるのだ。もちろん面白くなるまで書き直すのだが、締め切りがある以上は無限に書き直す事はできない。

今回収録された短編も、正直、完成度にはムラがある。読み返してみると、すぐに書けた物、悩みながら書いた物、それぞれ書いた時の事を思い出すが、全力は尽くしたのですごめんなさい。

短編を書く時に考えるのは、どれだけくだらない内容にできるかだ。僕の面白さの基準がくだらなさなのである。尺がないのでくだらなさのくだらない部分を抽出し、ぶち込まなければならない。

だから、短編集の各話は本編と比べると単純なくだらなさは増しているはずだ。本編が長編漫画なら短編は四コマ漫画と言えるかもしれない。物語としての完成度は本編とは比ぶべくもないが、本編ではできないサブキャラの掘り下げなどもしている。基本的にシリアスにはしないが、時折本編の裏話的な感じでシリアスにする事もある。今回の短編集の内容だとシトリーがソフィアになった日の事を書いた『純黒の花』などがそれに当たる。

アニメではアバンやＣパートで短編のネタが使われる回があった。アニメを見た方はこの短編集を読んでここアニメになってた！　と思う事だろう。

ちなみに、後半に掲載されているグルメスピンオフはＷｅｂで掲載していたものだ。スピンオフと言ったらやっぱりグルメだろ！　のノリで、担当さんにも何も言わずに勢いで書き上げたものだが、何故かこうして書籍として日の目を浴びることになった。基本はティノ視点で色々本編と比べると細かい差異もあるが、個人的にはとてもくだらないのでけっこう気に入っている。今回短編集の形にまとめられるにあたり、イラストレーターのチーコさんにナメルゴンをイラストにしてもらおうとしたのだが、完全にぶん投げで描いてもらおうとしたら設定資料作ってくれたら描きますみたいな話になったのでイラストにならなかった。どうやら何でも描けるチーコさんにも限界があるようだ。

だが、それ以外の短編にはチーコさんのイラストがついている。イラストがつかないのが短編の大きなデメリットの一つだったから、これは僕にとってはラッキーだ。ちなみに、カラー口絵の水着イラストだが、そんなシーンは短編にはないような……？　まぁ、とてもラッキーだ！　多分皆様にとってもラッキーでしょう。

色々藻掻き苦しみ、悩み楽しみ書いた短編集、楽しんで頂けたら作者としてこの上ない喜びです。

突然だが、僕は生まれてから一度も小説家になろうと思った事がない。

小説を書くのは大変だ。僕はＭＭＯＲＰＧで人生をダメにされた代償にそれなりのタイピング速度を手に入れたが、それでも大変だと思う。何しろ、貴重な時間を毎日何時間も削り、物語を考え打ち込まねばならないのだ。原稿用紙に直接書いていた時代から比べるとツールは便利になっているが、二十五万字（単行本一冊分）書くのは並大抵の事ではない（※編注：一冊は二十万字ぐらいです）。たまに化け物みたいな速度とペースで書籍を発刊している作家さんがいるが、そういう人もきっと血反吐をぶちまけるような努力をしているだろう。

だが、小説を書くのは楽しい。だからこそ、僕はこれまで、趣味として十数年、商業に入ってからは九年間、小説を書き続ける事ができた。

僕が最初に書いた小説は中学生の頃、リレー小説で、主人公がバギク■スを使う話だった。今では登場キャラがバ◯クロスを使う事もなくなったが、書いている時の気分は多分あの頃と一緒だ。

ここまで僕が書き続ける事ができたのは間違いなく、読者の皆様と、美少女編集K氏はじめ、出版社や関係各社の皆様のお力あってのものだ。読者の皆様の感想は何よりの励みになったし、美少女編集K氏が徹夜で応募者全員サービスの帯を折ってくれなかったら、短編集が出るまで『嘆き』が刊行される事もなかっただろう。

何を言いたいかと言うと……流されるままに生きてきて小説家になってしまいましたが、僕は現状に満足しています。

皆様、いつも応援ありがとうございます！　これからも応援よろしくお願いします！

担当さん、また帯折ってください！

おわり。

２０２５年2月　槻影

嘆きの亡霊は冒険したい①
発売おめでとうございます!!
蛇野らい

初出一覧

・**最弱ハンターは英雄の夢を見る**……コミック電撃だいおうじVOL.97特別付録「嘆きの亡霊は引退したい」スタートBOOK／2021年9月

・**始まりの軌跡**……1巻アンケート特典／2018年8月

・**《嘆きの亡霊》は冒険したい①**……2巻初回封入特典／2019年1月

・**《嘆きの亡霊》は冒険したい②**……3巻初回封入特典／2019年8月

・**《嘆きの亡霊》は冒険したい③**……4巻初回封入特典／2020年1月

・**《嘆きの亡霊》は冒険したい④**……1〜4巻重版記念封入特典／2020年6月

・**《嘆きの亡霊》は冒険したい⑤**……5巻初回封入特典／2020年8月

・**《嘆きの亡霊》は冒険したい⑥**……5巻アンケート特典／2020年8月

・**《嘆きの亡霊》は冒険したい⑦**……原作×コミカライズ連動特別小冊子／2020年12月

・**《嘆きの亡霊》は冒険したい⑧**……6巻アンケート特典／2021年2月

・**《嘆きの亡霊》は冒険したい⑨**……7巻初回封入特典／2021年8月

・**《嘆きの亡霊》は冒険したい⑩**……8巻初回封入特典／2022年2月

・ティノとルーダの訓練日誌……1巻アニメイト特典／2018年8月
・ゼブルディア・デイズ《千変万化》独占インタビュー……1巻ゲーマーズ特典／2018年8月
・《千変万化》、奮起する……1巻メロンブックス特典／2018年8月
・純黒の花……2巻アニメイト特典／2019年1月
・ハンターズ・ブレイド《千変万化》独占インタビュー……2巻ゲーマーズ特典／2019年1月
・クライ・コンフュージョン……2巻メロンブックス特典／2019年1月
・ティノ・シェイドの信仰論……「小説家になろう」活動報告・コミカライズクイズ回答お礼特典／2019年2月
・ハンターズ・ブレイド《始まりの足跡》独占インタビュー……3巻ゲーマーズ特典／2019年8月
・精霊人との付き合い方……3巻メロンブックス特典／2019年8月
・ティノさんの上下関係……3巻とらのあな特典／2019年8月
・砂兎狂想曲……3巻アンケート特典／2019年8月
・月刊迷い宿「謎多き最強ハンターを追え！」関係者インタビュー……4巻ゲーマーズ特典／2020年1月
・ノミモノ育成計画……4巻メロンブックス特典／2020年1月
・シトリーの仮面体験記……4巻とらのあな特典／2020年1月
・クランマスターのお仕事……4巻アンケート特典／2020年1月
・探協機関紙コラム「高レベルハンター達の日常」……5巻ゲーマーズ特典／2020年8月
・嘆きの亡霊は修業したい！……5巻メロンブッ

クス特典／2020年8月
・頑張れ、シトリーちゃん！②……5巻とらのあな特典／2020年8月
・《始まりの足跡》クラン会報「《千変万化》の悩み相談」……6巻ゲーマーズ特典／2021年2月
・その頃のティノ……6巻メロンブックス特典／2021年2月
・精霊人との付き合い方②……6巻とらのあな特典／2021年2月
・最高のデート……6巻MMストア特典／2021年2月
・《千変万化》の悩み相談②……7巻ゲーマーズ特典／2021年8月
・その後の姫様……7巻メロンブックス特典／2021年8月
・妹狐の恩返し……7巻Amazon限定版特典／2021年8月
・その後の被害者達……7巻アンケート特典／2021年8月
・第零騎士団極秘調査書《千変万化》の動向について……8巻ゲーマーズ特典／2022年2月
・帝都侵略計画……8巻メロンブックス特典／2022年2月
・《千変万化》の裁判記録……8巻書泉特典／2022年2月
・なんだか暗いね、クライ君……8巻アンケート特典／2022年2月
・冬の《千変万化》争奪戦……第3回メロンブックスノベル祭～2019Winter～小冊子／2019年2月
・《千変万化》の宝具図鑑……3巻BOOK☆WALKER期間限定特典・新作ラノベ総選挙2019お礼／2019年9月
・クライ・アンドリヒの一日……「嘆きの亡霊は引退したい」公式サイト・第1回人気投票お礼／

2020年5月

・**クライ・アンドリヒの恋愛事情**……「小説家になろう」活動報告・このライトノベルがすごい！2021お礼／2020年12月

・**嘆きの亡霊は引退しました**……GCノベルズ200弾フェア／2020年5月

・**突撃！《始まりの足跡》**……全巻重版記念フェア／2020年8月

・**最初のレベル10ハンターが誕生したから、五月三十一日はハンターの日！**……GCノベルズ7周年記念フェア／2021年6月

・**《始まりの足跡》創立記念日**……GCノベルズ8周年記念フェア／2022年6月

・**クライ・アンドリヒの夏休み**……水着回SS&イラスト収録特製小冊子／2019年11月

・**千の試練の作り方**……8巻Amazon限定版・Limited short story booklet／2022年2月

・**最強ハンターの異次元レシピ　苺のショートケーキ／名状しがたきビーフカレー／ナメルゴンのブブベルベ／天にも昇るプラチナペッパー／目玉焼きレベル8**……「小説家になろう」／2020年5月

・**最強ハンターの異次元レシピ『森羅万象のフルコース』**……書き下ろし

GC NOVELS

嘆きの亡霊は冒険したい ～嘆きの亡霊は引退したい短編集～ 1

2025年4月6日　初版発行

■本書は配布された特典短編小説を再編集し書籍化したものです。
「最強ハンターの異次元レシピ」は小説投稿サイト「小説家になろう」(https://syosetu.com/)に掲載されていたものを、加筆の上収録しました。

著者
槻影

イラスト
チーコ

発行人
子安喜美子

編集／編集補助
川口祐清、高橋美佳／永藤莞

装丁
伸童舎

DTP
STUDIO 恋球

印刷所
株式会社平河工業社

発行
株式会社マイクロマガジン社
URL:https://micromagazine.co.jp/

〒104-0041
東京都中央区新富1-3-7　ヨドコウビル
TEL 03-3206-1641 FAX 03-3551-1208(営業部)
TEL 03-3551-9563 FAX 03-3551-9565(編集部)

ISBN978-4-86716-740-3 C0093

ファンレター、作品のご感想をお待ちしています！

宛先　〒104-0041　東京都中央区新富1-3-7　ヨドコウビル
株式会社マイクロマガジン社　GCノベルズ編集部
「槻影先生」係　「チーコ先生」係